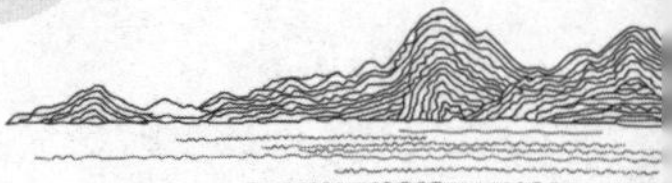

地米

胡子曰◎著

河海大学出版社
HOHAI UNIVERSITY PRESS

图书在版编目（CIP）数据

地米 / 胡子曰著. -- 南京 ：河海大学出版社，2019.3

ISBN 978-7-5630-5904-1

Ⅰ. ①地… Ⅱ. ①胡… Ⅲ. ①散文集—中国—当代 Ⅳ. ①I267

中国版本图书馆 CIP 数据核字（2019）第 046030 号

书　　名	地米
书　　号	ISBN 978-7-5630-5904-1
著　　者	胡子曰
责任编辑	易彬彬
责任校对	周　贤
封面设计	槿容轩　张育智　梅火娟
出版发行	河海大学出版社
地　　址	南京市西康路 1 号（邮编：210098）
电　　话	（025）83737852（总编室）　（025）83722833（营销部）
经　　销	江苏省新华发行集团有限公司
排　　版	南京布克文化发展有限公司
印　　刷	南京工大印务有限公司
开　　本	787 毫米×960 毫米　1/16
字　　数	228 千字
印　　张	13.25
版　　次	2019 年 3 月第 1 版　2019 年 3 月第 1 次印刷
定　　价	36.00 元

文心有甘露
——序胡子曰散文随笔集《地米》

以前我说过，每个少男少女都有各种各样的梦想，其中自小就有作家梦的可是为数不少。我印象最深的是，胡子曰小时候就非常热爱文学，他从小学到高中再到大学，从未间断对古今中外经典文学作品的阅读涉猎。如今随着他思想能力的成长提高，他的阅读由文学延展到史学哲学等等方面。他所有文史哲方面的知识储备，为他后来也就是取得了经济学博士学位之后开始文学创作，打下了坚实而充沛的人文基础，或者说是他已然真正怀揣了多把文学的关键钥匙，随时随地即能打开任何一道文学的大门。

以我这些年来个人写作的经历和经验进行比照发现，多数少男少女的作家梦之所以未能得以最终实现，除了与他们中有些人写作的天赋不很充分有关，还与他们坚持阅读和练笔的勤奋努力很是不够密切关联，更与他们个人生活境遇和人文渊源的持续作用力都不丰沛大有关系。我的意思是，胡子曰既有相对充实的文学知识储备，也有相对较好的文学创作因缘，这本散文随笔集《地米》的出版，就是一个很好的证实。

随着发表文章数量的增加，作品影响力的积累，胡子曰的写作名气逐渐增大。一个在经济研究领域要有建树，同时还要肩负生活重担的业余作家，其写作的艰难程度可想而知。我们都知道，一切写作无不都是心血结晶，但就我个人对胡子曰的了解，这本《地米》之书，既是他心血更是他泪水与汗水的合成。胡子曰在本书的文本组织成型后，曾发给我浏览过，我当时建议他取书名《吾心念起》，有文学心念驱动他的种种人生言行之意。他回复说觉得书名过于高雅，自己决定取名《地米》。现在我觉得这个书名确实很好，好就好在象征意味浓郁，情感诉求充分。

地米，也称地米菜。发芽于寒冷之际，在广袤大地上的田间、路边、荒地、河滩、林下、山坡等处生长。地米不仅可以食用，还有极好的药用价值。地米是大地母亲赐给人类的食粮和美味，因为在以往那些饥荒的年月，尤其青黄不接之际，地米菜就是饥饿者的果腹之粮。如今的地米菜，是一道异香扑鼻的野味美食，用于充饥，可作佳肴，情向乡愁，理堪回忆……所有这些象征，都是文学的审美本质所在。

胡子曰本名胡志刚，小名刚刚，我基本了解他的童年、少年到成年。他成长过程中的几个重要环节，我都有过一些建议，他也都认真听取然后做出选择。胡志刚很小的时候喜欢粘我，也许他是直觉我这个作家哥哥能够给予他一些文学方面的知识，或者说他天赋中本有对文学的热爱之情。他能坚定走向作家这条路，与我对他的影响，关系很大。

湖北汉川田二河镇是一座百年老镇，文化氛围历来浓厚。从衣食住行到琴棋书画，亦即物质的精神的种种传统，在广大江汉平原，相较而言可谓人文历史特别富裕。所以胡志刚自小就是在这样的古镇文化氛围里生活，内心接受了较多的文化熏陶和滋养。因此当我出现在他生命中以后，他自觉表现出对类似中国经典名著如三国水浒等等文学存在的兴趣。他不仅如饥似渴反复阅读过它们，后来每次见我还要缠着我与我讨论那些经典文学作品中的故事人物，带着一种小孩子的天真率性，每次都是追问个没完没了。我是那么样的乐意和他交流文学，解答或不能解答，都给我带来许多快乐。因为，一个七八岁小男孩能够跟一个作家讨论文学，且问题不断，思考很多，我认为，这既是文学的魅力，也是他今后人生某些方面的发端。因此现在胡子曰能写出这么多优秀的文学作品，其实早有预示。

我与胡子曰的渊源就是我与田二河镇的渊源，亦是命中注定的美好渊源。胡子曰的父亲年轻时候在应城盐矿工作，母亲是镇上的妇联干部，因此胡子曰儿童时期的生活，大多依靠在爷爷奶奶（汉川话叫爹爹婆婆）的怀抱。胡家爹爹婆婆又是我的妻子卢波的养护人，因为我的岳母早先是汉川人民医院的医生，文革期间被下派到田二河镇卫生所工作，于是把女儿卢波寄养在胡家，主要是由爹爹婆婆全面予以照顾，接着也把卢波的弟弟卢巍托付给了爹爹婆婆一起照顾。

我妻子卢波在田二河胡家生活到九岁才离开，回到汉川城关后满口田二河口音，依我看如今她的普通话、武汉话、汉川话虽然都讲得十分流利，但田二河话最是悦耳动听。卢波对胡家爹爹婆婆的感情是极深的，并且与她同龄的田二河镇的小伙伴们迄今还有无比深厚的感情。我也非常喜欢与她儿时的伙伴交往，任何一次相处都有浓郁的温暖和愉快。我于 1981 年从汉川二中考入武汉大学后，我的班主任樊兴先生被调往汉川一中任教，1982 年卢波也考取孝感师专，樊兴先生觉得前后这两个得意门生可以交往，于是介绍我们认识，鼓励我们通信，然后我们完成老师心愿结为伉俪。我们结婚后，把田二河当娘家走动，从未改变这份纯真的感情。

由此我与妻子儿时生活的地方缔结了生命的渊源，也因此与胡子曰的故乡续接关系。我们不仅陆续得到胡家爹爹婆婆对我们的关心与呵爱，而且还与田二河镇的诸多亲友一直保持良好的甚似亲情的友谊，譬如连续多年来和宋正平、邹开军、向国盛、周莉荣、余丽荣等等成功人士交往甚密，相处融洽。什么是生命人文？这就是。

田二河人很重情谊，也很注重理性，我所结识的田二河人中，多是天资聪明者，无论从政、经商、做学问、当老师，都能表现出情理并重、乐观豁达、才华突出，我觉得这种种一切都与田二河镇特殊的地理位置有关，与其人文传统中浓郁的才情有关。要想更多了解这片与仙桃、天门、应城接壤的神奇土地，胡子曰的这本《地米》文集，可作重要的人文参考。要想从文学的角度了解一方水土一方人的诸种情缘，胡子曰这本犹如甘露的文字结集《地米》，确确实实充满了太多令人回味的芬芳。若是还想了解一个经济学博士对古今中外文学艺术表现的深层思考，《地米》的有些篇章，甚至可当文献阅读。

胡子曰的相貌很奇特，有人说他长得像陈佩斯，他也确实富有一种憨憨的幽默，不动声色的机智。他的初中同学里，有像周润发的，有像童安格的。我都相识过，且深感奇异。巧的是，他们在外相上都倾向于文艺名人。我觉得这种艺术气质呈现的奇巧，也可说明古镇田二河固有的神秘属性。这确凿无疑的神秘属性，在文集《地米》中已有表达。

由此我推断，这本书之后，胡子曰将来会在叙事文学领域有所成就，我且非常期待他能把近四十年的人生体验，太多的酸甜苦辣，用文学语言灵性地叙述出来，呈送给这世间一切热爱生活的人们。毕竟，一个作家的心灵故乡一定有其值得传承下去的美质，且必须伴随一个作家的名字一同凸现在历史的高处和明处。

是为序。

马 竹

2019 年 1 月 18 日

于武汉东湖山庄

目录

辑一 故乡的河

古镇书韵忆往

老街的格局是规整的十字形。从上（西）街的小学下来，依次是木器社、印刷厂、皮革社和照相馆。照相馆里，有一些布景和道具：画在墙上的假亭子、大窗帘、栏杆、台阶、两副木桨，和一些干花。为了显出逼真的透视效果，小孩子拍照，都要踩在高脚凳上。陈设虽朴陋，但与嘈杂的锯木头、单调的掌鞋底相比，这里已是一个神奇的小乐园，很值得放学后溜进去耍玩片刻。

不知什么时候起，照相馆右边空墙上，挂出五六幅书法条幅，宣纸装裱，垂以木轴，有篆书、行书、魏碑。我已经练过大字，却是第一次见到创作意义上的书法，因此很入迷。早晚放学，我都到照相馆里看字，而不去围观那皮革社门口的老头儿吹糖人了。仍清楚记得几位书者的名字：朱大发、刘国华、李靖华。朱先生、刘老师是我们镇上顶有名的书家，此后还有些或浅或深的交往。李靖华，则仅见于墙上那幅魏碑字的署名，至今不知何许人也。无论如何，这个“举办”在小照相馆的书法展，让蒙童如我第一次感受到了艺术之美。

约莫五六岁时，有一天，金堂爹送给我一沓子毛笔字，叫我照着练。字写在裁好的细长白纸条上，笔画硬瘦，是特征鲜明的柳体。在我眼中，这字简直和书上印的一样！我为此专门问过婆婆：“舅爹的字写得真好！”她说：“是的！”（我怀疑，写字是她求的金堂爹。）我至今写不出那样好的楷书，但偶临书，也必写柳体。金堂爹本人务农，间以捕鱼为业。他有两个儿子是以杀猪营生的，但都能写一笔好字。

镇上写字名气最大的，是刘国华，他是中学的语文老师，每近年关，都在下街烟草公司门口卖春联。——在田二河，春节前的四五十天，沿着下街公路两侧，就会纷涌出许多卖各式年货的摊贩。卖春联，想要生意好，就得现场写，一现写，就有人围观、点评，俨然便成了一个露天的书法观摩会，字写得不好，是不敢轻易出来摆摊的。所以，八九十年代，能在街上卖字的，也只有三五家。

我是这些场合的常客，像赶场子一样轮流看，一家不写了，就赶下一家。去得最多的，是刘国华老师的摊位。那时刘老师大概五十多岁，头发有点灰白，紫圆脸膛。冬天冷，脸就更紫了。写字时，手上戴着剪掉指头的手套。他的字，多中锋运笔，圆润、饱满，略带行书，有丰腴之姿，张贴春联，最为耐看。看字的人多，生意也好。有时，舔墨太浓，滴洒纸上，辄随形改词，虽略有缺处，买主也欣然。

在镇上，常能见到刘字：粮站、供销社的招牌，宽裕之家的中堂、匾额，还有我们中小学生毕业照片上的“××届纪念”……都是“刘体”。在街上一位同学家里，我见过他写的四幅大吊屏《念奴娇·赤壁怀古》；也见过他写的杜甫诗句“自在娇莺恰恰啼”，“啼”字，竖划拉得极长，在哪里见的，忘记了；还有一年，镇上举办中学生书法比赛，黑板上张贴着他写的样字——是极为规整的颜体。刘以行书有名，看过他楷书的人，并不多。

九十年代初，镇上时兴用塑料泡沫切割字形，再以玻璃木框镶成吊屏或中堂，通常是绿塑料和棉花染色拼制的松鹤图。据我所知，刘国华老师是在二河最早制作这种工艺装饰品的。他有一个徒弟，叫陈松林，在老车站附近开了一间刻字社。我曾去看过几次，但觉得他写得刻板、粗糙。

字写得好的春联摊子，还有两家。一家在原来老公社的旁边，是一位姓蒋的赤脚医生，名字忘记了。他眼睛高度近视，有人喊他“蒋眯子”。他的字，刚劲有力，喜用小笔写大字，因而更显挺拔。蒋医生生性大度，喜言谈，我每有疑问，他都尽力指点。有一回，我正挤在一群人中间看他写字，突然感到背后灼热，赶紧把棉袄脱下来，一看，被后面围观者的烟蒂烫了一个大窟窿。回家后，母亲数落我“看字看迷了”！蒋医生短于布局，不擅写条幅。我曾见过他把一首毛诗七律《长征》在一张宣纸上没能写到头。这或与他习帖和创作不多有关。

另一处很有名头的摊位，在刘蒋中间。书家叫刘耀平，也是一位语文老师。这位刘老师，个子矮些，脸黑瘦，牙齿微黄，连抓笔的手指都熏得枯黄，但其字遒劲挺拔，转折分明，是很有气力的颜楷。他曾对我说过他“喜欢有劲的字”。我家对门压制热干面的刘凤海家起新屋，贴过他写的条幅，颇类《多宝塔》。他的外甥叫洪旭亮，是我的同学，初中毕业后在家里做墓碑生意。有一年冬天的晚上，我去旭亮家里玩，看他正在临习隶书《曹全碑》。那字帖是刘老师送给他的。他为什么不跟着舅舅学颜体呢？我猜测，大概是隶体更适合鑱碑吧！

刘、蒋、刘三位，是我去看得最多、交往也深的书家。一些小的春联摊点，场面没那么大，但个别也有可观之处。后街王家巷附近，我曾见过一位用魏碑写春联的人，他向我示范过怎样以侧锋反挑的方式写出方笔。

——这都是我少年时所目睹的二河书况。

但老辈人说，镇上字写得最好的，是朱大发先生。他是在街上卖铁钉子的。在一位同学家里，我见过一幅朱老先生的隶书——叶剑英元帅的诗《攻关》——“攻”字捺划，如简牍体，令人目悦。有一年年三十的下午，我还专门跑去朱先生家大门口看贴出来的春联，是隶书加颜体，点画有力，锋毫毕现，意态略拙朴，筋骨如百结，气魄极大！不过，我从未亲见朱先生动笔，那时候他已经衰老了。听说，老先生最拿手的，是篆隶合并的大榜书，堪称一绝。能写大榜书，当是他盛年时候。对于朱先生，我听到的评价是：诸体皆妙，格局宏大，敢于创新，是一位造诣很高的书家，然拘囿小镇，未能远游，又兼年衰，难有大的作为和影响。惜乎！

二河镇东口有处鸡鸣城古遗址，相传为三国时曹操下江南屯兵之处。邑人有诗云：“村落人家树里藏，宵来谁听漏声长。鸡鸣又是天将晓，惊醒团圆梦一场。”二河书法界盛况，也恰似一部《三国志》。刘国华老师名气大、实力强、涉面广，好比“魏”；其余两家，各擅胜场，别有风格，可谓“蜀吴”。而如泰山北斗的朱老先生，则似“东汉”，承古风之朴，开后学之先，风骨只能景仰。

二河书香流韵的氛围，其来有自。二河古镇，扼天、沔、汉交界，处牛蹄支河与皂港河之间，是有名的“口子镇”。清末民初，因盛产蚕茧、棉花，集贸规模甚大，蚕茧、棉花云集街巷，一片银白，素有“银河”之誉，在汉川市，与马口镇并称“金马银河”。商业昌盛，也促进了文化繁荣。遥想当年，河埠上，舟楫穿梭；街市间，商贾往来。墨写的毛笔字，飞扬在店铺门头的招幌上，流淌在账房先生的账本上……历史深处飘出的浓浓墨香，让二河古镇因此有了普通乡野难得的文化气息。

宗白华先生的名言“美学是中国人的宗教”，狗尾续貂一句：书法是中国文化的胎记！二河悠远的书风，小言之，是一方民俗，在精神文明并不发达的乡镇上，书法，以无限的养分，给予这片土地上的生民以人文的滋养；大言之，是中华传统文化“活”的形态，是中国人生命的存在方式。无论达官雅士、走卒贩夫，抑或庙堂之高，江湖之远，文心如缕，墨香远溢，生生不息。

记镇上的三位武术家

天香爹的老屋旁边，连墙带院搭了两间小瓦房：一间向北，门脸正对百子桥，租作了理发店；还有一间朝东，与我家斜对门，租给蔡家头一个姓陈的跌打医生。陈医生有五十多岁了，目光炯炯，两道斑白的浓眉，有几根极长，面目清癯，神气高古。房屋不大，只十来个平方。当门一个旧木长条桌，用于问诊、写药方。背后，是一架高高的药柜，抽屉上写着“黄芪”“虎骨”“枸杞子”之类的药名。

平常，陈医生端坐在桌后，略带外乡口音——据说，他在京山的山里头待过很多年——询问病人：哪里不舒服？再一抬胳膊肘，疼不疼？问罢，头稍扬起，转身从各个抽屉里抓取出几种药材，称重、分拣，倒在白纸上，包成几份，再拿一张大黄牛皮纸，裹一个大包，交付给病人。他的病人，都是乡野四处的农民。有一个黑黑瘦瘦的病人，大概是后头哪个湾里的，其貌不扬，卷起裤腿，露出来黑赤的胫骨，光脚蹬一双旧解放鞋，却颇健谈。他能整篇背出《三国演义》结尾那首《古风》“高祖提剑入咸阳”！我至今还莫名惊诧。

诊室北边的墙壁上，挂着两幅泛黄的人体经络穴位图。私密处，被他用张小纸片遮住了。穴位图旁边，悬挂两把略有锈痕的铁刀——实际上，是两条薄薄的铁片。但我从未见他使用过那两把刀。通常，陈医生只在天香爹屋后的院子里，教几个半大糙子的小伙子练气功。

他的功法如下：先深吸一口气，至满，鼓腹。闭口含住，双手握拳，猛地击打两肋，“哧——哧——”从鼻子里喷出。一不小心，会把鼻涕带出来！我就曾经不止一次地把鼻涕擤出过。因为经常旁观，我暗地里记下不少动作，每天一大清早，跑到粮店的台子上练气功。一同练习的，还有我的邻居任大涛。他练硬气功，是他一个表哥教的。

有一晚，皓月当空，我正在门口的禾场上依葫芦画瓢，练习“喷气”，哧——哧——，正好陈医生从家里过来守夜，被他逮了个正着。我尴尬地看着他，讷讷地说：陈师傅，您指点一下啊！他笑了笑，开门，进屋了。

我从未亲见陈师傅自己动过手，也不确切知道他医术如何。关于他的经历，和他的跌打诊室一样，始终带有几分神秘感。我想，他大概代表着某种逝去的但让人神往的乡土与江湖。

他的小儿子，叫双堂，是我的小学同学，到上初中时，被招去县里的体校。此后多年未见。

陈医生是行医兼教气功的郎中，算是“体制”外。但有一个功夫高手，却是学校里的老师，教我们英语的彭老师的爱人——向继阳。向老师个头儿不高，脸圆圆的，总是一脸笑意。但他一上课，任凭谁个顽劣鬼，都不敢嬉闹调皮。向老师多才多艺，带过很多门课，有数学、有音乐，但主要是上体育课。我的印象中，从小学到初中，我们的体育老师似乎都是他。

他是一个真正的武术高手，我亲眼见过他打拳。

有一年，我随学校老师到沉湖驻地部队观看联谊会演。在大食堂，把桌凳扯开，就地上，他腾挪、转、闪、扑、跳，练了一整套拳，赢得官兵们掌声如雷。他打拳时，步履轻捷，动作干脆、有力，可以连续地扑地和“鲤鱼打挺”。在那么坚硬的水泥地上使劲摔打，不疼吗？他寸着劲呢！

向老师的篮球也打得好，擅长各种花样的投篮，如三步上篮，勾手，擦板球，运球时，球像粘在手上一样。有一阵子，中学教工篮球队和镇上工会组织的社会青年篮球队，常在医院后面的球场上打比赛。裁判是熊八娃。熊先生执法认真，跑动勤快，很有权威。我的邻居陈义军，是社会青年队的主力球员。义军哥身强力壮，天天在后院里拉吊环，打沙袋，早晚还裹着绑腿在春秋阁的土堤上练跑步。有一回，他自豪地跟我讲：“我从向继阳手里把球抢下来了！”

向继阳老师非常严厉，不少调皮蛋都挨过他的打。因此，无论多“翻跷”的学生都有点儿怵他。有一天中午下雨，我迟到了，心里忐忑不安。但那次他没有批评我，反而在教室外的楼道上很严肃地和我谈心。他说：“你将来会很有出息的！”我的嘴角露出了轻微的笑意。我至今不明白他为什么说这一番话，但我很感激他。

镇上还有一位在中学教数学的林红学老师，就是大涛的表哥，会硬气功，练过铁砂掌的。但我从未见过他。听说，他早几年就已经过世了。

算 命

午后，太阳热辣地晒在禾场上。“吱吁——吱吁——”知了在天香爹屋门口的楝树上鸣叫。没有风，树叶纹丝不动。几个七八岁的小男伢子，打着赤膊，赤脚蹲在树下捉铁鼓牛玩。脊背上的汗，流成了河。天香爹家的堂屋高朗而阴凉，几个老婆婆围坐桌前，在打长牌：“上大人、邱乙己、化三千……”斜对门，卖油的刘家爹歪着头躺在一张竹靠椅上。他眯着了，那本半旧的《七杀碑》已经从手上脱落掉在地上。门口，偶尔路过一两个推着自行车的中年妇女往粮店那边去了。车后座上，驮着一个盖住小棉被的白泡沫箱子——“冰棒！冰棒！”

这些似乎没有引起人们的兴趣：屋里没有大人喊“买冰棒”的（如果是卖“豆腐脑”的，也许会有人要一碗）。小孩子们也自顾自地低头玩着。树枝投下的阴影缓慢地移动，缓慢得无人觉察。

“叮——叮——”一阵清脆的金属敲击声传来。接着，“笃笃笃”响动渐近。报信的铜板声和竹篙杵地的均匀节奏，预告着这位出场者的身份——是一位算命先生蹚过来了。

牌场也散了。这种牌，打一天也分不出输赢来，左近的婆婆们，都起身要回家去了。

舅婆站在门口，喊了一声：“算命先生！来咧！算一个命啰！”

算命先生寻着喊声走近。——这是一个身材魁伟的中年盲人，头上戴着一顶焦黄的草帽，身穿半旧的白衬衣，内夹一件白汗衫。肥大的黑裤子，脚下踏一双肥大的草绿色解放鞋。他小心地撩腿，用竹篙点着石阶，迈步挪到屋廊上，把竹篙倚在墙角，手摸索着，坐在了大门口的一把竹椅子上。

算命先生坐定后，取下草帽，搁在椅边。他面色黝黑，鼻头肥大，一架暗茶色的铜腿石头镜子，遮住了镜片后深深的阴影。

"您是哪个位置的啊?"舅婆问。

"我是宋家河的!"盲先生大声回答道。

看到有算命先生过来，一个将走的婆婆也留下了，想听"算命"的如何说道。树下那几个灰头土脸的小伢子们也都围拢了过来。

"您老是测八字呀，还是抽签啊?"先生继续询问。

"先测一个八字，测准了，再抽签!"舅婆说。

二河一带"算命"的形式，大致两种：测八字和抽签。

测八字，是技术活。算命先生得能掐会算，"甲子乙丑丙寅丁卯……燃灯戌时……您老是夜晚的丁巳……"；得会一大套说词，诸如，老话说得有：天上刮风呀地上下雨，命不转运转，蹚了这个坎，过了这个坷，您老就平平顺顺了！……末了，还得回答主顾的提问，甚至各种刻意的考问（这也正是"测八字"项目精彩之处）。如果应答不当，会被讥为："算得不好!"虽不至于扣钱，但至少相当长一段时间便不再喊他算命了。

抽签，则更像是一种娱乐游戏。算命先生随身斜挎着一个长长扁扁的铁盒子，里面插满了折好的硬纸条，都是厚厚的，硬硬的，长十余公分，三折页。用手指随意"点"一个，先生便取出这被点中的硬纸条，两头一摸，熟练地展开，是一幅彩笔画。画角写着主题如"坛子里面捉乌龟""隔河一缸金"……算命先生遂据此讲解，"您抽的是一个'隔河一缸金'——看得到，拿不到。运气是好，只是时候未到!"

抽签，与其说是对未知命运心存敬畏，毋宁说只是想试试手气，听听故事。听众也并不虔诚，人们更感兴趣于先生能否准确"说"（摸）出每张画面内容。所以，大人们通常不"抽签"，而只给小孩子玩一玩。抽签也比测八字便宜，不满意可再试几次。抽签多的小孩，连故事都听熟了，他们常说："呀！又是'老鼠偷油'啊!"

那一天，舅婆的"八字"测准了吗？不得而知。或许要看她老人家下午打牌的成果吧!

阉 鸡

“线（阉）鸡子的来啦！线鸡子的来啦！”一群小孩子喊着飞奔过来，惊得地上那一群刚脱了黄毛的小雏鸡挨挨挤挤地四散乱逃。

远处，走来一个矮小黑瘦的中年人，他肩头扛一根长竹篙顶着的大网筐，脚下踩一双半旧的胶套鞋，鞋头上沾满黄泥。正是四月的晴好天气，他为什么还穿着雨鞋呢？“噔噔”的脚步声里，仿佛透出一股特别的气息。

黄家婆，即大涛的奶奶，站在台子上，招呼他“线鸡子”！她指了指已经跳下了土台子的一只细脚仃伶的黄毛小公鸡。

“胶套鞋”看得真切，用大网筐“呼”地一扑，那只惊恐万状的“小黄毛”被罩在了网底。他很快收回网，一掏，捉出了它。“小黄毛”不断蹬腿、扑翅，在那只精瘦而有力的铁钳般的手掌里死命地挣扎。“胶套鞋”把一个随身的粗麻布包裹打开，里面是阉鸡的工具：小刀、小剪、小钳、镊子，还有一个两头带钩的圆弓形的竹“绷子”。他先在小黄毛鸡仔的小腹处用力铣了铣，嫩黄的软毛随着手指纷落，一会儿，便露出了红嫩的鸡脯皮。“胶套鞋”拿一把镊子般的阉鸡刀，嚯地一划，鸡皮上随即豁开一条口子。再用“绷子”钩搭住，将创口撑开，固定。又捏出一根尺余长，一端系条细线儿，像枚掏耳勺一样的铁丝，小心伸进创口里，捻动线儿，拉扯几下，用一根小铜勺子往外掏。不多时，掏出一个红豆颗粒大的东西，丢在了地上。

整个手术过程，不过三五分钟。

“小黄毛”眼神无光，微弱地叫着。“胶套鞋”掰开鸡喙，灌上几滴水，往地上“噗”一扔，“小黄毛”一拐一拐地跑开了。

阉过的鸡仔，长得更快，肉质更嫩，且食料少，饲养也更经济一些。因此，每年四五月份，当农家的小公鸡换出亮羽，阉鸡匠便会活跃在农村或乡镇的市集上。现在，已经难以再见到这个古老的行当了。

我为它的消逝而感到欣然！

挑　府

在过去，如果小孩子厌食、消瘦、肚子饱胀，老人们就会说：“这是有疳了！”有疳，就得挑疳。在我们老家，又叫“挖疳”。我所知道的且亲眼见过给人挑疳的，是摆租书摊的方家婆，她会挑疳。

来挑疳的，通常是刚学会走路的一两岁的小孩。这些可怜兮兮的小家伙，滴着鼻涕，被从乡下来的中年妇女或老婆婆抱着——大多是闻名而来——送到方家婆的书摊前挑疳。我坐在书棚子里看小人书，见过好几次。

一位面色黝黑，耳上戴着黄澄澄耳环的老婆婆，神色忧郁，坐在书摊旁的一张方凳上，把小孙子带到方家婆的跟前：“老是不肯吃饭，怕是有疳吧?!”瘦削的小家伙，怯怯地直往后躲。方家婆让黄耳环用腿把小孩夹住，左手一把抓起小孩的手，将五指扣紧，反弓一压，露出血色惨白的嫩小手掌。方家婆再用力“啪啪”在小手掌心拍几下，——掌腹断纹处，显出几个黄白色颗粒状凸起。

“有疳！”方家婆语气笃定。

又如法检查另一只手。“有疳！还不少呢！”

黄耳环更焦躁了，“您看怎么办呢?”

“挑不挑?”方家婆分析说，“挑有一点疼的！但不挑，好不了！吃药也不行！疳一挑掉，就好了！”

“手上不留疤吧?”

“不留！小口子，几天就好！”

“挑吧！”黄耳环坚定了想法，“这个伢啊！老不吃饭啊！没得法耶！”

“那您老把伢夹紧，不能动啊！”方家婆一边指导，一边从书摊的柜子里拿出一幅包裹打开，取出工具来：一根粗大头针，一盒酒精棉，还有一个棕色的小药瓶子。

方家婆先在孩童的手掌上消了消毒，将大针头在一盏油灯上来回晃了两晃。无辜的小家伙眼睛梭巡着，预感到危险即将来临，“哇”地大声哭起来。

“夹紧！”方家婆再次严告。

说罢，她紧抓住小孩的手，对准掌心断纹处的凸起点，果断地用针挑破。说也奇怪，皮破后，小孩的掌心并不立即流出血来，而是带出许多黄白晶亮的稠质粒状粘物，像小虫子一样。——我到现在都觉得神奇。

小孩敞开喉咙“哇哇”大哭大喊。看到这些黄白色的脏污，方家婆愈坚定地用针尖继续挖，患儿手心的破处扩大，哭喊声也更大，幼小的身躯猛烈地动弹着。

“夹紧！”方家婆再次催促。黄耳环眼见挖出了疳来，尽管心疼，却更使劲地用腿箍住小孩不断挣扎的双腿。嘴里重复着：“快了！快了！快了！”

终于，从小孩手心挑出的粒状粘物渐少。伤口处，开始渗出殷红的血。

“不要松！夹紧！”方家婆舒了一口气，“好啦！”她从棕色小瓶中倒出一些白色粉末，敷在患儿伤口上，用白纱布裹好，又麻利地用剪刀铰开两条细长的布条子，完成了最后的包扎。

患儿眼泪汪汪地，举起两只裹得像粽子一样的手。

“过几天就好！”方家婆叮嘱着黄耳环，“这两天，不要让小孩子乱跑啊！摔跤就麻烦了！”说罢，她从隔壁剃头铺舀了一瓢清水，把那些黄白晶亮的稠质粒状物都冲进路旁的下水道窨井里去了。

对 弈

已是残局。

围观的人群，如一幅石雕，静默地站在王家巷老油厂的大门口。夕阳缓缓西坠，把他们的身影，连同那一道锈迹斑驳的铁门，都长长地投映在干巴的灰土上。不远处，高耸的红砖水塔，愈加红艳了。

“当”，落子如刀。

走完这着棋后，钟师傅锃黑铮亮的脸膛上，露出一丝不易觉察的欣喜。他不紧不慢地吐出一个字——“将!”赤红的圆眼，紧盯着坐在对面的“豆芽张”。

马已卧槽，又有过河卒子，直捣黄龙，其锋诚不可挡！人群里，微微骚动起来。有的踮起脚，使劲往里挪动；有的伸长了脖子，够着嘴看；还有一个，把手伸进灰色中山装的口袋里，摸出了一支皱巴巴的“大前门”。

局势已明了：“豆芽张”——双“相”都丢了，门户洞开。只剩下一个“士”，挂着角；唯一的一个炮，沉了底，鞭长莫及。有人低声嘀咕：“老张头要完!”

老张头，“豆芽张”，是我爷爷的老同事，从供销社退休好几年了。八十年代末，他和我爷爷两人搭伴，在老商场二楼看管货物。暑假中，我常到那楼上玩：爷爷教我打算盘“一上一，二上二，三下五除二……”；老张头则教我下象棋“马走日，象飞田”。爷爷告诉我，张家爹是二河镇上第一象棋高手，擅走残棋，一手巡河炮，名震四方。他年轻时，艺高气盛，常弈残局。二河、回龙一带设棋摆摊走江湖的棋手，知是“豆芽张”，皆避之不及。我曾亲耳听他本人讲过当年的几局得意之作。但这时，他已经七十多了，走路都有点儿窸窸窣窣，动棋落子手也慢了，常出些昏招，与镇上几个少壮派高手对峙，时有败绩。

俗话说“观棋不语真君子”，况且今番对弈者，是镇上的两位顶尖高手。围观者中，也不乏好手，如剃头的詹老头、卖油的刘家爹等。虽近终局，到了但说无妨的时候，但敢于插言，评断“豆芽张”要输棋，却着实有点儿看笑话的意思。

“豆芽张”头顶稀疏、头发灰白，风一吹，微微颤动，细长的眼睛眯着，盯住棋盘。白净、削尖的瘦长脸上，看不出一丝表情。

人群再次安静下来。视线又聚拢到那一块手工木制的大棋盘上。

只见他停顿了半晌，轻轻挪“帅”，让出中宫。

钟师傅再摆“卒”，紧逼。“豆芽张”再让。

钟师傅再摆“卒”，占中。“豆芽张”再避，把“帅”升起了一格。

正所谓“车坐当心马踏营”，过河卒子半个“车”，此时，已占了中宫。钟师傅趁势调马，欲下杀手。只见“豆芽张”忽地从边角上提起沉底炮，就着挂角士做的炮架子，果断出手，“将!”

人群陷入一片沉寂。突然，有人喊：“死啦!”

死了！再细看，真死了！

用马挡，来不及！挪帅？一挪，就“对老将”了！

钟师傅那赤黑的脸膛，霎时变成紫色。人群嬉笑着渐渐散去。

我走在后面，问正在起身的老张头：“钟师傅步步紧逼，您老应接不暇，怎么最后反而赢了?”他眯了眯细眼，笑了一下：“他的卒子拱老了!”

胡子曰：荒村野老，市井贩夫，莫不喜弈善弈，象棋诚不若黑白子，蕴纳天人，唯于方寸之间，挥掷光阴耳。车士卒炮，大开大阖，金戈铁马，刀光剑影，亦有筹策之机。张氏隐于市井，售豆芽为生，何其微也，然运握划谋、指挥若定，深得兵家之妙，不亦一子房乎？

乡间唢呐

唢呐，江汉平原乡间悉见之乐器，吾乡曰“喇叭”。一端如笋尖，为哨管；一端若覆碗，为音腔，奏管与腔体，以细铜索系之。奏时，口水濡而吹之，其声高亢。奏者，即“吹鼓手”，腮鼓动如蛤蟆，眼睛微凸，全神贯注，是谓“吹喇叭”。

昔年，乡镇凡婚丧嫁娶之礼仪，必有吹鼓手吹奏。暇时，萎坐桌后，或吸烟，或喝茶，或睛微闭，休养气力。客至，知宾先生曰：“奏!”辄端身，取喇，凑而吹之。嘹亮震耳，拖音袅袅不绝。是时，群聚围观，顽童尤多。一路迎送，尾随甚远。

乡镇希声，乃喜大音，群氓无聊，尤耽娱乐。所谓乡野乡风者，实为沉寂而哀。所谓乡音乡愁者，不过逝去之殇。吾乡有谚：“忘八、戏子、吹鼓手”，皆底层之徒！悲夫！

二河的过早

1985年，母亲从应城回到二河。为谋个生计，卖起了鸡公饺。这是一种油炸的大饺子。做法很简单：先抹点菜油在一个瓷盘子上，把头天晚上发好的面团，揪一小块，铺在盘子上，用手抻成一个直径约七八寸的圆形薄片，再放上馅料——主要是苕粉丝，对折包好，丢到油锅里，炸成金黄色，即可取食。等着过早的人，用旧书页纸一包，就拿走了。母亲性子直爽，饺子包得大，发的时间久。且是随揪随做的，现出油锅，因此，香脆可口，吃的人多。在镇上，她也以做鸡公饺闻名。有时，应顾客要求，她还会将饺子皮戳破，让油吃入，炸得更脆些（这样耗油）。镇上有个很有影响力的人，叫熊八娃，得了重病，但过早还是喜欢吃鸡公饺。他咧开镶着金牙的嘴，说："焦！好吃！"

过早，大概是二河街上的人对早餐的特有说法。"过"字准确、传神，既强调必须，又不太正式。只是"过"一下，比"吃早饭"简单多了。一般来说，生活在街上的居民，不吃正式的早饭。只有村里面要下地干活的农家，才会在早上生火，炒菜做饭，扎扎实实地吃一顿。因为下地干活要消耗体力。

别看过早不算正餐，但花样之多，口味之全，却也不逊于正餐。除鸡公饺子之外，还有团子、豆皮、粑子、油条、欢喜坨、苕窝子、藕窝子……这些早点样式，多是在上世纪八十年代中后期才兴起的，小巧、花样多，也很可口。但传统而主流的二河早点，我以为有三样：锅盔、热干面和糊汤粉。

锅盔，其实是烧饼的一种。但即使山东、河北等北方以面食闻名的地方的烧饼，都远没有锅盔好吃！为什么？因为锅盔粘的芝麻多，香！做锅盔是一个很有技术的活儿。一般需要两个人配合着做：和面配料的，是白案师傅；烘烤的，是红案师傅。用一个废旧油桶，揭去上盖，里面用耐火的泥土糊成肚大口小的空膛，这就是炉子了。在案板上，白案师傅将醒好的面团擀成长长的一条，抹点酱，铺上葱花，卷成长条，压一压，用刀切成豆腐块大小，一块一块整齐地排列在案板上，再刷一遍甜浆，待用。此时，红案师傅便会用水把手沾湿，拿起一块来，在一个盛满白芝麻的小铝盆里，轻轻一粘，芝麻就上了面团。这时，等候在一旁的顾客就会央告：多粘点芝麻！多粘点芝麻！也有个别大气的，"加钱！"做个双面芝麻锅盔。只见红案师傅三下两下将"豆腐块"抻宽拉长，呈鞋底样，托在手掌心，利索地抬臂，俯身，将面食迅速贴进炉膛内壁上。大约也不过三两分钟，师傅便用一把专用钳子从炉膛里将体积增大近一倍的锅盔取了出来，递给站在一旁的食客手上。热锅盔，外焦里嫩，松软适宜，拿着似乎有点烫手，入口却好吃之极！

八十年代中期，在二河老街上做锅盔的并不多。一则确是个技术活，二来需要两人搭手。有一个胡姓本家（我喊"爹爹"）的锅盔摊子摆在十字街西北角上，我一般都是吃他家的锅盔。

热干面刚兴起来时，老人们说，这就是碱水面啊?！是的。热干面的主料是面条，但和普通面条稍有不同。在做面条时，加入少许碱水，这样做出的热干面才劲道，有嚼劲。待水开时，将面条抖散下入沸水锅中，趁面条还有点硬心，快速捞出，沥干晾凉，淋上香油、芝麻酱和一点儿醋。爽滑香浓，美！清代《汉口竹枝词》记载："三天过早异平常，一顿狼餐饭可忘。切面豆丝干线粉，鱼餐圆子滚鸡汤。"切面，即热干面。可见在汉口等大地方，热干面是久负盛名的早点品种，但在二河镇上，我的印象中是在八十年代中期才有的。最早的摊点在十字街西南的一个供销社的商场里，有热干面，有豆浆，开业时，吃的人接踵摩肩，热闹得很！我家对门的刘凤海，是个精明人。他前几年摆点小摊点，都没有成气候。八九十年代搞了一台设备，轧制热干面。几年下来，起房子、生二胎，光景弄得很好。他赶上了热干面生意最"火"的好时候。

糊汤粉是我的最爱。不过，做法却说不出来。米粉怎么能做得那么又细又白，没有亲眼见过，也就无所得知了。如果从口味上分析一下，其奥妙或许在于：粉细如丝，入口滑嫩，极寡淡；糊汤却浓稠咸香，味微辛辣。主食和汤的味道对比强烈却相辅相成，形成鲜明而刺激的味蕾体验。正因为这口汤，糊汤粉，泡油条，就锅盔，甚至泡点炒米，都很相宜。有时候，生病了容易厌食，但一碗糊汤粉却能吃个干净！糊汤粉的味道，都在胡椒上，开胃！

八十年代中后期的早点供应，有个体的，也有供销社食堂的。进入九十年代后，基本上就都是个体经营了。因此，摊点越来越多，种类也更丰富，有些都叫不出名字来。离开家乡十多年，去年国庆节回去，正平哥带我过早，专门吃了锅盔和糊汤粉。糊汤粉的味道依旧，锅盔却改良了许多。一是里面加了肉馅，是为肉锅盔；二是做成了荷叶形，芝麻也放得狠些。味道怎么样呢？我能吃掉一整个！另外，老百姓做生意的品牌宣传意识，也似乎比过去增强了很多。譬如，卖糊汤粉摊点的招牌上，写着"二河糊汤粉"，难道这里还有糊汤粉不是二河的吗?

做早点，其实是很辛苦的。起早贪黑不说，起风下雨，天寒地冻，也都要出摊子。那些年，母亲总是起得很早，天还不到麻蒙亮，就挑担出门了。在八十年代江汉平原的一个普通小镇上，就业机会有限。做早点，技术门槛低，投入成本小，只要人勤快，能吃苦，就算是有个养家糊口的营生了。我在干一读高中时，有一次某个学生上课偷玩，老师说，你妈妈做几个团子卖，供你读书。你不好好读，好意思！骂得太狠了。

时隔二十多年后，故乡的亲人都说，你写写二河的早点吧！还热心地列出了清单：要写锅盔、要写糊汤粉、要写苕窝子、要写团子、要写巴子、要写……是啊，是都应该写一写。但无论如何妙笔生花，也难以尽写出珍藏在每个人心底的独特味道。因为，早点里，有我们梦魂难忘的童年记忆；早点里，有我们相思蛊惑的家乡滋味；早点里，更有勤劳而艰辛的底层百姓的生活味道。

最是暖老温贫之饮

我的故乡汉川田二河，不产茶叶，但喝茶的历史，也有上千年了。唐代茶圣陆羽，就是离二河不远的天门人。他一生采茶觅泉，品评茶水，著述《茶经》，留下了一段人文佳话。但二河的所谓“喝茶”，不放茶叶，喝的其实是——白开水。客人来访，延至堂屋，坐定后，先热情地倒一杯白开水，端给客人，“您喝茶!”平常有人来家里谈事，语毕，匆匆离去。主人大抵会表示歉意：“不好意思，茶都没有给您喝一口。”在家门口碰见长辈或熟人路过，通常也要客气地招呼一声：“您去哪里啊？到屋里喝一点茶再走咧!”——这“茶”，都是白开水。

逢年过节，招待客人，白水毕竟不为敬，怎么办？便以点心佐茶。倒完茶(白开水)，从炒米坛子里再抓一些京果、麻枣，麻叶子，盛在红漆木盘里，端上桌，是为“喝甜茶”。宾客们热热闹闹围坐一起，吃点点心，喝点茶水，片刻闲谈，到饭时，就上正席了。

喝茶，是故乡待客之道中一个温暖的开始。“扬州八怪”之一的郑燮《板桥家书》云：“天寒冰冻时暮，穷亲戚朋友到门，先泡一大碗炒米送手中，佐以酱姜一小碟，最是暖老温贫之具。”所述食材，或略不同，而情形似矣。江汉平原不产茶叶，八九十年代以前，普通人家是少有储茶叶的，即使有，也难以为待客的消费品。喝掺放了茶叶的茶水，被称为“喝茶叶茶”，以示郑重。日常说的“喝茶”，都没有茶叶，几句简单寒暄，一盏寡淡白水，让质朴友善的乡亲们得以施行以茶奉客的乡风礼节，品尝出茶淡如水的生活滋味。

在童年记忆中，奶奶曾有一位交情甚笃的好友，姓氏忘却了，她是吃斋念佛的，那时有六七十岁，面容慈善，举止安详，我喊她“斋供婆婆”。她家住在王家巷后头，屋宇高朗，窗明净儿，令人生心欢喜。西厢屋的后间，设为佛堂。我曾被奶奶带进那间一尘不染的里屋：供奉观音像、陈设蒲团，气氛庄严、神秘。每次，奶奶领着我去“斋供婆婆”家里玩，她都会捧出一些糖果、点心给我吃。她家的茶水，喝起来也似乎特别甘甜。奶奶告诉我，斋供婆婆喝的茶水，是积攒的腊八节后落下的雪水，封储在大瓮罐子里，开春后饮用，口味清冽，水轻而浮。我听着神奇，因此在三十多年后还记得。斋供婆婆是否烹水煮茶，禅茶一味，修清净心，持六和敬？幼小如我，便无从晓得了。——对于这位老人，我所知不多。奶奶去世也有二十多年了，更无从询问。斋供婆婆的家庭，大概是比较殷实的。她识文断字，且心灵手巧，能以韧性良好的塑料条，编织提篮、筐子、筛子、簸箕等各式用具。她曾送给我一个精巧的小提篮，白色、形微扁，一面的口沿下，用一根红塑料条走线成字，织了“北京”两字。

我的奶奶并不吃长斋，也非信众，她与斋供婆婆的交往，主要还是因为她生性慈悲，对行善之人有天然的亲近感。她曾给我讲过一个流传在二河民间的故事，一个关于喝茶的故事。

蔡家头潭那边，有一个地势低洼的村子。一天傍晚，天色阴沉，一个衣衫破烂的老头，又饥又渴，一拐一拐地走着。一家屋里的媳妇看到了，可怜他，给他倒了一碗茶。老人刚要喝，这媳妇就手抓了一把粗谷壳子，丢进碗里。老人有点生气。这个媳妇解释，您老走路赶得急，一身汗，肺叶都是打开的。茶又烫，喝急了，不好！洒一点谷壳子，您老边吹边喝，喝慢些！老人意味深长地看了她一眼，慢慢地将茶喝完。临走，他对这个好心的媳妇交代：某日某时，你用竹篙子顶一条裤衩在你家的屋外！切记！说完，老人转眼就不见了。这媳妇觉得很蹊跷，到了某日某时，她就按照老人的吩咐，把一条裤衩用竹竿子撑在屋外。不一会儿，就发起大洪水，把附近的村子都淹没、冲走了。这家人的房屋，地势也不高，但大水始终没有漫过她家的台子。全村也因此躲过了一劫。从此，这个村子，就叫作险家台。

奶奶讲的这个故事，我想，其实是因果相循劝人行善的“二河版”。但喝茶的细节却说明：千百年来，在江汉平原一带沿袭的没有茶叶的“喝茶”里，蕴含着礼节教化，人心温暖。

由于方言的濡染，直到上大学，我仍习惯将普通话的“喝水”说成“喝茶”。

有一次，我在宿舍里随口说了一句："我要喝一点茶!"起身到门边找开水瓶。我的上铺，是一位成都龙泉的兄弟，听到我要"喝茶"，跳上床铺，就去找他的茶叶罐！——四川是盛产茶叶的。四川人的"喝茶"，是真喝茶。

最近几年，我回老家走亲访友时发现，招呼"喝茶"，已经开始掺放茶叶了。镇上新开的几家超市里，红茶、绿茶、花茶……各种茶品繁多。我把这个"新发现"告诉了正平哥。哥哥对我说："其实二河人还真是想给客人茶喝，不过生活艰辛，只好以水代茶。你看现在，家家户户都有茶叶的!"

说完，他递给了我一杯绿茶。玻璃杯的温度，直透掌心。

地米菜

地米菜，南京人叫荠菜，学名也叫荠菜。但在江汉平原，我们叫它"地米菜"。地米菜，乡土而亲切，我更喜爱这个名字。

地米菜，或单株，或分枝，茎皆挺拔直立。株高约三四十厘米，繁茂一片，长能没膝。萼片呈长圆形。花小，白色。一夜春风起，田埂、路边、荒地、河滩、林下、土坡旁，随处可见星星点点，绿绿葱葱的地米菜。

它们这些可爱的小花，仿佛眨着眼，欢快地喊着：快来采我！快来采我！

是呵！每到农历三月三，人们纷纷走到田野上，采回一把一把的地米菜，煮鸡蛋。这是江汉平原流传已久的习俗。

据说，三国的名医华佗在外采药，一天，偶遇大雨，在一老者家中避雨。见老者患头疼头晕症，痛苦难堪。华佗随即替老人诊断，并在老者园中采来一把地米菜，嘱咐老者取汁煮鸡蛋吃。老者照办，服蛋三枚，病即痊愈。此事传开后，人们都纷纷用地米菜煮鸡蛋，遍及城乡。因为华佗给老者治病的日期是三月初三，"三月三，地米菜煮鸡蛋"，遂成风俗，渐渐盛行开来。

——这个故事，是奶奶讲给我听的。

小时候，稍有头疼脑热，奶奶便会带我去位于东岳庙潭旁的镇医院看门诊。常给我看病的，是一位邹医生，矮短身材，和颜悦色的。他大概与奶奶熟识，也晓得我怕打针，所以只开一点红霉素、四环素之类的消炎药。看完病，奶奶牵着我的手从医院后面小门出来，沿北边院墙下的一溜土堤慢慢走回去。这时，她就会在这长长的堤坡边上，佝着腰，细细寻找，采摘一些地米菜，回家煮鸡蛋给我吃。她说，地米菜煮鸡蛋，可以防止脑膜炎！印象中，在八十年代，对于小孩子而言，“脑膜炎”是一种易患又很恐怖的疾病。奶奶的地米菜疗法，颇有一点儿“中西医结合”的意味，疗效更无从细究，现在回想起来，更多的是她对自己唯一的孙伢子的无限疼爱。煮时，奶奶细致地将每一枚鸡蛋都敲开一点儿小缝，浸在一汪碧绿清水里好让汁液“煮进去”。煮好，剥开，白嫩的蛋里透着清香。但我并不识得地米菜，我没有亲手采过它。我甚至在相当长一段时间都固执地以为：地米菜，只生长在东岳庙潭后面那一道土堤旁！

后来，我离开了故乡。地米菜，似乎也从我的生活中消失了。

有一年春节，在妻子的老家苏北过年。苏北过年是吃饺子的。妻子带着儿子大麦去田里摘荠菜，预备饺子馅——晚上，吃荠菜饺子。大麦欢快地在田野上飞跑、欢笑……他找到了一些荠菜，小小的，白色的花，心形的果。大麦兴奋地告诉我：“我认识荠菜。它的花是心形！”他很喜爱荠菜，返回南京后，他把带回来的荠菜交给母亲：“奶奶，给你包饺子。”母亲笑了：“哦！摘了这么多地米菜呀！”

原来，荠菜就是地米菜啊！

我仿佛重逢亲人般地仔细端详着地米菜。绿色的茎，白色的花，心形的果。

从此，我认识了地米菜。

米　汤

二河人做饭是这样的：把米淘洗净，加水，用鼓子（桶状大铝锅）煮。这个过程，需控制好火候。过烂，就真成了粥。水也要适量，水少，易夹生。夹生饭——无整！煮熟后，搂起，以净纱过滤，放在区闭（读“bèi”，是与铝锅配套的蒸屉）上，糊几把豆挂子，蒸成饭。再留一点儿米，隔在下面，继续熬粥，这叫“搭粥煮饭”。如果颗米都捞尽，就是米汤了。

米汤富有营养。中医认为，米汤性味甘平，能滋阴长力，有很好的补养作用。《本草纲目》上说：“米油，力能实毛窍，……以其滋阴之功，胜于熟地也。”清代名医王士雄曾言：“患虚症，以浓米汤代参汤，收奇迹。”吾乡民间，亦有患夜盲症喝糙米汤可愈的说法。

但在过去，日常生活中，大多数人家，煮饭的米汤都泼掉了！这与饮食习惯有关。江汉平原是以米饭菜蔬为主食的，毋须像山东人那样非得就馒头喝小米汤不可（我有一个同学是山东诸城的，吃惯了小米粥就馒头，到南方上大学，每餐用一只玻璃杯倒水冲服米饭）。饭一搂完，转身一鼓子米汤水便泼在了厨房外的土路旁，几只眼尖的小鸡仔飞扑过来，啄食那一片湿地上零星的米粒。——在八十年代，这是午间颇为常见的家常景象。

但也有不同的。譬如，我的婆婆，她舍不得全倒光，而将那浓酽白稠的米汤留下约莫一大碗的分量，盛在一个白瓷缸子里，放一点儿糖，摊凉，等我中午放学回来，就可以先喝米汤了。

好喝吗？真好喝！

婆婆留的米汤，又甜，又糯，温热，表面还凝着一层米脂皮，薄薄的，莹白如膏。“咕咚”，“咕咚”，大口喝下去，齿间留满大米的清香。——我之后再没有喝过那样美味的米汤！

进入九十年代，街上一些经济宽裕的家庭开始买冰箱、洗衣机，也渐渐用起了电饭煲。但常听他们抱怨，电饭煲质量差，容易坏。后来才知道，电饭煲煮饭熟得快，十几分钟就跳闸了，习惯于搭粥煮饭的主妇们怕饭夹生，想多煮一会儿，便用筷子顶住开关，时间一长，锅就烧坏了。

习惯，是人的第二天性，但时间能改变一切。今天，即便在农村，即便仍用土灶炒菜，但还在搭粥煮饭的，估计也很少了。毕竟，电饭煲方便。

十多年前，父母随我移居南京，从老家携来了整套炊具：鼓子、区闭、蒸笼，连蔓糙袱子都带了……逢年过节，自然少不了做几道“二河三蒸”，但日常做饭，都用电饭煲。现在，大米的品质越来越好，杂质少，颗粒干净，基本不用淘。电饭煲的功能，更趋先进，做饭，简化成了选择米种、口感的固定程序：量米，注水，按键。不用再煮饭，自然也就没有米汤。

昨晚上吃饭，居然看见儿子在喝米汤。我诧异问，妈，您老今天怎么搭粥煮饭了啊？母亲说，天热，娃儿仔吃不下硬饭，给他弄一点米汤。

我问儿子，好喝吗？

儿子用下巴压住碗沿，喝一口米汤，又扒了一筷子饭，说，好喝！

我端过碗，抿了一口，品味着淡淡的米香。

炒炒米

砰！一声巨响。

一股带着米香味的白烟，从一条长长的布袋中腾起。孩子们忽地扑上去，扯开布袋，抓起一把来，就往嘴里塞——这就是炸炒米。小时候，一到年根腊月，就有人挑着担子走街串巷炸炒米。

炸炒米有专用的锅子。铁质，黝黑，长约两尺，其形如胆，膛中空，顶端为口，有盖，接以手柄。在手柄处，装一块测压仪。炒制时，倒入小半锅大米，放上少许糖精，扣紧盖子，然后搁在一个有丫形铁支架的炉子上，一手摇柄旋转，一手扯动风箱，“呼哧呼哧”地烧起来。十几分钟后，就要起锅了——这是整个炒制过程中最具声势的环节。熟练的炒米工，一压摇柄，抬起锅头，塞进长布袋，一脚踩住锅身，用一根短铁管插入盖柄，用劲一扳，“砰!”炒米就飞出去了。炸炒米，学名应该叫爆米花。这东西膨化后，入口绵化，但不经饿，只能给小孩子当零嘴吃。

在年前，家家户户都必备的是炒炒米。炒炒米，可以在家里自己弄。在铁锅里倒入细沙，炒热。丢进去一小把晒干的熟糯米，拿一个草秸秆扎成的把子扒拉几下，米就白了。再用细筛子滤掉沙子，撮出来，就可以倒进炒米坛子。炒米坛子是一种长形的陶瓮，工艺粗、色多黄褐，置于屋角阴凉处。用时，拿一个铝制旧热水瓶盖子（炒米坛子口小，瓢伸不进去），舀两三下出来，或盛大碗中，或倒在瓷缸子里，冲开水，即可吃了，取其方便也!《板桥家书》说：“天寒冷冻时暮，穷亲戚朋友到门，先泡一大碗炒米到手中，佐以酱姜，最是暖老温贫之具。”我的故乡不吃姜，放糖。炒米糖水，好喝。

炒米，本身无味，可泡在汤里佐食，面汤、粉汤，口味俱佳。泡在藕汤里呢？绝了！汪曾祺先生曾说，炒米、炒面、焦屑之类冲泡的快食，与我国战乱饥荒频仍的苦难有关。诚然。

几年前，看到一则新闻，孝感博物馆把炒米坛子作为民俗文物收藏了。我的感觉有点怪：炒米坛子什么时候成了文物啦?!

闲话鸡胗

独坐在异乡的小饭馆，点了一个咸鸭蛋，要了一瓶啤酒。窗外，下着雨。于是，无端想起故乡的一种下酒菜——鸡胗。

鸡胗，就是鸡的胃脏，二河方言叫“鸡食子”。形扁圆，外有筋膜，内有肫皮，两侧为肫肉。肉紫红，质韧，熟后脆嫩。宜制冷热菜肴。韧脆适中，口感好，常用于炸、爆、卤等，如：炸胗仁、爆肫花、卤鸡胗。

但在我的故乡，过去的人们通常不吃鸡食子——或者准确地讲，置办酒席，宰鸡熬汤，鸡食子要让给尊贵的客人享用。譬如，家里办事，打制木器、架梁起屋时，便特意烹制鸡食子，或卤，或炒，小心地端给木匠师傅或瓦匠师傅下酒。

往回——我的奶奶这样告诉我——有一家人家，给儿子接媳妇，请木匠师傅打了一张大床。这个木匠工作了三五天，东家天天安置好酒好菜——熬鸡汤给师傅吃。但是，一连几天，木匠师傅都没有吃到鸡胗。他于是心里有气，临完工时，偷偷装了一个“消息”——用木头雕刻了一只小乌龟，安装在床枕上。

我很惊讶木匠的高超手艺，也更好奇——这木雕的小玩意，和他吃不到鸡食子有什么关系？

奶奶继续说——

等儿子接了媳妇，新娘整宿不睡，在床上两头爬，就是不睡觉！闹了好久。

婆婆是一个明白人，赶紧把木匠请回，接酒。连上了七个卤鸡胗，赔礼说：“您老误会了！鸡食子都留着，冷拿干了一个星期，一个都没有丢，专门接冷拿回来吃的！”

木匠也是个明白人，一看，就打了个哈哈，“哎呀！我上次把一个凿子落在您老屋子了。”进到新房，半晌，装模作样地拿了一个凿子出来（其实悄悄地卸了机关）。结果，当晚就安宁了。

然而到结末，这故事的寓意是：我们小孩子不能吃鸡食子。

现在回想，结论很武断，也很无端，起初一定与小孩无关。毋宁说是旧时走村串户招揽活计的手艺人们编排的诳语！——这已是无从考证的了。但因此，我多年没吃过鸡胗，直到长大后，羁旅外地，才开始吃起来。

旧时训诫小孩的套路，如“小孩子吃鱼籽写字手颤”“小孩子用手指月亮烂耳朵”，亦颇相类。正如长妈妈给鲁迅先生讲完美人蛇的故事，得到的教训便是：倘有陌生的声音叫你的名字，你万不可答应他！——总之，过去老辈人的“古话说”，似乎都承担着某种传统农耕文明下教化蒙童的特殊意义。

我唯一所不解的是：在广袤的乡土农村，那些超自然力和神秘感，为什么常常与某些特定职业相关联？具体说，为什么是木匠具有神奇魔力的呢？

后来，读到了美国汉学家孔飞力（Philip A. Kuhn）的名著《叫魂》，我若有所悟。

《叫魂》描述了1768年（清乾隆三十三年），一股“叫魂”的妖术恐惧突然从大清帝国最富庶的江南爆发，席卷大半个中国。故事的起点，则始于当年三月份浙江省德清县的吴石匠案。一个叫吴东明的石匠做了巫蛊之术。

孔飞力阐幽发微，透过跌宕精彩的情节，深入剖析了“叫魂”事件的历史意蕴。他觉察到：在农耕社会超稳定结构下，囿于乡土的人们，对外来人（流动人口）充满了排斥、臆想和偏见。尤其是那些居无定所、不务正业的人群，如乞丐、游方僧人及道士，更受到莫大歧视。石匠、木匠、泥瓦匠，由于具有某些特定技艺，又需抛家离口，流浪谋生，与终年束缚在土地上的农民相比，也属于游民的一种。——这些手艺人，也被赋予了某种神秘性。在江汉平原关于“鸡食子”风俗中，实质上仍是一种不被接纳的排斥和提防。尽管，这种神秘性，被某种略带恐惧的尊崇和敬畏所包裹、掩饰。

这样想着，雨渐渐小了，晚色昏沉中，我走出了流浪的小饭馆。

从拖“十碗”说起

一踏进店门，扑鼻一股浓郁的酱醋味，如果不是门口“茅台镇散酒”的招牌，还以为进了酱铺。堂屋当间，整齐排着十几个大酒坛子，形似老式的酱缸，坛口用红布严密封覆，却掩不住透出阵阵酒香。桌案上，支架斜放一本大开本的赵孟頫《千字文》，笔墨陈设于侧。旁边，整齐叠放一沓写满字的毛边纸。“沽酒聊自劳，开樽坐檐隙”，店主闲适自遣，颇有古风。

店主姓刘，五十来岁了，面黝黑，皱纹深刻，眉目细长，一笑，嘴角略阔，脸上的皱纹更显深些，神情也更似乃父——镇上已故著名书家刘耀平老师。刘老师一笔颜体字，写得很有气力的，又兼具口才、识见，善为知宾，能张罗调度红白筵席。刘大哥是其长子，传承了书技，也习得知宾仪礼。

过去，在乡镇上，凡婚丧嫁娶，均须接一位识文断字通晓礼仪且有声闻的先生，帮助东家主持局面，是谓“知宾”先生。“知宾”之要，首在支配宾客按序入席，故又称“支宾”。知宾是办事人家的总指挥：迎来、送往、巡数、席次、礼仪、拜谢……里里外外，悉听尊便。一个得力的知宾，能为东家分忧不少咧。

知宾，实为古典儒家之余绪。早迄殷商，有专执冠、婚、丧、祭等活动的司仪官，即儒。《说文解字》说：“儒，柔也，术士之称。”又，焚书坑儒，《史记·儒林列传》载：“焚诗书，坑术士”，一说术士，亦即儒生。京剧《将相和》第四场唱词：“明日我府宴请廉老将军，敢烦作一知宾，替我分神周旋，俾使满筵增辉。”可见，至少在清代同、光时，知宾先生便在乡土底层社交活动中扮演着极为重要的角色。

“现在知宾先生不那么重要了！”刘大哥说。

“为什么？”

“现在的人，不讲究这些事情了！就算有一点差池，也都宽宏大量。”

“哦！”

在八九十年代，故乡的筵席，礼数很多，稍不留意，便得罪人。我小时，端着碗，跟着大人当“脚化子”（意为大人脚边上的叫化子），见过很多。譬如，排错座次，便有人不忿，翘气，走人，不吃了。还有时太忙，请漏了客人，甚至要打知宾先生。——争的是“礼”，更是“一口气”。

时至今日，物质丰富了，社交场合也多，从某种意义上，“吃酒席”往往反成了一种负担。年轻人的仪式感也早已模糊，对于礼行，也不怎么在乎了。

“那么，吃喜酒，舅爷还要不要坐上席呢？”我好奇地问道。

“这还是的！”

上一席，谁坐？各地乡风不同。有舅爷坐的，也有姑爷坐的。在天、沔、汉一带，在田二河，是“舅爷为大”，坐上迎。而且，舅爷不到，不能开席的！我猜想：这个风俗，大抵还是“孝”文化的一种衍生。“娘亲有舅”，尊舅的实质是敬母。

“上菜顺序，还是讲究的。”刘大哥继续说，“吃长火，就像听戏一样，（菜）上没上错，是有点评的！”

江汉平原上的人，把做饭叫烧火，做一顿饭，叫烧一餐火。办红白喜事，要不停地烧几天，谓之长火。于是，乡间赴宴，就称为“吃长火”。

二河吃“长火”，是吃“十碗”，取十全十美之意。每一道菜，都有寓意。上菜顺序，也有讲究，从第一道“头菜”，到压桌的“蒸扣肉”，不能上错。吾乡有谚云：“二河吃长火，十碗依次来。一三五七十，都是固定菜。”这些规矩，人人都晓得，约定俗成，上错、少上、不上，或者“没有吃到”某一道该上而未上的菜，就有人要笑话厨子师傅和东家了。

我遂又向刘大哥请教座次尊卑排位与菜肴放置的方法，并绘图如下。

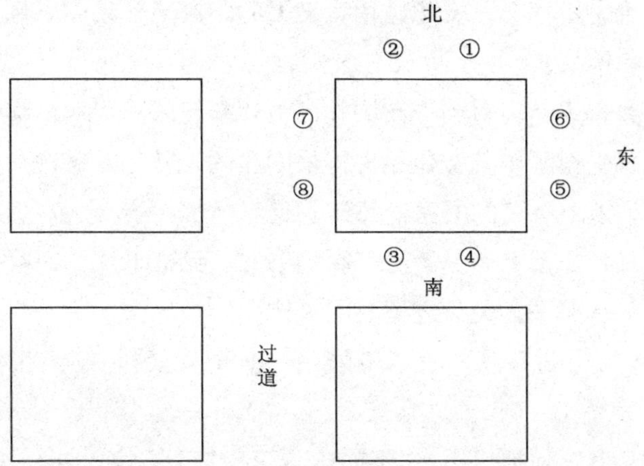

如图为传统喜宴座次顺序图。第一桌第一席口，第一号位最尊，大舅爷坐；第八号位为末陪，多为本房亲族，负责劝酒，敬烟，拖菜。他的座位靠近过道，为传菜通道。座次的尊卑秩序，遵循“面北朝南，以左为大”，这也是中国传统礼仪的一般秩序原则。

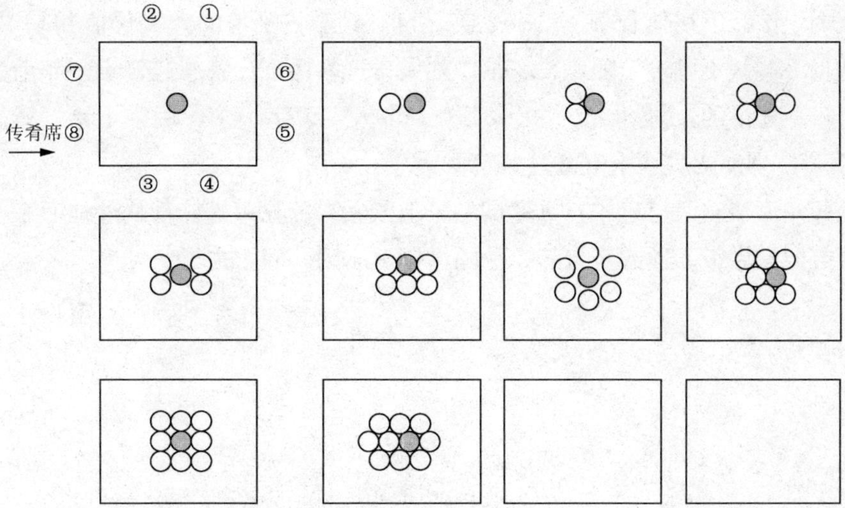

如图为传统喜宴十道菜肴依次放置图。新上的“食碗”，朝向主客方便取食处；“空碗”，则总是拖向己方。——这是待客之道。过去，有人初次陪席，不会拖碗，内行人便告诉他：记住！空碗往自己怀里拔！

乡土中国的传统礼仪，本来是有一串繁杂而严苛的程序的，其规范寓涵着儒家文化的核心价值。九十年代以来，形势日新，观念涤汰。近年来，城市化和互联网大潮风起，在高楼耸起、道路拓宽的背后，在集市拥挤商业繁荣的背后，许多乡镇陷入凋敝，人口流失，社会—文化结构意义上的归属感、秩序感和人文感，面临了前所未有的冲击和挑战。

交谈中，刘大哥表达出对当下“旧礼已去，新礼未立”的深切忧思。

在他的直观感受里，传统文化丢失得最明显的，就是家家户户贴的对联。他的父亲刘耀平老师是镇上有名的书家，每年临近春节都在街面上写春联，对于楹联文化颇有研究。那时候，镇上老一辈写春联的书家，无论平仄、对仗、寓意，都很讲究，更不会犯重字、孤平、失对之类的明显错误。

“现在，就是两句顺口溜，根本不能叫‘对子’，就是贴两张红纸，带一点喜气意!”

“还有，错别字!”他抱怨道，“譬如，给招牌起个名字，叫什么‘鼎好’，正规该是‘顶好’，写‘鼎’，就是错别字！无章打野！搞一些无根无凭的‘创新’，还以错为荣!”

我点头，表示理解。

活用汉字的同音近义，造字造词，求新求变，是时下商业文案和新闻报道中司空见惯的手法。但在他看来，汉字之美，自有其千古不易的人文价值和基本准则，须存敬畏心，诚不可过于随意、恣睢。刘大哥这番话，让我想起二十多年前我的高中文科班主任说的：“你能读了几多书？一个人，识字不多，用字不错，就很了不起了!”——他们都是文化传统主义者。

简短一席谈，时已近午，欲邀同餐，但刘大哥的兄弟姊妹都从外地回来上清明坟，要赶回家做饭。遂起身告辞。他随手锁上店门，回家去了。

河那边的小学

二河背街的北边，是一条小河。河的北边，是我们的小学。

背街，其实是一条公路，在十字街以北。现在，叫荷沙公路。那时，确乎还是一条不宽的东西走向的沥青路：东边到王家巷，南折，约二三百米，直拐，往东，通向遥远的县城。笔直往西，约八里，就是干一镇了。沿路两侧，起了两溜矮房。大多是民房，也杂有一些铺子：卖油的、做棕床的、弹棉花的、修车的、鑱碑的、打铁的……（若是在八十年代到过二河镇的人，想必都晓得了：我说的顺序，是由东向西走的。）铁匠铺再往西边一点，公路北边有一家小卖部。从旁边的巷子往里走，是一座矮矮的三孔土桥。一过桥，右转，迎面就是小学的大门了。两柱墙墩，拱起一个弧形的铁架子，上贴铁皮漆字：田二河小学。进校门，沿着河堤，是一条笔直的青砖渣土路。旁植两行细柳。走百余步，河坡边上，往北，栉比依次是四五排坐北朝南的教室。最后一排，是教师宿舍。1987 年，在教师宿舍后面，新起了一栋两层楼房，这是全校最高的建筑，作为五六年级的教室。一楼西侧，一间大教室。讲台旁边，有一间十来个平方的小屋，是同学们课间的乐园。

对着河岸的，是学校的大操场。北边，是一个大土台子。台上立一根旗杆，后边植一丛绿得发墨的万年青。晴朗的早晨，听到广播一响起，同学们都从各自的教室里“冲”出来，按班级整齐排队，随着广播体操的口令，“一、二、三、四；……”做早操。领操的同学，一般是高年级的班干部，臂戴“两道杠”、扎着马尾发的女生。初升的朝阳，照在操场上，把地上的影子拉得老长，伸展着，跳跃着。

学校东边，没有院墙，教室旁边，是一大片空旷的田野。中间只隔着一条一米来宽的狭长的水沟。水沟的南头，与河相接，呈“T”字形。三四月间，田野里的油菜花开了。一大片的金黄色，如一幅黄灿灿的大被子，盖在大地上。香甜的花蜜，引来蝴蝶和蜜蜂，飞舞花丛间，无限春光，野趣盎然。坐在教室里，都仿佛能闻到浓郁欲醉的花香，能听到蜜蜂“嗡嗡”的振翅声响。中午放学，为了抄近路，我们时常“冲锋着”跨过水沟，插过田埂，沿着酱园北墙根的小路走一段，就穿到王家巷，出到背街上了。

冬天的夜里，飘起雪花。日间的嘈杂、灰尘、坑坑洼洼的街道，早已收进了暗色中。雪，越下越大。等到清晨，打开大门，眼前便呈出一个晶莹洁白的世界。路上，脚步蹒跚的行人，都穿着厚厚的棉衣，头上套着搭耳的大棉帽。小学生们三三两两的，挎着灰书包，脖子上搭着长线连接的红色针织手套。因为走远路，灯芯绒的棉鞋面都湿了。操场空旷，似一片平坦的雪毯，不知谁堆砌了雪人，起得真早啊！教室的瓦檐下，挂着许多冰凌，尖尖的，像一只只透明的胡萝卜。调皮的学生，便用木棍捅下来，吃“凌杠子”。远处的小河上，正有同学踏冰而来。

夏季时节多雨，沟水激涨，雨水，冲刷着沟堤。巨大的浑黄水流，夹杂着泥块、枯枝，冲到南边的小河里去。暴雨初晴，沟渠湿滑，土地泥泞，抄近路就很危险了。我们就都从学校大门出去，从桥上经过，走到上街去。

一年夏天，刚下完雨，学校附近的一个傻小子，赤着脚，守在桥头，手里捏着一根长长的叉蛤蟆的叉子，拦住我们的路。过了很久，才有大人把他拉走了。他的形象，总让我想起童年的闰土。

打撇·呼烟盒子·折纸枪·打弹珠

翻检往事，斑斑陈迹，记忆中，往往是些儿时的游戏和玩伴。在此略叙几种：打纸撇（pié）。打纸撇是我们二河的说法。普通话叫打大宝。撕两张书纸，对折，十字交叉，折尖角，折叠，插好，就成了一个方方正正的“撇”。一个同学把“撇”放地上，最好贴地严丝合缝。另一同学，拿自己的“撇”，用力一打，风到过处，把地上的“撇”掀翻，就算赢了。有赢得多的，书包里塞的都是“撇”。我家里曾有满满一个抽屉的“撇”，不过，是自己折的多，赢得少。我会折一种只用一张纸的小“撇”：把一张纸纵向折成细条，然后从一端开始，反复折直角，四折，把另一端别进去，就好了。用小“撇”赢大“撇”，是输到最后绝处逢生的法子。

“呼”烟盒子。打“撇”，只要有纸，就能做。但“呼”烟盒子，却须颇费心机地收集原材料——纸烟盒。那时，纸烟主要有大前门、白象、牡丹、红双喜……尤以红双喜最为普遍。做法是：把烟盒子纸拆开，摊平，折成长条。再对折，呈一个长约五六厘米，约两指宽的纸条，别好，略弯出一点弧形，就可以“呼”了。

游戏规则是这样的：

两人各从背后悄悄取出一张，同时拿出来，比大小——按烟盒牌子的价格比。价昂者优先，把两张烟盒子叠在一起，往地上一甩，用手拍！甩翻，拍翻，都算赢。没翻，再轮流拍至翻。

烟盒的牌子，很重要，一般的规矩，“白象”管“牡丹”，“牡丹”管“双喜”，“牡丹”管“大前门”。说是“规矩”，其实不一定合理，因为有些牌子香烟的价格，我们也不清楚。

“双喜！”

“牡丹！”

好！“牡丹”先拍。一“呼”，两个都翻了。再来。

“双喜！”

“牡丹！”

“等一下，我是金双喜。你看，有印花！”这下，没办法了。

最厉害的是50支装的金双喜。纸很厚，硬硬的。但大都只用来炫耀武力，轻易不拿出来。因为，有同学使诈，以小博大，常令人上当。但时间一久，便不能和这样的对手玩了。老拿“烧鸡公”诓“金双喜”，谁干啊？

烟盒子，很金贵，所以耍赖、争抢，甚至打架的事，时有发生。有一段时间，老师们是要收缴烟盒子的。

打弹珠。我乡方言叫：打珠果萝。果萝，丸珠之谓也！找墙后一块平整的空地，两人或多人，将弹珠用力在墙上一磕，反弹着滚出去老远。远者，先打。食指握珠，拇指拨弹，珠弹飞滚，两珠相碰，中者胜。打得熟练的人，手指极为灵巧有力，能在十米开外命中敌弹。

打弹珠，可藏、可追、可避、可隐、可围。在土里挖一个窝，将弹珠植入，避敌锋芒；将弹珠转移到树叶后，浮沙后，以扰敌路线；与交情要好的同学联合作战，专打一人……弹珠，亦有谋略。

还有一种玩法：间距挖四五个洞，植珠于内，逐一命中。颇近于游戏中的“打通关”。

游戏不同，“据点”也不同。打“撇”和“呼”烟盒子最热闹的场所，就在酱园子旁边的一片空地上。打弹珠，一般是在河咀场附近的那一片房前屋后。

折纸手枪。如果说打“撇”、“呼”烟盒子、打弹珠，还是纯粹的游戏，但折纸手枪，却是需要有点手艺的技术活。

用纸折三个正方形。注意！正方形的一边，得留出一点“通道”。一是便于拼接，连成L型——枪把。更主要的是，枪把做好后，要用一张纸搓成细管，穿过通道，充当枪管。这是驳壳枪的做法。

如果想做出花样，还可以折歪把子手枪。处理手柄部分时，折出一些小三角形，一个一个地拼插，最后，拼出一把非常神气的歪把子手枪。

我真正会折纸手枪，是在给我的同学路继平做枪失败之后。他家住在上街。我曾向他吹嘘“会做枪”。有一天放晚学，他邀请我在他家里吃饭，还准备好了“原材料”——一本书，让我帮他造枪。结果，我撕光了他整整一本书，也没凑出一个“枪把子”来！后来，直到他转学去了脉旺镇，我也没能做好那把枪。

难忘的六一

窗外是一所小学的操场。早上七点半，外面突然喧闹起来。

先是一阵孩子们的欢闹声，接着，响起广播喇叭。然后，报幕式的朗诵。然后是合唱，“……我爱红旗招展……”哦！是六一儿童节啦！歌声清澈而美好，把伫立窗前的我，带回到那遥远的小镇。

小镇上过“六一”儿童节，大抵是这样：一大早，孩子们统一着装到学校。升旗，开大会——“三道杠”讲话，新晋少先队员们佩戴红领巾（那时候，加入少先队要等到三年级，且名额少）。在沐浴着灿烂阳光的大操场上，整整齐齐地坐着一排一排的小学生。学校要求统一着装：男生是白色衬衣配湖蓝色短裤；女生是白色衬衣配湖蓝色吊带裙子。在阳光下，显得格外神气、清爽。整个校园，都被《少年先锋队队歌》和《六一儿童节歌》欢快而喜悦的旋律浸润着。

兴奋！热烈！欢乐！

开完会，就上街去游行。

学生们一队一队地，拿着花环，走两步，举一下，走两步，举一下，穿过上街，走到下街，再经过王家巷，从后街返回学校。沿途满是围观的人群。时不时有家长指指点点：这是我家孩子！还有一些单位，如供销商场，糕点房，出来放鞭炮，欢迎游行的学生队伍通过。热闹极了！到学校，解散，各自回家。吃过晚饭，都到上街的电影院里去看文艺演出。演出的节目，大多是同学们的歌舞和乐器表演。唯一的语言类节目，大概就是我和李克章的说相声了（后来，还有一个叫易兰芬的男生唱湖北大鼓。他低我两届，是个曲艺奇才，也曾和我搭档说过相声）。李克章是我的同班同学。我逗哏。他长得帅，捧哏！

为了晚上的演出，我俩已经投入地排练两三个星期了。临近演出前一周，还可以名正言顺地翘几节课。李克章家就住在老电影院隔壁的渔网厂里，我常去找他对台词。他的父亲，是一个活泛的人，打快板，能打出“点”来，时而也给我们一些指点。但更多时候，是在他家里听磁带，背台词、模仿。有时，我们就溜进电影院里“踩点”。初夏的老电影院里，密闭，不透风，也没有灯。但我们能挥汗如雨地站在昏暗、闷热的木地板舞台上，“比划”着，边排练边找舞台感。——舞台感是很重要的。没有舞台经验的人，上场会“晕台”。有找不着方向的同学，得老师快步冲上去拖。紧张啊！

演出开始了。

“我高！”

“我高！！”

“我头顶蓝天，脚踩大地，没法再高了！”

“我……我……”

“你怎么着？”

“我上嘴唇挨着天，下嘴唇挨着地！”

“那你脸呢？”

“我们吹牛的，不要脸啦！”

——观众都“轰”地笑了。

我们的班主任林代老师也笑了。“叫座”的演出效果，让付出将近一个月辛劳的他感到欣慰：这俩孩子还是棵“苗子”！

林老师是汉川师范的毕业生，那时刚参加工作。印象中，他面庞白皙，眼睛微凸，梳着波浪头，非常热心地张罗排节目、办板报。他写的贴在教室墙上的毛笔字“为中华之崛起而读书”，清秀、挺拔，有点钢笔字的味道（那时的师范生都有扎实的基本功）。我和李克章被他选中培养说相声。为什么会选我呢？后来我明白了，相声行里有句话，叫“宁要一丑，不要一俊”，丑能出彩。

在镇上演出大获成功后，我们还去汉川参加了全县的会演。在汉川演出的情景大都已模糊了，有两件事，却至今记得。

一是我的化妆。男生化妆其实蛮简单的：扑腮红，画眉毛，勾眼线。我的问题出在勾眼线上。刚沿着眼皮子画好，一眨，看不见了。再画一道，一眨，又看不见了。替我化妆的，是一位女老师。她端详了我的眼睛半天，说“哟！你的眼皮是内双！”

另一件事，是去广播电台录音。台词“为了庆祝六一国际儿童节”，我老说成“为了庆祝国际六一儿童节”。为了这句话，费了不少录音带，挺不好意思的。这孩子！

1989年，六年级那个最后的儿童节，我和小伙伴们演了个小品《送礼》，也是林代老师编导的。一张“剧照”，捕捉了生动的瞬间：张飞艳饰演的送礼者，提着一个网兜，里面塞一个空酒瓶、几个空香烟盒子，背弓，膝微曲，笑得露出牙齿来。我倨坐在条桌后。桌上，摆一张台卡，用毛笔写着“主任”（字，当然是林老师写的）。那次演出，就在小学操场的土台子上，远处的背景，是一栋刚修起来不久的二层教学楼。——这张照片，夹在我家的相框里多年，在搬家时丢失了。

林老师后来调到镇上的初中任教。我上大学后，有一年寒假，在中学校门口碰到过一次，此后多年未见。听老同学说，他现在是副校长。

这一晃，都是三十年前的事了。

读武侠

南街的五金商店旁，沿墙搭了一溜铁架棚子：一个酱油摊，两个剃头摊，还有一个租书摊。摆租书摊的，是一位很利索周正的老太太，家住黄家台子，姓方。她整天坐在一个大旧木书柜旁，看着书摊。书柜是特制的：底层，两扇大柜；中间一个扁扁的翻斗。柜上，支一大块木格板。靠墙边，并排两个对开的大木板架子，系绳格栅，整齐地插满了小人书。书柜和书架都可开阖，到傍晚，方家婆就把书柜、书架都推到街对面的修配铺里去。

书棚子里，就地摆了三五条长板凳。一年四季，无论天阴雨雪，总零散坐几个半大孩子，低头翻着书——都是一些散学后的小学生。这个书摊，连环画很多，有《杨家将》《岳家小将》《霍元甲》……都是根据传统评书、古典小说，或时兴连续剧改编的。其中有一套《三国演义》，从桃园三结义、董卓进京，到千里走单骑、刘备托孤……很齐全（如果存到现在，一定很值钱）。小小几册，刻画细致、笔风古雅：楼台亭阁，屋宇飞檐，人物峨冠博带，栩栩如生，煞是好看。尤其是关羽关云长，被画得蚕眉凤目，长髯飘洒，赤兔马和青龙偃月刀，也神形逼真。宝刀良驹名将，读之令人遐思。看入了迷，就不免常被大人来喊回家吃饭。母亲说："看不到人，到书摊子那去找，一准在!"

除非在等候理发时打发空闲，少有大人们坐在棚子里看书。他们付押金租回家去，而且主要看大本的武侠小说。我开始看武侠，是在小学三年级，记得生平所看的第一本武侠小说，书名叫《阳关三叠》。作者是谁，情节如何，都忘却了。只记得，主人公曾被追敌所迫，坠下悬崖。在一个古洞里杀死了一条怪龙，剖胆取食，内力暴增一甲子。他还得了一柄上古神兵器——干将宝剑。

说实话，方家婆书摊上的武侠书，质量并不算得好，什么《残肢令》《鬼书生》《金剑寒梅》《紫电青霜》……多是卧龙生、陈青云、柳残阳、萧逸之流的作品。后来，进过几本古龙的书。但金庸、梁羽生的书却少，居然连《射雕英雄传》都没有！我在她那里，只见过梁羽生的《冰河洗剑录》《弹指惊雷》，读来无味。

刘勇刚告诉我，在河咀场搬运站旁边的一户人家能租到金庸、梁羽生的小说。勇刚是我的“书友”，我们常在方家婆的书摊租书并交换着看。我曾在一篇《我的好朋友》之类的课堂作文中写过：“他眼睛近视，走路时，手里都捧着一本《精武岳飞》，津津有味地读着。我推一步，他走一步，不推，就又站住了。”——记忆中三十年前写的，我相信，如果能找出当年的老作文本，文字一定相差无几！林代老师表扬我写得好，曾当作范文在班上念过，并评价说：“推，写得传神！”勇刚的数学成绩好，他后来考上重庆建筑科技大学，现定居重庆了。

其实，河咀场这家并不经营书摊。早先，在老中学对面摆过一个售货亭子，后来也关闭了。但不知怎的，却富藏武侠小说，且多精品。常有熟人往借，因不以为业，租金也随意，三角两角，只有方家婆的一半。于是，我常去租书。

印象中，凡金梁的名著，几乎都是在那里看的。金庸的“射雕三部曲”外，还有《笑傲江湖》《天龙八部》，都是宝文堂版本，金庸题签，内有插画，装帧朴素大方，极为耐看。那时，少年心切，内容读得纯熟。我曾让同学翻至某页，仅凭厚度，便可猜度具体情节内容，莫不中的！

金庸的后记，也写得精彩。他的后记中，除了详述成书及修订历程，常褒贬时事、纵论人文。如《笑傲江湖》后记中说：南越国会中辩论之时，常有议员指责对方是“岳不群”（伪君子）或“左冷禅”（企图建立霸权者）。由此可见，金庸小说的巨大解释性，为“六神磊磊”们提供了解构的资料，当时已是政治的谈资。又如《神雕》后记，曾论及“为国为民，侠之大者”的中国古代人文精神，探讨历史视野下的“国家”与“民族”概念。在《碧血剑》后记之后，又附录了金庸撰写的《袁崇焕传》——金庸曾有志于研究明史。《天龙八部》后记中，除有倪匡代笔，让阿紫眼瞎的笔墨趣闻，更附了加州大学伯克利分校陈世骧教授 1966 年复函关于金庸小说的论评。我因此知道，《天龙八部》所揭示出的深刻悲剧性——书中人物，无不为自身的贪嗔痴爱所困，遂造就了一个“无人不冤，有情皆孽”的婆娑世界。

从阅读金庸中汲取的许多（文献）知识，滋养了我亲近文史的秉性。在八十年代乡镇贫瘠而闭塞的文化土壤里，读金庸，启开了一扇心窗，缝隙间，透射过人文的光芒。

梁羽生的书，我曾租过《萍踪侠影录》《冰川天女传》和《云海玉弓缘》。我早听勇刚讲过，有一个叫金世遗的，是一个狂放不羁的游侠，常扮作乞丐，意态疯癫，武艺高强，“噗”地一吐，痰里裹着毒针。他有一柄寒铁拐杖，内藏短剑，是他的师傅毒龙尊者传给他的。据说，他深爱着冰川天女。但冰川天女不喜欢他，只把他当作弟弟。——这是一个令人神伤的故事。

梁的“天山”系列，我先读的《云海玉弓缘》。那是一个深秋薄寒的午后，天阴沉沉，我独自在搬运站二楼空旷无人、四壁灰土污迹的办公室里的一张斑驳的旧木桌上，看了整整一下午。冰川天女已经嫁给了唐经天。金世遗的爱情，在两个女人——厉胜男与谷之华——之间纠葛着、彷徨着。这是梁羽生写情最苦也是最好的一部小说。我先是喜欢端庄娴静的谷之华，后又被亦正亦邪勇敢的厉胜男所吸引。读到最后，厉胜男以命相搏终偿所愿，在新婚之夜香消玉殒。金世遗在她墓前焚毁了乔北冥的神功秘籍，离去时长长的身影仿佛变成了厉胜男那生生死死也摆不开的影子，欲哭无泪，此情已成追忆。至此掩卷，不禁黯然！抬起头时，窗外天色已全暗下来了。

梁羽生的小说，人物单薄，情节无奇，不免于“脸谱化”。但诗词光彩，时有佳句，且人物皆名士风度，狂纵才俊，有一股子仗剑天涯载酒江湖的飘逸的文人气。张丹枫、金世遗，尤得我心。他们都深合我少年时代对自我形象的某种期许！

镇上还有两处租书的摊点，但我并不常去。一个在上街，靠近电影院。那里的书，都被分拆成薄薄的几册，用黄皱纸包着，重新订了线。租金虽菲，但也费事。我曾在那里读过《飞狐外传》和《还剑奇情录》。还有一个书摊，在北街的糕点房大门口。摆摊的是一个在供销社工作的中年人，姓名已经忘记了，大概是姓黄吧。那时，他约四五十岁，面色黄黑，爱吸烟，谈锋颇健。我常去翻书，也和他闲谈古今。他的书，武侠并不多，以评书为主，如《岳唐演义》、“征东”、“征西”、《飞龙传》等。还有些历史小说，如姚雪垠的《李自成》，似乎也不全；还有唐人的《金陵春梦》，以及高阳的书——这些书，我大都没有看过，也无兴趣。因为我聊天多，租书少，后来他也就不甚欢迎我了。

二河镇上的这些书摊，都早已消逝。方家婆大约也早不在人世了罢。

小时候，我们在春秋阁上放风筝

南京初春的周末，天气晴和。路旁的迎春花，一丛一丛黄灿灿，竞相争妍。齐整的玉兰树，把洁白、晶莹的花枝舒展着伸向天空，显得格外精神。我带着大麦去雨花台公园骑单车。

门口，有人拿着一把红红绿绿的风筝叫卖。大麦停下车，艳羡地盯着风筝，又回头看看我。我知道，他又在活动心眼！这种用塑料布压制的简易风筝，十块钱一个，玩一回，便扔掉了，没什么意思。

我于是哄他："别买了！下次，爸爸给你做一个风筝，真正的纸风筝！"

"你会做风筝？"上过手工课的大麦惊奇地问。语气里，充满了期待。

"当然！"我肯定地回答。

是啊！我们小时候，谁没有自己动手做过风筝呢？每到三月份，田里返青了，春秋阁高高的土堤上，各式各样的风筝升起，荡漾在湛蓝的天空中。孩子们撒着欢儿在田埂上追逐、打闹、喊叫……大地热闹地与天上的点缀互相打量着、照应着。

——春至阳生，草长莺飞，正是放风筝的好时候咧！

在我的故乡，风筝，叫作风灯。常见的样式有：七星、八角、燕子……还有鬼蛾子。

鬼蛾子，其实算不上是风筝。它没有竹骨，也不安装斗线，拿一张薄薄的白纸，窝成一个帽子一样的斗形，再粘一个长长的纸条，用线在帽檐上一穿，就成了——这是小孩子们的便宜的把戏。放鬼蛾子，地方也不限。屋前门口、禾场上，甚至宽一点的巷子里，都能放。鬼蛾子，飞得不高，一颸一颸地，显出伶仃、可怜的样子。所以，叫它"鬼蛾子"。

燕子，样式简单，十几岁的孩子，一般会动手自己做，但是，七星、八角等风筝，工序复杂，要求精良，便需要大人们制作了。

小时候，爷爷亲手为我制作过一只“七星”风筝，真是漂亮极了！那时候，爷爷有七十多岁了，已经从供销社退休，但还在老商场的二楼看管货物（一起的还有做豆芽菜的张老头，他是镇上的象棋高手）。我目睹过他制作的全过程。可以说，我也因此学会了制作“七星”。

爷爷先用一条纤细而坚韧的篾青，剪成七段长短一样的细竹条，每根约七八十公分。弯圆，衔接处用细线系紧，成圈，再用不知从哪里找来的薄薄的半透明的绢蒙纸，小心地剪圆，逐一将每一只竹圈覆盖、包裹，用糨糊粘黏，仔细整平。这七只纸面的竹圈，按照上二、中三、下二之数排列。圆接切处，用针穿纸，系线，连成一个七环的整体，即“七星”。为了加固，爷爷又另外加了几根硬篾黄，削细、刮圆，如织毛衣的竹签，做成“七星”的骨架支撑。其中，两根纵向，伸出十来公分。粘贴两杆三角红旗，以为装饰。最后，在当间的横杆上，系三根斗线，打个结。一只精美的“七星”风筝就制作好了！——我的爷爷，是一个非常细范的人！

这只手工精致的风筝，非常结实、耐用。到了夏天，小旗、斗线都拆下，将主骨架收藏在阁楼上，第二年春天，拿出来，还可以放！有一年，那只“七星”，还得过小学风筝比赛的第一名。九十年代初，家里拆了老屋建新房，这一只风筝也不知所终。也许早已坏烂，又或者丢掉了。以后，我再没有见过那么样精美、漂亮的风筝！

放风筝，也是爷爷教会我的。一般放风筝，都在田埂上飞跑，不敢停，生怕风筝掉下来。还有的放风筝，须两个人放：一个拿着风筝，一个拖着线轴，把线扯得老长，前面喊着跳起，双手用力往上一丢；后面的人，拉着线，头也不回地一阵猛跑！但爷爷放风筝，不用跑。他只迎着风，轻轻抖几下线，风筝就往上爬。看到风筝软塌塌地，要往下坠，就快步跑几步。其实，他老身躯比较魁梧，年纪又大了，也跑不快的。他一跑，我就跟在后面跑。眼见风筝又上升，他便开始不慌不忙地边走、边抖，边抖、边走，直到风筝吃住劲了，就停住，再把线靶子交到我的手上。

有时，我看见风筝在天上摇晃、打摆，扭身想跑。他鼓励我：不怕！只要手里的线有拉力，就没事！我定下心来，仔细观察：确实！尽管风筝时有摆动，但那根长长的绳弦，却稳稳地挂住，伸向天际。微微弧形的砣浪，纹丝不动。那是——高空的风，猎猎吹动。风筝，在欢快地摇摆。

“但如果是翻跟头，就危险了。”爷爷告诉我，“这说明风向乱了。你也不要跑，越跑越栽！要放长线，让风筝远离风涡。”还有诸如“不要让两个风筝打结，避免线缠到一块”等等。放风筝的技巧，都是他老告诉我的。多年后，回想起这些话，更像是教诲我谨慎处世的人生箴言。

和爷爷一起放风筝，是我永远难忘的童年幸福记忆。我们都出生在丁巳年。他是老丁巳，我是小丁巳，相隔一甲子。当我成长时，他日渐衰老。此后，我远走他乡二十多年，江湖奔波。再后来，颠沛之中的生活艰辛，是他永远所不知道的。生命如河，人世代谢，这是流淌不息的自然规律。唯有“百川东到海，何时复西归”的念想，让人忍不住黯然、怅惘！

长大一点后，做风筝、放风筝，就是自己和小伙伴的事情了。有一年，已经上了初中，我和宋云涛准备做一只风筝，大概是“八角”，或是“燕子”。我俩蹇到横堤阁梁金爹屋里，想偷偷摸几根篾。梁金爹是一个篾匠，屋里堆着很多竹子。他是一个身形瘦长，脸面微麻，而且精干的人，能做竹筛、簸箕、蒸笼，还能做凉床，手艺很好。没想到，那时他老就在家里。

“你是哪个屋里的？”他问。我家住得近，他是认识我的。

“爹爹，我是宋长远屋里的。”宋云涛讷讷地回答。

“喔！是他屋里呀。”梁金爹姓宋，辈分很高。“我都不认得你们了！”

当他得知我们想要做风筝的竹子，便随手捡起一根长长的青篾，用剖竹刀，一分，三划两划，刺好几根长篾，递给我们。他说，“篾青做风筝最好，又韧又轻！”

我们后来究竟用这些篾做了什么风筝，现在，却怎么也想不起来了。梁金爹现在该有八十多了吧。听说，他老卧病在床有好几年了。想来，也不一定认得出我啦。

过去，放风筝大多在春秋阁。有没有在王家巷后面的田野上放风筝的呢？大概有的。但主要的场所，还是在春秋阁高高的土堤上和堤下宽阔的田埂路上。去年回去老家，我发现：春秋阁一带，做房子早都做蒙了，一直到蔡家头，看不见一块开阔地。现在的孩子们，要到哪里去放风筝呢？

我这样想着，仿佛自己已变成一只风筝，一只从故乡的天空放飞的风筝。飞得再高、再远，线，还牵在它的手里。

那时花季

躁动的夏天终于过去了。1989 年 9 月，我升入镇上的初中。本来，我家离中学是最近不过的了。老中学就在河咀场的搬运站对面，穿过一条巷子就到了。东边堤上，有几排青砖瓦的旧教室，一下雨，墙角就长满青苔。但到我入学时，中学搬到下街，快到蔡家头了。那几年，春秋阁到蔡家头一带逐渐“开发”、动工兴建各式厂房，也产生了许多“押田工”。新中学，与镇委会、砖瓦厂一样，大概都是那几年间前后盖起来的。

那是一幢长长的高大教学楼。共四层：一至三层，每层四间大教室。四层的东边，有一个实验室，可上物理、化学实验课，但开放的次数并不多。楼两侧，各有两三间小房间，是教师的办公室。也有空着的，杂放一些石膏头像、乐器和其他教学用具。楼前，是一个开阔的操场。从楼上远眺，校园外，有一大片油菜地。每到春天，黄灿灿的，明艳艳的，开得繁盛极了。还有碧绿的菜畦，密匝匝的棉花林子、厚厚的蓖麻地和清澈的小水塘。冬天，白雪覆盖了原野。冻土黝黑、坚硬，大地静寂无声。但见土堤一痕点染，树林数丛中，村舍俨然。几户农家的屋顶上，升起了淡淡炊烟……

——这就是我们的中学。它有着高大摩登的气质，也蕴含着田园牧歌般的美！

然而，第一天入学却并不顺利。在公告栏里，我居然找不到自己的名字！三四张红纸上，密密地写满从镇小和各个村小上来的新生名单。我从头到尾地找了两遍，都没有！李克章、陈尚国、杨超虎……一个个熟悉的名字跳入眼帘，然而没有我！没考上？这不可能。八十年代中后期，已经贯彻了义务教育，“小升初”基本上不存在“考不上”问题。升不了学的，大多是家庭原因辍学。找了半天，只有一个相似的名字，叫“胡百刚”，分在一（2）班。后经查证：我的“志”字，被录学籍卡的老师写成了“自”，而抄榜的老师，又潦草连带成了“百”。

一场虚惊！

我想，得了！就叫“自刚”吧，省得麻烦！何况，我那不幸早夭的姐姐名叫“自力”，都是“自”字辈。奶奶说：瞎说！坚决不许。终于，我还是名正言顺地进入了初中。

开学的第一件事是什么？铲操场上的草皮子。

经过一个雨水充足而人迹罕至的夏季，操场上的野草都长疯了！我们这些十多岁的半大孩子，都蹲在齐膝的草丛里，按班级分组、分片，用自家带来的铲子、铁锹卖力地铲草。细小点的，就用手拔！然后，由身高力大的同学，如熊斌、黄齐秦们，把草担运走。如此往复。远远看去，活像是一群小工兵在挖地雷。

铲草的劳动量不大，但总要忙大半天，也够累个腰酸腿疼的。不过，心情却愉快。第一，在这个场合，同学们轻松地聚在一起，说说笑笑，走动，打闹，可以培养劳动中结下的友谊。第二，这一天不用上课，干完就放学！这有益于身心的劳作——“铲草节”，每年举行一次。

第二天开始上课。而且，就有了英语课。教我们英语的是彭恒河老师，她是闻名遐迩的向继阳老师的夫人。彭老师英语教学水平有口皆碑，培养出了许多尖子生。她教我们学ABC，学单词、短语和音标，细致、认真。但如碰巧翻看我们手里的课本，你一定会为书缝上的某些字句感到“丈二和尚——摸不着头脑”。在那本讲述着李雷和韩梅梅的课本上，写满了汉字，如下：

Yes. 夜屎。

Yes. It is! 夜屎，一屉子！

还有一句更绝，Banana. 不拉了。

Thank you very much! 三克油，鬼他妈吃！

——这都是高年级同学教的高招。

“没学音标之前，这样做，可以理解！”彭老师在班上语重心长地说，“但是，学过了音标，还是希望大家能读音标，为以后学习打下一个扎实的基础。”但认真听进去的同学不多。八九十年代乡镇上的孩子，对于学英语，并不热心，也没有紧迫感。有人还编过“我是中国人，何必学外语”的顺口溜。不过，一些聪颖、勤奋，且省事得早的同学，却都是异常出色的。譬如，比我高一届的邹重阳，也是彭老师教的学生。他家是炒米湾的，英语却极好。有一次，大概在他临近中考时，我在操场上和他闲聊。他向我指出girl的正确拼写，发音非常纯正。那一年，邹重阳考上了地区重点中学孝感高中。我们这一届，也有考上孝高的，叫邹新杰。他的字工整、娟秀，多才多艺。新杰后来考上武汉水利电力大学，现居宜昌。还有一个叫陈晓莉的女生，她的父亲在供销社卖文具，是一个学霸。从小学到初中，上县城一中，考取天津大学，直到读硕士，求学之路，堪称完美。我们三（2）班的学霸叫林涛，后头林家湾的，个头瘦小，数学很有天赋。但为了早点就业工作，选择了考中专。其实，他中考的分数很高。老师们都说，可惜了！——他们都很聪颖、勤奋，且省事得早。

在敏感而紧要的青春期，我却像是一个顽童，懵懂、无知，自我放纵。我经常在教室里模仿伟人挥手、讲话；学不同类型的跛子走路，一瘸一拐的，尽惹同学们发笑；我还曾模仿过一位数学老师讲几何题时的口吻："这个角（jiǎo）等于这个角（guó），等于这个角（jué）!"

一下晚自习，同学们像一群蝗虫深一腿浅一腿地撞路回家。趁着黑天暗地，我开始讲笑话：

在一辆拥挤不堪的公共汽车上，一个漂亮女士突然对着站在身后的一个男的喊了一声"流氓!"过了一会儿，那位女士又"啪"地给了那男的一大嘴巴，气忿忿地下车了。那位男士却一声不吭，神色自若。

旁边的人都纳闷了，说："你真行啦！你媳妇脾气够大的啊!"

那男的平静地回答："我不认识她!"

"那为什么她又是骂你流氓又是打你嘴巴子的，你还不吱一声?"

"是这样，我先是看她的连衣裙背后的拉链开了，就给她拉上去了。她一骂我，我心想，她肯定是不乐意了，就又给她拉下来了!"

——这把周围很多男生都逗乐了。

我以口齿自矜、自诩，也以此为乐。学校有一位当兵转业回来的向老师，身有残疾，一条腿装了义肢。一天傍晚放学，他拄着拐杖，拖着微胖的身躯，缓缓地移动在校门外那条铺满石砾的马路上。一位骑自行车路过的老师，主动停下车子，想要带他一程。向老师照例很客气地婉拒。我正走在一旁，插嘴说："让他多走一走。生命在于运动!"现在想起，真惭愧！向老师是一个善良、和蔼的人，对我也很亲切。没过几年，他就因病去世了。愿他在天国里幸福快乐！

大冬天的晚上，寒风瑟瑟，晚自习课间，上完厕所，路过一楼西侧的小房间——里面，临时住着一位刚从师范毕业分配来的陈老师。我沉稳地"笃笃"敲了几下门，听到里面的脚步声后，撒腿就往楼上跑，害得那个年轻人披着单衣穿着秋裤冷得抖抖地过来开门。唉！

年少轻狂，在躁动不安中，翻过了四季。撕掉1989年的最后一页日历，一个崭新的年代来临。那年的春晚上，唱着："金钟敲响的时候，我们和九十年代握手！"

社会喧嚣起来。

位于上街的电影院、照相馆，先后塌伙了。理发社里的理发票，成了孩子们手里玩耍的纸牌。商场的柜台都被承包了。爷爷正式从供销社退休，他把用了三十多年的老算盘带回了家。街面上，开出许多热闹的录像馆、溜冰场、桌球屋和发廊；没多久，街头巷尾，开始传唱着怀念毛主席和回忆知青的歌曲"太阳最红……"，又有一阵子，谣言蜂起。说有人要学生打绝孕针，特别是男孩。这不知从哪里传来的消息把家长们吓坏了，任凭老师怎么解释，也不允许小孩去上学。有一位妈妈冲到学校去把自己的儿子拉回家。她对着采访的镜头说："我听到说给小孩打绝孕针，吓得我眼雨直漫咧！"再后来，书摊上神神秘秘地摆出了一本名叫《废都》的书。

那一年的下半年，我的好朋友宋云涛退学了。他在家门口开了一个卖磁带的音像店，后来又兼营化妆品，生意做得很红火。我常到他的店里听歌，还跟他到天门去进过货。

乌溜溜的黑眼珠和你的笑脸
怎么也难忘记你容颜的转变
轻飘飘的旧时光就这么溜走
转头回去看看时已匆匆数年
……

九十年代之初，港台歌曲风起云涌，席卷而来。我们因此晓得了"天皇巨星"。这是一个神圣的词汇，只有如谭咏麟、张国荣、童安格和梅艳芳小姐等港台明星中的顶尖人物，才可相称。那时，张学友不是歌神，刘德华还只是一个影星，也没有所谓的"四大天王"，流行音乐的天空中群星璀璨。有忧郁的陈百强，不羁的浪子王杰，冷峻的潘美辰；有姜育恒、伍思凯、庾澄庆、张洪量、Beyond乐队；还有叶倩文、林忆莲。听说，林忆莲是梅艳芳的接班人。对了，还有草蜢。他们是梅艳芳的徒弟。——这些宝贵的知识，大都是从收音机里听来的，也有从《流行歌曲》之类的期刊上读到的。我热切地四处借阅、交流这些杂志，并废寝忘食地抄上面的歌词。

我最喜爱的是陈百强。他温和文雅而又帅气、摩登的文艺范，深深吻合我在青春期对自我形象的某种期许！他的《偏偏喜欢你》，曲调婉转、悠扬，情意绵绵，

《烟雨凄迷》感伤凄婉，《今宵多珍重》缱绻情深。还有红极一时的《一生何求》。学英语的办法，又派上了用场。我开始生硬地模仿粤语：“鸭伤河口……”后期，则有达明一派的代表作《石头记》《十个救火的少年》等。达明一派开创了电声乐调与民族风格的完美融合。缠绵、唯美如《石头记》者，已成绝响！女声中，陈慧娴的《千千阙歌》，可谓八十年代流行音乐的巅峰之作，它多次被翻唱即是明证。多年后，我看到陈慧娴泪洒红磡体育馆的 1989 年告别演唱会视频：24 岁的妙龄女子，一袭洁白的长裙，百合花似的高高的白色帽子，显得别致、温婉。一抹红唇难掩住青春的稚气，真是绝代芳华！这些歌曲，深得我少年时为赋新词强说愁的审美偏好，更构成了我此后沉湎其中积习难改的美学趣旨。

还有一次，在家住纸箱厂的吴启华同学屋里，我听到了一首非常好听但很陌生的歌。开头一句就打动人，“夜已沉默，心事向谁说”，歌声伤感，充满磁性。启华告诉我，这是车继铃演唱的《最远的你是我最近的爱》，收录于他的首发专辑《罐头梦》中。——这首歌和这个歌手，现在可能早已被人遗忘了。但多年来，一直是我唱卡拉 OK 时的必唱曲目。

一首歌，或许就对应着对一个人的回忆。我们迷恋着、传唱着、抄写着。抄进日记里，抄进诗歌里，悄悄塞进她的抽屉……

当年，坐在楼道里冲着对面走过的女生敞开喉咙大喊“耶利亚，神秘耶利亚”的男生，现在回想起来，勇气可嘉！说不定，他真的从中找到了自己的耶利亚女郎呢！

当年，跳过《黑头发飘起来》的漂亮女生，是许多男生的集体记忆。她的秀发，在五月的风中飞扬。想必，也在许多人的旧梦里飞扬。

当年，那充满动感和爆发力跳着霹雳舞、打着旋子，高唱“我的未来不是梦”的男生组合，实现自己心比天高的青春抱负了吗？抑或，在岁月沧桑中一遍又一遍地抚平旧照片上的折痕？

……

这些经过时间美化过的形象，是照亮不老青春的一簇簇火把。

多年杳无音讯，同学们各有不同的生活轨迹。但通过微信恢复联系后，大家在群里便时有互动，热闹得紧。在学校时，甚至一句话都没说也不敢说的男生女生，到了连自己也快当爹爹婆婆的年纪，也就放开了。是啊！历经种种生活磨炼，人近中年，心态怎能不更成熟、更平和、更从容些呢？因此，大家也多了一份往回看的念想，悉心呵护着共同的初心。一位远走他乡的同学，在朋友圈里分享了自己在全民K歌会上的演唱视频。我认真地听完，回复她："我能听出你歌声里的乡音！"

故乡的老同学们知道我正在写回忆往事的文章，便鼓动我写写"初恋"，写写青春萌动情窦初开时的故事。他们在群里互揭"隐私"，互相打趣。当初和我打闹过的"冤家对头"问我：有没有写我们当年打架的事？必须写！我回她：保密！突然，我心念一动，"假如小时候和她结了婚，想必也是一辈子打打闹闹的！"群主余余甚至提出明确要求：必须写出"夹杂着同学间一起嬉闹玩耍里面藏着的萌发的羞涩情感"！我想，他们和我一样期待，期待文字魔幻的镜子，照见当年白衣胜雪笑颜如画的模样。呵！难怪道"三生三世十里桃花"如此蛊惑诱人。

初恋，是青春的第一朵花。但对于生活在八十年代末乡镇上的少年，估计大都谈不上真正意义的初恋，至多是未绽开的花骨朵——暗恋。甚至，只是一点难以名状的感觉。

她是一个纤巧的女生，个子不高，扎着马尾的头发有一点泛黄。她的眼睛如水银般清凉。眉峰微蹙着，时常显出淡淡的忧伤。但一笑起来，在肤色微黑的脸颊上，便露出了两个浅浅的酒窝。不知是什么时候，她坐在我的后排，彼此多了一些交往。突然有一天，我发现她居然那么美丽，动人心弦。而且，我生怕她的美丽被别人也发现。这个念头像火焰一样炽烈地灼烧着我的内心，使我焦躁不安。当她独自伫立在楼道栏杆边，注视着红红的夕阳西下，我便站在更远的地方，痴痴地注视着她那被夕阳染红的身影。当她正和别的同桌说话，我就故意扭过头去打岔，或者插科打诨，渴望引起她对我的注意。因此，还做过一些恶作剧。譬如，撕一些纸屑碎片，偷偷洒进她外套的帽子里。一个性格直爽、开朗的女同学多年后说："当年啊！你们男生喜欢某一个女生的表现方式就是老和她打闹！"

青春懵懂的少年男女在一起，难免打打闹闹的。但一丝剪不断理还乱的愁绪，也开始悄悄袭扰少年的心头。暑假，江汉平原暴雨如注，洪汛紧急。我深深地担忧她、记挂她，并期盼开学后还能再见到她。每次假期返校，都有不少同学辍学。有的外出打工了，有的回家结婚了。但她却似乎对我并不特别关切在意，还有时不吝讥讽。有一次晚自习，老师让我到黑板上去给同学们抄写题目。一点我的名，我就走上讲台去，卖力地抄了满满一黑板，手都写酸了。等我回到座位时，她讥诮我："就知道你的字写得好，跑都跑不赢呢！"气得我恨不得要把送给她的一幅用毛笔写的条幅要回来！后来，调开了座位，交往就少了。初三，又分了班，自然也就更没有什么联系。

1992年6月毕业时，我去学校取成绩单，在校门口碰到她。她剪了一个清爽的短发，发质还是淡黄的。没说什么话，我们各自匆匆离去。我猜想，她可能考上了高中。但也有人说她去了南方打工。

中考结束后，我曾和熊斌两人骑自行车到林家湾去林涛家里玩过一次。为招待我们，他的母亲专门上街买肉，在灶台上给我们汆了一锅苕粉肉丝汤。这在我们那里，是很讲礼数的。下午，我们到林涛就读过的村里小学看了看，还一起采摘了几个西瓜回家。

——这是我与初中同学的最后一次交往。秋天，我就到干一去读高中了。

我在干驿高中的日子

1992年9月1日，秋日晴和。大舅爷骑着自行车，送我到干一读高中。干一，即干驿，繁写作“乾驿”，是我们隔壁的镇子。“干字驿、田二河”，相距仅只八里路。干驿高级中学，始建于1946年，在天沔汉（天门、沔阳、汉川）一带，是颇负盛名的东乡学府。八十年代，我们镇上有好几个人，都从干驿高中考学出去了。我家斜对门——天香爹屋里的华平幺爷，就是在那边考取宜昌医专的。

沿干驿大道上笔直向西，拐进一条不长的巷子（现在叫学府路），约三五十米，有一条小河。过桥，正对着的，就是干驿高中的大门。进门，左手边是一溜矮瓦房。东边墙上，有一个水泥黑板栏。上面，用粉笔写满了当年考上大学的录取榜：学生姓名和录取高校。舅爷掩开衣襟，推着车，看了几眼，回头对我说声“你好好在这里读书”就走了。

那一年，我十五岁，没出过门，也没住过校，陌生、失落，各种思绪，无端地涌起，溢满全身，令人步履沉重。感伤的惆怅哟，若再外溢，仿佛就要化作眼泪淌下来。我低着头，默默走进了宿舍的门。

宿舍，——也就是一间间教室大小，摆满高低架子床的大通铺，位于校园东边，坐南朝北，共有四五排（女生宿舍，在校园西边，有一个小院。位置大约在教工宿舍楼和办公楼之间）。新生宿舍，在最靠前的一排。宿舍前面，是一块散落着石砾碎砖荒草疯长的大空地。东南角上，一座青砖的水塔高高耸立着。旁边，是一排生着铁锈的水龙头。我们一年四季在那儿洗漱。那时身体真是好！冬天，有太阳的中午，提桶水，就在露天下，冲澡。一晚，有个同学下了晚自习，打着赤膊，冒寒冲去水池子边。在宿舍里，都能听见冷水“哗”的泼溅和他的嚎叫声！

水池的背墙，紧挨着一座黑青砖的大仓库样式的建筑。那是学生食堂。说是食堂，其实是开敞的一大片水泥地场子。边上，砌了一溜儿长长的矮墩。开饭时，上面便搁着好多个约一米见方的长方形铝盘，里面是一整块儿用蒸汽炉“打”出来的米饭。同学们按班级排成纵队，各班生活委员拿饭铲子划出豆腐块大小的一块，半干不稀的，撮进同学的饭盆里。然后，端着去打菜：漂着绿汁点缀着红辣椒的青菜、带汤的炒南瓜、嚼不断筋的萝卜……就餐的地方呢？天气晴好，就在操场边上，双杠旁、路边……三三两两地，散聚在一起，吃着、谈着、笑着、嚷着。吃完了，从沙坑里掂一点沙子，擦碗，到水池子再用水龙头一冲，就干净了（其实也没有多少油水）。如果天阴下雨，我们就用手护着碗，踏泥带水地冲回宿舍去，脚踩着雨水泥泞，坐在潮湿、略带霉味的床铺上吃起来。

——这不就是路遥《平凡的世界》里开篇的场景么？是的。但我想说，这是真实的！

在八九十年代的乡镇学校，生活条件当然比过去好得多，但在硬件设施上，还是因陋就简，相当艰苦的。高中三年，学校没有锅炉房，也就没有开水喝。直到高三时，宿舍区设了个门房。门房老头烧点开水卖，我们才算是喝到了开水。

也许伙食办得实在太差了，在我进校不久，便爆发了一起学生抗议活动——罢餐。组织者姓贺，是学生会主席。我印象中，这位贺同学个子不高，但黑黝、壮实，能打篮球，也颇具口才，在学生中很有威信。据说，他还在干驿镇上的电影院墙上贴了一张大字报！后来，学校领导和老师找他谈话时，严肃指出：学生对学校伙食有意见，可以提，也可以不吃（指罢餐）。但不能到校外去贴大字报！上了墙，要负法律责任的！那几天里，食堂伙食无论菜品，还是口味，都有一些改善。渐渐地，同学们也开始返回食堂就餐。不久后，一切又恢复了原样。

好在时间一长，也都习惯了。所谓“入芝兰之室久而不闻其香，入鲍鱼之肆久而不闻其臭”，一个人，无论处在什么环境下，总有一个适应过程，也总能适应——这是我人生经验的起点。

渐渐地，我们接触了许多未知的课，也熟识了许多陌生的人。我们读李健吾的

《雨中登泰山》，揣摩作者“移步换景”的写作手法；我们演算函数的集合、映射、非空数集；我们实验牛顿力学什么作用、力反作用力，也背起了氢、锂、钠、钾……学习生活逐渐丰富、充实起来。

我们一（2）班的师资阵容，是很强大的。

班主任张卫东老师，刚从师范毕业不久，教我们英语。张老师个头不高，戴一副金丝边眼镜，白皙、斯文，但治班却以严格著称。他曾规定：一周之内，如果连续两天晚自习迟到，要写检讨！不巧的是，政令甫出，我却撞“枪口”上了——星期日和星期一连续两天迟到。张老师遂令我书面检讨。我声辩：“星期日是上一周，不能计入本周两次。”张老师又气又笑：“我是英语老师，Sunday 是一周的第一天！”还有一次，我们班有一位同学，叫张浩，得了急性阑尾炎，开刀住院。张老师带着我们几个同学去医院看望。在张同学的病床前，我即兴说了一段相声，把他都说哭了！

我们的语文老师姓宋，曾参加过高考阅卷。他似乎很推崇郭沫若，言必称“郭老”。

物理老师姓鲁，化学老师的名字忘记了，也都是名师。

历史老师，是一位戴着厚重宽边黑框眼镜的老先生。他上课，知识熟稔，信口而出，如讲评书。更绝的是，几乎不用翻看教材，便尽知段落内容，甚至页码。我还记得，他讲中国现代史至“美苏争霸”时，曾说过一个顺口溜：“哭东尼，哭西尼，哭到最后哭自己。”——直到最近，我才知道，那是赵朴初有名的诗句。

印象最深刻的，是数学老师，一位身材矮小的老太太。她面色微白，慈眉细目，一头齐耳短发，黑亮，梳理得整齐。衣着也很爽净，精干。不知她是什么口音，“ang”音发成“an”，譬如“方程组”，就总念成“翻成组”。我们班有一个同学，叫汪志勇，老太太每次点他回答问题，都喊：“湾志勇！”她的讲课，逻辑严密，思路流畅。用粉笔演算，在黑板上写一个［ ］，头发微微摆动，回头，对我们说：“这个函数，在闭区间上单调……”这一幕，至今如在眼前。

她教我们的时间其实并不长，大概还不到一个学期就退休了。最后的一课，班长龙涛代表同学们给她献了鲜花。同学们都很不舍、也很伤感。班上的数学尖子谢少哨，是一个很调皮的男生。那天，他哭了！多年来，我仍然记得她，怀念她。我觉得，在她身上有一种老一代知识分子的风度。

我的理科成绩，一直“跛腿”得厉害，对于数理化，实在回忆不出什么更精彩的故事。倒是有一次，我的化学考了 60 多分。老师非常认真而欣慰地表扬我：“不错！还及格了！”这让我在菲薄的希望中，多少得了些心理安慰。

改变我命运的，是1992年的“五科高考”改革。即语文、数学、英语三科为必考科目，文史类，考政治和历史；理工类，考物理、化学，每科满分原始分为150分。这就是高考教育史上影响深远的“3＋2”科目设置方案。

我得救了！

高二文理分科，我顺利地进入了文科班。说“顺利”，是因为干驿高中历来重视理科，强项也在理科，成绩不好的，或者偏科严重的同学，大多就被编入了文科班。高三上学期，为了提高升学率，又从文科班里再分出一部分有兴趣的同学，改学美术——这就是所谓的“三小班”。后来，从“三小班”里考出去了不少同学。他们在专业上和事业上都卓有成就。当然，这都是后话了。

进入文科班后，我的心情开始感到舒畅、活泛，甚至隐约有了一种气质上的觉醒。多年后，我在给老同学的信中回忆：“学习之余，我们常常在一起，辩论时政、打篮球、看女生走过窗前、赌吃饭、练气功、写书法、抄诗词、看路遥的《平凡的世界》和鲁迅杂文……”这是写实的。

当时，最热门的是向学校广播站给女生点歌。校广播站的播音员，就是我们文科班的女生——万晓琴同学。那阵子，湖北楚天经济广播台（FM117. 9）有个专门的点歌栏目，《吉祥鸟》。主持人的名字至今记得，叫刘红。有同学曾写信去点歌，最后总不忘加上一句：“……这首歌同时也送给刘红姐姐你！”可惜，她把我们学校的名字错念成了“乾（qián）驿高中”。

校运动会，也是文科班大显身手的场合。无论田赛径赛，也无论男女项目，文科班都是种子队、冠军队。有一张老旧的照片，是夺取全校冠军后的合影。虽已斑驳，却格外珍贵。那是我们九二级文科班唯一的一张全家福。有空时，我会不时翻检出来，从那些已经模糊的身影里，猜测他们的名字，回想当年的英姿。

我呢？虽手无缚鸡之力，但身为宣传委员，当然坚决贯彻“文攻武卫”方针，全力扑在没有硝烟的战线上——为我运动健儿写广播稿。什么“东风吹、战鼓擂”，什么“飒爽英姿，看我谁谁”，什么“谁敢横刀立马，唯我甘大将军”……

——文科班嘛！不就干这些事儿的么?!

说到底，文科，是一种气氛。这生机和活力气氛的营造者，就是我们的班主任熊焕斌老师。他是湖北大学中文系毕业的，身材魁梧，头发剪得极短，相貌质朴，却自有一股诗人的气质。他为我们讲解《林教头风雪山神庙》时，在教室里踱着步，朗声读着：“洪教头喝道：来来来……”气宇轩昂，声震教室。瞬间，就把我们带入到古典文学的神韵中。这形象，是我永不磨灭的记忆。他评论道："只一捌，便尽显出林冲好手段。比现在电视拍的打来打去老是打不死好多了！"——我以为，这是极有见地的！多年来，每当我看到电视剧里一个高手（主角）和金兵甲、趟子手乙之流的配角缠斗半天，就会想起他的点评："一个跑龙套的角色都老打不死，还是高手吗？"

他也曾为我们吟诵自作的七律。其中，有一句"牛蹄粼粼波光艳"，至今记得。"牛蹄"，指牛蹄支河，我也常常散步过去。从学校出门，径直往西南方步行约一里路，一道宽阔的大土堤就豁然显现在眼前了。水面开阔，真是波光粼粼的。夏天的傍晚，站在桥头眺望，夕阳慢慢地坠入远处村落的背后，河水被染成一片暗红。我知道，这条河会一直向东流到二河去。在绕经镇子南边高高的春秋阁堤后，渐渐收窄，蜿蜒注入浩渺的蔡家头潭，积蓄着，重新获得活力，再汇进汉江的洪流中去。现在，那河还在么？

熊老师的语文教学，注重文化意义的拓展，并善于从小题目，阐发大问题。有一次考试，成语填空。我把"惹（是）生非"，写成了"惹（事）生非"。他对我说，中国的成语，具有语言的对称美。理解了"是"和"非"相对，就很容易填空了。又说，无可厚非，应作"无可厚菲"。这个成语，不是"非议"的"非"，而是既不"厚重"也不"菲薄"，形容词做动词，引申为"无可厚薄之处"。无可厚非，字面上说得通，但语法不通，也没了美感！

也许正是对文化的执着，他对学生也极为严格。那时候，他常常让我们上黑板去默写。有位刘姓同学默写"龙华五烈士"：柔石、冯铿、胡也频……实在想不起了，居然凑了个"罗曼蒂克"！惹得一脸严肃的熊老师，也不禁莞尔。这位老兄是颇有创造性和幽默感的（当年，我们的很多同学都有天分）。

还有一次，晚自习。我偷偷地压在桌子下看《围城》。我记得，这是一本红皮的版本。不幸被他逮个正着。

"什么书？拿来！"他严肃地问道。

我讷讷地，答不上话。只得把书交了出来。

他用手接过，翻了几页。我紧张着。却见他驻足半晌读了几页。然后，把书交还给我。"这是一本好书，但不适合你现在读！"转身，走了。

他对学生是爱护的，也是了解的。毕业那一年，鲁穆湘先生为我手书字幅。他想把名字嵌进去，写个"志刚则进"，熊老师站在旁边，轻轻说了句："写个'寓庄于谐'吧！"洞知学生，何其深也！

对学生严格，熊老师对自己也是严格的。高二上学期期末，快过完春节了，他才给同学们寄发成绩单。附写一封道歉信：“因小儿出生，发放延迟，深感不安……”

由于种种原因，高二结束后，熊老师并没有继续带班。多年后，我回去老家探亲。在天门与治国、进勇、王亮、永刚、艳蓉夫妇等文科班的老同学聚会。席间，熊老师还为未将他倾注心血的文科班带上高三感到深深的遗憾。我默默地坐在离他较远的座位上，隔桌看去：老师依然是短短的平头，却微有星白，正热切地和他二十年前的学生们交谈着。治国、进勇、王亮微微颔首，认真听着，恍如当年。

进勇和王亮，是我一个宿舍的兄弟，而且三年都同学。他们是当年文科班的帅哥，留着“郭富城式”的分头，说话时，习惯性地不时撩一下额上的头发。

进勇，身材高大，面目俊朗，为人却老实本分。不知什么时候，他和班上一位漂亮娇巧的女生谈恋爱了。有一次，周五的晚上，刚下晚自习，同学们都从楼梯里涌到操场上，三三两两散去，回各自宿舍。他突然大声地对前面的女孩喊着：“记得啊！明天我们去看电影！”回头一看，老师就走在身后。

王亮呢，当年是潇洒少年郎，如今身为大老板。他是有身份的人，他的那些事儿，且按下不表。但我和他曾是“战友”，参加过学校保安处的夜巡队。有一段时间，学校治安很差，偷窃事件屡有发生。我有一双回力鞋，崭新的，晾晒在窗台上，中午就被盗了。心疼！于是，便自告奋勇参加巡逻队。半夜三更，王亮、刘明柱、我，一人拖一根木棍，满校园转悠。冬天的夜晚，圆月皎洁，发出清冷的光辉。整个校园，静寂无声，除了我们几个人，连个鬼影都没得！校园基本上是半敞开的，巡逻效果可想而知。到了后半夜，实在熬不住，我们都偷溜回宿舍睡觉。刚沾上枕头，就被保安用棍子捅起来了！——老兄，这事儿，你还记得吗？

同宿舍且同桌的老兄，叫戴习君。他曾借给我一本书，扉页上签名“习君”，字迹娟秀、飘逸。我从汉川来玩的哥哥看到了，问我：是不是谈女朋友了？——虽是误会，但至少可见，当年我们是性情相投、爱好相近的同窗好友。

习君是一个文艺气质浓郁的人，曾自制过一种书签：采撷梧桐飘零的落叶，养在红墨水瓶子里。过不几天，叶脉上就长出淡淡的红线般的痕迹。晒干，夹在书页里。他深深地沉迷于读《呼啸山庄》。很可惜，这本书我至今没有读过。我和习君曾一起参加过学校的书法比赛，还在鲁穆湘老师的指导下，出过校园黑板报。鲁先生书法，以魏碑入草，大气磅礴，不可方物。他为人亦狂。身瘦小，面微黑，抓笔的手指头，因抽烟多呈焦黄色。后来，文科班办起了“三小班”，他又教了美术。

我在画室的窗外，听过他讲：远山无痕，远水无波……当时，一同抄黑板报的，还有一位同学，姓刘。

我的写字，至今仍停留在兴趣阶段。但刁君则在大学阶段，深研书法，勤于临帖，大楷，初临欧体；小楷，临王羲之《乐毅论》和赵孟頫《汲黯传》；行书，则曾临过赵孟頫和唐寅，且受名师指点。刁君的书法作品，潇洒俊逸，与当年的随性而书，自不可同日而语。凡事，皆因兴趣而起，然须专注、坚持，不耽于才气，乃能大成。有时候，刁君从微信上发来他创作的书法，字字深得二王风韵。成就如此，作为老同学，为他感到高兴！

刁君，毕业后即未见。最末的一次相聚，还是在天门的一个菜场旁的小酒馆里，刁君、小马和我，三人大醉！现在，他远在西南。小马，则不知去向。兄弟啊，何日我们再聚首，大浮三大白！

有了微信，老同学们渐渐恢复联系，互动也多起来。建平，还是那么热情，快人快语。当年，他在学习上热心地帮助过我。现在又几次在同学群里鼓励我多写些当年的人和事；陈瑞，依然活泼而且幽默，活跃着群里的气氛；武华，在文科生中属于极有数学天分的，因为张主任的教学不当，我们班数学课几乎处于自学境地，他那么热心地帮同学讲解题目；祥波，因为家就住在学校，在生活上，给予了我们这些住校生多少照顾啊；龙涛，我的老班长，读到我写的故乡回忆，留言说：只看了几行，就流泪了！

——这是一个友爱的集体。即使已经各奔东西，即使已是人到中年。

我发现：多年以后，大家的发展，似乎都没有偏离自己的轨道。每当同学相告近况如何如何，作为老同学，其实并不觉意外，他（她）本该如此呀！这“本该如此”的背后，有着怎样的缘因或禅机呢？时间如刀，刻画着我们的容颜，有些本质的东西，却又似乎从来就没改变过！

我们走过了许多的路，也经历了许多的人。生活，有洗礼，也有妆点；是成熟，也是蜕变。唯一不变的，是初心，是友情，是出发时被赋予的底色。母校——我们共同的出发地，对我们最深邃的寓意，或者只有两个字：赋予。

尺牍断想

一

南国正是万木葱茏。一场雨，不期而至。经过雨水的冲刷，细叶榕繁密的叶片上饱含着绿意；高大的青棕树，果实更为温润、红艳。推开窗，白玉兰的香气，弥漫在初夏的深圳。

“下雨天，笔墨更宜与古乐相配!”L君轻轻地走到电脑前，在播放器里选了一曲《高山流水》。一时，琴声铮铮然，犹如重风，巍巍洋洋地在宁静的书房里弥散开。多年前从艺术院校毕业，他一直在华南闯荡，经营过画廊、书院，也开过广告公司。一口鄂中的乡音难改，对于艺术的初心也未泯。无论忙累，每日临帖，是必修的功课。今天这一场午后的骤雨，反而增添了他书写的兴致。

L君端坐几前，展纸，蘸墨，凝神运腕，笔触间点画跳跃。墨色浓浓淡淡晕开，线条疾走在柔软的宣纸上。“……佳想安善……力不次。”这是临王羲之手札。L君喜右军书，尤喜其信札。他一直觉得，晋人高风雅致，书出二王；二王之书，佳处尽在尺牍间。熠熠生动，千古以下，无其匹。

笔走龙蛇之际，古曲抑扬高下。琴声时而雄壮、高亢，时而舒畅、流利。L君息心静听，驻管而叹：“洋洋乎，诚古调之希声者乎！嵇康死，而广陵散终；逸少后，而兰亭序绝。今之人，徒慕高义而不愿行。谬矣！愚虽鲁钝，愿效法之。”于是，L君拿起手机来，在朋友圈里发出了一条信息：倘若接到诸位友人的手写书信，必复!

L君放下手机，调整了一下坐姿，继续在条格的宣纸上书写着。

二

会议整整开了一个下午还没有结束也没有结论。思绪紊乱得像窗外杂乱地纷扬着的毛絮。一进入五月，北京就燥热起来了！Z君下意识地抓起手机，看到微信的

“发现”显出红点，随手点了进去。

“散会!”他匆匆地说了一句。

多年职场生涯，使Z君养成了条分缕析不苟言笑的工作习惯。即使面对客户，他也更愿意将沟通的内容定义在明确指向或目标上——没有目的的讨论没有意义！尽管，他观察过，大多数混迹职场的人往往乐此不疲。但“Make things meaningful!”是其一贯的主张，甚至也是他在工作中展示的独特风格。

“Make things meaningful!”Z君这样想着。

回到办公室，他从桌前抽出了一张A4打印纸，默想片刻，用签字笔竖行写了起来。写字于Z君，或公退闲暇时怡兴，或烦恼炽盛时遣怀，素随意为之，不拘形制，更不敢苟言“书法”。Z君的字，虽未临帖，不法宗派，但其硬笔行书，时敛时放，能含能拓，寓刚健于妍丽，寄诗思于笔端，亦颇见性情。

片刻，书就。Z君又审读一遍。封缄。寄出。

做完这一件事，Z君仿佛有点儿意兴阑珊。他暗忖：“意义”是什么？是追求？是希望？是理解？是，也不是！“意义”，其实是一个不可追问的问题。如同心灵的自由，只在于它永远不能在物质世界中找到自己的安妥和归宿。真正的自由，只能居留于虚无之乡。这一纸信函的意义何在？它是否释放了自由的心灵？

过了一会儿，Z君有点儿想要追回那封信。

又过了一会儿，“算了”，Z君放弃了这个念头。

他叹口气，说：青春是一封寄出了就无法追回的信！

三

教学楼里一片灯火通明。

小Z和他的同班好友习君都没去上晚自习。在学校西区小院里，有一间不大的房间。他们已经抄写了一晚，满屋里铺洒着抄好的海报。小Z和习君都曾在校书法比赛中获过奖，尽管已临近高考，但恰逢学校出“五一”墙报，他俩还是被“征调”来给鲁穆湘老师做帮手——这是他们所乐于做的事情。不仅因为紧张复习中难得的放松，更因为可以近距离观摩鲁老师写毛笔字。

鲁老师四十多岁了。他身形瘦小，面色黝黑，满头短发微微泛白，眉浓而长，睛微赤，抓笔的手，指节凸出，指甲已被烟熏得焦黄。他一边写，一边眯着眼睛抽烟。咋看去，像是一个乡间地头常见的荷锄老丈或账房先生。但他是千一镇上闻名的大书家。其书法，以魏碑入草，势巧形密，意疏字缓；用笔圆净健劲，节奏顿挫起伏，气势磅礴，令人击节。听说，他在写长的条幅时，是将纸铺在地上，他托着墨盘子，蹲着写，如扫地一般！可惜未亲见。有一阵子，各个教室的墙壁上，大都贴着他写的字。我们文科班里的一幅是：自信人生两百年，会当水击三千里。

为提高升学率，学校突击办起了“三小班”——美术生、音乐生、体育生。每晚上，体育生们在操场上狂奔，“嗷嗷”的叫唤声响彻夜空。小Z的文科班中，也有一部分同学转到了校园北侧一排如庙宇似的平房教室里。他们在那里“半路出家”，加紧“恶补”书法和素描。那颇具名士风度也多乡儒习气的鲁穆湘老师，便成为了他们接触陌生的艺术的最初的引渡者。有时，在课间，小Z和习君会站在窗外窥看他们低头排线（素描的基础），也旁听到鲁老师讲“远山无石，远水无波，远人无目……”

但小Z和习君都没有报“三小班”。“如果报，你的考取几率会大大提高。”班主任W老师劝告，“况且，你还有艺术的底子。”

“谢谢您的好意!”小Z坚定地回答，“我以文艺为修养，而非生活。专业，才是生活。”

Z君回忆起当初的抉择，笑了。生活啊！突然，他想起，哦！有很久没给习君写信了。

父亲的前半生

童年

干字驿、田二河是江汉平原上毗邻的两个古镇子。相距不过八里路，却分属荆州和孝感两个地区。干驿镇东边，有一个小村，叫庙湾。庙湾前头，是界牌。一过界牌，就到了田二河。

旧时，庙湾村外有一个空旷的大土台子。台子上，有一座庙，很不小的，相传为三国时鲁肃所修，经常有人去烧香磕头。这个村子，因此便叫作庙湾。后来，土台子没了，庙也撤了，改建了一所小学校。但村子，还叫庙湾。现在的行政区划，庙湾改名叫禾呈村。但地方，还是那里。

我的父亲于1947年阴历腊月20日出生在庙湾。他的父辈，兄弟四个。大伯，无后。二伯，叫鼎成，也就是道芳三爷的爸爸。三伯，是洋保的爸爸。父亲的父亲是老幺，叫桂攀。他们三弟兄都是“车亭子”的。什么是车亭子？就是纺花，捻棉条，用于织布。到五几年六几年，都还有人“车亭子”。这个湾里都是做“车亭子”的。

1949年，父亲的父亲，桂攀爹去世，年仅二十四岁。他是怎么去世的呢？原来，父亲两岁时，家里给他订了一门娃娃亲——我们那一带叫“订奶亲”（三爷道芳和三婶子墨枝也是订的奶亲）。几个一起车亭子的人，凑到一起，敲酒喝。结果，吃鱼刺卡死了。过去，医疗条件差，又穷，只能看着他死，没得法（母亲告诉我：往回嘛，都是这样）！

父亲的母亲，叫史桂枝，是五房台四队的人。左手有残疾，微跛，是从腹里带出来的。丈夫——即桂攀爹——去世后，就下堂了，踏了一脚，改嫁到了席家桥。后又生了两个女儿。2001年9月去世，享年70多岁。

父亲幼年失怙，母亲又改嫁，一下子就成了孤儿！幼时，大概三四岁吧，曾被带到继父家中生活过一段时间。但继父对他并不好，经常打他，他只好两头过。有时在庙湾，跟着伯伯们；有时去席家桥，跟他的生母和后爹住几天。他回忆说：“继父非常毒辣，经常打我。一脚把我的屎尿都踩出来了！”实在活不下去了，他就沿着界牌老街的堤往回走，回到了庙湾。

我问他：“为什么继父会对你这么狠呢？”他说：“1952年，他自己的女儿出生了。再加上生活没有着落。”

回到庙湾后，父亲的生活也没有着落。他住在二伯鼎成爹家。鼎成爹这一房有五个小孩：海林、树海、道芳和两个妹妹。父亲和道芳年纪相仿，他们滚在一起，因而感情也最亲。二伯的大儿子海林，是他们这一辈的大哥。1937年生人，比他们大十来岁，1956年结婚，翌年生子水兵（我喊“水兵哥”）。海林伯是2014年3月去世的，一年后，2015年4月11日，伯母即父亲的大嫂也去世了。大嫂去世时，父亲从南京赶回了老家去。我问，您为什么要回去呢？妈从旁插话：他的嫂子死了嘛！

鼎成爹是贫农，有五个子女，再加上父亲，担子就更重了。这样，到第二年，也就是1957年，父亲十岁时，被领到二河街上，到了我的爹爹婆婆家来。

收 养

我的爹爹，胡公菊生老大人，1917 年（丁巳年）生，属蛇。菊生公母亲早逝，只有两个姐姐，幼时即被送了“童养媳”。据父亲回忆，爹爹的父亲可能是 1956 年才去世的。因为，在过去的乡风，老人过世了，要“叫三年饭”。1957 年，爹爹还在家里“叫饭”；直到 1958 年，才烧化“灵屋子”。可见，他老是 1956 年过世的。

从十几岁起，爹爹就在干驿镇的一家锦货铺里做学徒。“锦货铺”，是旧时一种经营锦缎、布匹的门面铺。另有一种专卖针头线脑、洋油火柴的铺子，叫作“广货铺”，类似现在的小百货店。过去的店铺，大抵是这两样。学徒期满后，爹爹独立门户，与他的少东家铁生爹，还有他们的一个姓魏的徒弟，一起做锦货铺生意。从学徒，到自立，他在干驿生活营生了二十几年。

新中国成立后，生意散了，爹爹才回到二河来。1956 年公私合营，爹爹参加了二河镇上成立的供销社。那一年，他 39 岁。此前，他在婆婆的娘家（也是他的舅家）务农，种了四五年田。

我的婆婆，陈氏艾生老孺人，与爹爹同岁。他们是姑舅表兄妹。在旧社会，姑表姻亲，较为普遍，“亲上加亲”。但爹爹婆婆膝下无子女。以今天的科学解释，可能因近亲结婚之故吧。当年，他们曾算过“灵姑”，说是“爹爹的一株桃树上没结果子”。因此，他们领养了我的父亲。

介绍人是“连爹”——即长青伯的爷爷，连爹是婆婆的干爸。

父亲说：“那是冬天，我记得，穿了一身新棉袄。（母亲插语：是婆婆做的！）长青哥的爹爹领着我，到了二河街上。那时候，爹爹不在屋里，在李集供销社。婆婆得了血吸虫病，在黄家湾住血防站。我们在那里见的面，喊的‘妈’!”

少年时光

父亲的少年时光苍白如纸。用他自己的话说，就是：割柴火，捡粮食，断断续续地上了两年学。还有，饥饿！1958 年，吃高级食堂，吃垮了。到 1960 年，实在办不下去，就散了摊。

1959 年至 1961 年，在中国大地上，多省连续发生特大干旱、洪涝、台风等严峻天灾，史称“三年自然灾害”。父亲正是十三四岁，长身体的时候，饥饿，对于他有特别刻骨铭心的记忆。

但父亲还能清楚记得小学教过他的几位老师的名字。算起来，他们应该是二河镇小学的第一代老教师了。兹录如下，以备参考：

“我们小学三年级的班主任，叫张本学，教我们语文。他是给人家做上门女婿的。

岳父制皮革，只有一个女儿，住在王家巷附近。八十年代，全家搬到汉口去了。”

“六年级有一个老师，叫胡连修。还有一个叫胡学龙。上街有一个周老师。有一个长得蛮长的女老师，姓彭，彭老师。”

“还有一个杨老师，是夏福湾的，在黄家岭后头。他是十月份抽调到街上小学来的，教我们语文。”

我问道：“您怎么记得这么清楚啊？”

父亲说：“他来了不久，就带着我们去帮生产队摘过一次棉花！”

同学中，他记得，同班有一个叫宋振汉，1951年生，比他小四岁。宋父在供销社做会计。有一晚，上厕所，无缘无故地死了！振汉小学都没有毕业，摆个烟摊。他家四弟兄，生活没有来源。后来，供销社照顾他，安排在兽医站卖兽药。

第一次结婚

父亲的第一次婚姻，很短暂。1968年元旦结婚，1969年二三月间，他的妻子自杀、随后死去，前后约一年。——这件事，也是我家一桩多年的悬疑。起因、结果，都不确凿。甚至，连当事人——我的父亲，也说不清一二三四。

情况大概是这样的。

他的妻子叫向芳云，是后头胡向家湾人。据说，她长得蛮漂亮，长方脸，大约一米六多，白净、颀长。在我幼时，常有熟悉故乡典故的人对我说：“你还有一个妈，你知不知道啊？长得漂亮哩！”笔录口述，我求证于父亲。他说：“长得还可以。”

对于她自杀的原因，父亲不甚了解。“我结了婚，就去朱家堰放鸭子去了，对屋里的情况不清楚！”

我问：“您为什么去放鸭子？”

父亲说：“结了婚，要吃饭！要讨生活呀！”

芳云婚后，在棉花厂打小工。她可能是一个性格要强的人，婆媳关系并不好，和厂里的工友关系也不和。当时，坊间还有一种传言说：芳云与父亲没有感情，和他人颇有些纠葛（对这个说法，我也持疑）。总之，不知因何口角，她吞了硝水自杀。但剂量很小，只灼伤了喉咙。连夜送到汉川医院，洗喉，好转了。不过，未等伤口痊愈，她便出了院，此后数月，一直咳嗽，吞咽也困难。到年底，只得再次送医救治。

这一次，是父亲陪同的。

当时，父亲已经“下放”到了杨林。一夜大雪，他们在杨林大队的李双娃队长家里过了一宿。次日晨，冒着风雪，由大队会计陪送着一起坐船到汉川。之后，又转往武汉同济医院。其间，粮票、医药费，都是由大队支付的，共计十几块钱。这是雪中送炭！

芳云在医院里过了一个年。春节后，芳云的爸爸到了武汉。父亲就返回了杨林。

不到一个月，即接到消息：芳云在动手术时去世。原因不明，据证皆无，连骨灰也没有留下。

我疑问道："这个人就这样消失了？医院没有开什么证明吗？"

父亲说："没有！"

有一种说法，说她是被医院做医学实验做死了。对此，父亲说，那我就不知道了。等父亲赶到医院时，他只看到她曾经用过的一个小红桶！

芳云死时，年 21 岁。

——我小时候，因家庭纠纷或感情不睦，农村妇女喝农药、跳河的事情，屡闻屡见。在八九十年代之前，广袤农村的无数生命，如同暗夜里的萤火虫，闪着微光，生衍、泯灭……又悄无声息地沉沦在懵懂无知的黑洞中。

从"下放"到参军

父亲的第一次婚姻，像一小截没有声音也没有图像的电影片段，插叙而过。让我们重新回到他的生活轨迹上。

为谋生计，父亲在新婚三个月后，即 1968 年 4 月，到朱家堰跟着一个叫朱炳林的师傅学放鸭子。这位朱师傅，是婆婆的一个结拜姐妹的丈夫，因此父亲喊他"姨爹"。这个养鸭队是立新农场的副业队。除父亲外，朱师傅还带了两个徒弟。朱师傅每月工资 36 元，俩徒弟 32 元，父亲 24 元。

放了半年鸭子，1968 年 11 月，父亲"下放"杨林。在这里，他迎来了自己人生的转折。

在生活艰难的时刻，父亲受到了杨林大队干部们的无私援助。除前述的李队长和大队会计外，他时常念叨着自己的恩人——杨书记。据父亲描述，杨书记是一个土改干部，一米七几的个头，长脸，有点龅牙，为人热心肠，在群众中威望很高。在父亲陪同就医时，他安排了李队长和大队会计给予帮忙，支付了路费、医药费。芳云死后，娘家哥哥来"闹事"，队里又帮助出了一点抚恤金。后来，杨书记又送他出去当了兵。同一批的二河街上的几个知青，后来都回来了。只有父亲，当兵、招工，当工人，直到退休，算是端上了"铁饭碗"。

母亲从一个纸盒子里翻出一张旧照片，在一旁插话说："那个杨书记对他真是好！那一年（1997年），你爸爸和知青们一伙人，还回去杨林看望老书记。你爸爸给了他一百元钱！"她指着相片，"看！穿西服，站得笔挺了的，是你爸！街上的几个知青都羡慕你爸爸闹得好，说杨书记就照顾了他一个！"

父亲打断了她：莫说这些冤枉话！当时，两个通过体检。还有一个，叫邹友林，是二河街上的。转业后，招工进了应城化工厂。

工程兵

1969年10月，汉北河水利工程进入了大奋战阶段。涉及汉川、应城、云梦、天门好几个县。在刘革一个地方，就有十几万人在挖河。

这一年从杨林出去的兵，隶属广东军区，主要分在湖南长沙营地。父亲说："一年两季征兵。春、秋两季，我是秋季兵。"这些秋季兵，坐轮船到了汉口。从汉口坐火车转到湖南。"那是一种有货车厢子的列车。一个车厢，一个排。新兵们穿得绿茵茵的，像一颗一颗的萝卜菜。"新兵的年龄，都在18岁到22岁之间。父亲的年纪最大，还曾结过婚。他分在6827部队84团一营一连一排一班。连长曾荣汉，连指导员黄双全，都是湖南人。班长梁昭希，是广东人。

新兵三个月，主要任务是操练队列，整理内务。也有练操、游泳、打靶、实弹演习，但是不多。当时，林彪主持军队工作，突出政治，学习最高指示。"这厚一本《老三篇》，我们学习得最多！说实话，小学毕业，我还不识字。文化是在部队里抄的。"

部队没有营房，都住在老乡的民房，农村或公社的仓库里。一个兵，每天四毛钱伙食费，吃白菜，吃萝卜。在营区有地方可以种菜，也可以养猪。"有一次，我到洞庭湖农场办事，从湘江坐船一天一晚，到了农场。那个地方，好种地！一望无垠一掌平！"十几天后，他们执行了新的任务。

1970年元月，父亲所在的特种舟桥部队进驻湖北丹江口光华县（今老河口市）。他在那里守了三年浮桥。

这个任务，与毛主席的最高指示——搞"三线建设"有关。"三线建设"，是中国经济史上一次极大规模的工业迁移过程。其发生背景是中苏交恶以及美国在中国东南沿海的攻势加强。当时，提出大分散、小集中，少数国防尖端项目要"靠山、分散、隐蔽"（简称山、散、洞）。1969年，第二汽车制造厂即东风汽车厂，建设在了湖北十堰。所需物质资料，要先运到挨在汉江边上的光华县，再通过汽车运进山里去。光华县舟桥点，是保障"三线建设"的一个物资中转站。

“舟桥”，是一种军用浮桥，由一个个方舟和尖舟拼连而成。方舟，长 2.5 米，宽 2 米，船型方方正正的；尖舟，长 3 米，宽也是 2 米，船型一端尖一端方。尖舟在上水，方舟在下游，两船方端紧接，以大铁螺丝铆紧，固定。上覆木板，铁锚沉底。一座标准的浮桥，载重可达 16 吨。横跨汉江上的这一座浮桥，使用了 100 多对方舟和尖舟。

守桥士兵的工作很简单：一，检查桥上的螺丝，每天两次；二，潜水员潜入江底，冲开江沙，每月一次。

部队驻地不久，有一个战士牺牲了。他是在光华县仙人洞镇进行夜间训练时，失足落水了。正值冬季，天冷水寒，又在夜间，掉下去就看不到人了。这是一个河南兵，他不会游泳。

父亲当兵的时间是 1969 年 10 月至 1973 年 3 月。1971 年林彪出事时，他正在部队。我询问当时部队的反应。他说，这对基层连队，是绝密的！直到 11 月底才晓得。战士们都感到很惊讶！“他是跟毛主席跟得最紧的人！”

临近退伍时，父亲得到了连队的一次口头嘉奖。

1972 年 12 月，冬季拉练，地点在巩河、古城、宜城一带。有一次，他所在连队驻扎在距离荆门县城约三四十里路的一个叫剁刀口的乡镇。

下雪了。白雪皑皑覆盖了这个落后的山区小镇。那天夜里，镇上的公社会场失了火。战士们紧急救火！一人一个脸盆、水桶，排成一百多米的队形，从结冰的水塘里取水救火。

接水！端水！浇水！

父亲脱掉了鞋袜，站进了齐腰深的水塘里，为战友们递水。“冷水刺骨！到现在，我的脚踝还阴疼呢！”

“那您怎么想到跳下水塘的呢？”我问。

“那时候，讲发扬‘一不怕苦，二不怕死’的精神！”父亲说。

口头表彰的形式是，在每天中午吃饭的时候，用广播播送“好人好事”。

1972 年 3 月 15 日，父亲转业。19 日，到应城盐矿上班。比发工资日迟去了 5 天，他只拿到了半个月工资。

后　续

1973 年至 1996 年，父亲在应城盐矿工作了整整 23 年。

1996 年 9 月 8 日，父亲送我到南京上大学。这是我们父子俩第一次一起出远门。下午一时，从汉口港上船。9 月 9 日下午四时许，在南京四号码头上岸。我们第一次到了南京。

他在学校招待所住了两晚，在我的学生宿舍过了一夜。12 日，就返回了二河。

当年 10 月 27 日，父亲从应城盐矿退休，在义军哥的防盗门厂看管了几年仓库。

现在，他在南京已经生活了 17 年。

生活如盐

母亲炒的菜，总是很咸。为此，我常常抱怨：您老有高血压，还吃那么多盐?！但母亲却不以为然，“盐力，盐力。吃了盐，人才有力气!”——她振振有词地辩解。我知道，她那所谓“吃盐有劲”的理论，是从电影《闪闪的红星》里的潘冬子那儿看来的。

我曾经向老朋友梅子倾诉过，“老人的习惯，怎么这么难改啊?”梅子，湖北红安人，是一位资深的社会生活记者。经常跑点儿家庭纠纷遗产争夺老人受骗之类的热线新闻。他双手一摊，说：“改不了！我妈在老家，我给您佬买了一台洗衣机，她压根儿不用，宁愿提井水手洗；给您佬买的燃气灶，她转手就送给我哥哥家，自己上山捡柴禾烧。唉！一辈子劳碌命！您佬做菜，也放盐放得狠。都一样!”

后来，在《中国国家地理》一篇解释中国人食盐多口味重的文章里，我读到了一句惊心动魄的话：“盐，是苦难的滋味!”霎时，我明白了！对盐的崇拜，或者，口味的形成，毋宁说是被恐惧感驯化成的习性与意识。

母亲很执拗。我第一次向母亲提出买点保健品时，“不要！不要！活着干，死了算!”她条件反射似地拒绝。——这句话，大概是她当年在公社的生产队当妇女干部时常喊的坚强的口号吧！但，我知道她的身体其实并不那么坚强。

母亲已经衰老。她右手的中指，因长年做繁重的家务，已经扭曲，指缝开裂，冬季严寒，会皲裂得更厉害；她的血压一直很高，经常都飙到140几；她经常头皮麻木，只能用篦子使劲地篦头（实际上，这是轻度脑腔腔梗的症状）。但，她拒绝买任何保健品。甚至在医药治疗方面，当病症缓解时，她还主动减少日常服药的剂量。她怕花钱！她表现得坚强，是为了减轻家庭负担。但有时，她会把她那骨节已经变形的手指伸到我的眼前，“刚刚，你看哟！我的手指都弯了。”我知道，她不是刻意诉苦，她也不要求进行治疗，她只是说出来心里安慰些！就像孙少平的奶奶，把那瓶数了一辈子的止痛片，疼的时候，拿出来数一数！

如果还能有一点余力负担得起父母晚年身体健康上的花销，如果这算是尽孝心的话，我想，这样的孝顺方式，其实是最易得的，也是幸运的！我把母亲的病历，拍摄的CT报告和常服的药微信发给了师兄，向他咨询。师兄很快回复：我看了阿姨的病历，问题不大。她吃的药，我也都知道，是一些活血化瘀的中成药。放心吧！让阿姨坚持喝我们的产品，我有信心！

就这样，一次、两次、三次……整个夏天，我坚持让母亲试用。而且，定期检查盒里的蓝瓶子的数量，以防她又偷着减量。

“妈！你今天喝了吗？”

“喝！每顿都喝！”

“那我怎么在垃圾筒里没有看到蓝瓶子啊？”

“早上你爸下楼把垃圾带下去了。”

国庆节休假，我回家。母亲对我说：“我的头不木了，清爽多了。”我正在电脑前忙着写东西，没有抬头，也没有在意。

母亲又说：前几天，小区组织老人们量血压，我都是正常的。

“好啊！”我继续头也不抬地答应着。

过了好一会，母亲又说：“你给我买的那个水快没有了。”

我这才回过神，马上说：“好的！这就买！”

母亲转变了。我在外地时，打电话询问母亲服用的情况。我最为担心的是买了的东西她不吃。我还让七岁的儿子“监督”奶奶。有时，他在电话里“汇报”：“奶奶在喝海水！”

“你喝吗？”

“我不喝！咸咸的。”

我说：“是啊！这就是海水啊！”

咸咸的海水。生活如盐。

开军哥

一场清明的骤雨，把门口的马路搅拌得泥泞一片。每到这个时节，二河下街的公路上，人流熙攘，像拥挤不堪的等待着靠港的小船。一个魁伟的身形，从外面趟进屋里来。他团脸、大眼，微显圆润的重下巴，常带着笑意。阔别 20 多年后再次相见，一时恍然，我竟以为是长清伯——他俩简直一模一样！甚至，我怀疑，连开朗、乐观的性格，也以某种神秘的代码在岁月砥砺中承袭。这曾经是多么熟悉而亲切的神情。我于是毕恭毕敬地喊了一声：开军哥！

开军哥是长清伯的长子。他的父亲长清伯，早年当过兵，是一个能人。我父亲小时，曾在他家里住过一段时间。父亲说他结婚穿的衣服，还是借长清伯的。长清伯那时也常到我家老屋去。因为您老的婚事是我奶奶作的介绍。而我出生后，又是开军哥的奶奶，即舅婆，从医院用一块布片子包回来的。开军哥的爷爷，就是我先前说过的为我毛笔字启蒙的金堂爹……有点儿啰嗦了。——总之，在八十年代前的三十多年里，我们两家是很亲近的。

但说实话，我和开军哥接触的机会并不算多。每年暑假，波波姐、马竹哥回二河来看爹爹婆婆，他们几个聚在一起，谈笑风生，如讲相声，你有来言，我有去语，绝对不会让话头掉到地上的！我是小听众，也常是被调侃的对象。——波山爹屋里的国胜爷先作疑惑状，问："噫？胡子哩（谐音"自力"，我姐姐的名字)?"开军哥接下句："胡子（志）刚剃！"语毕，大笑。

他们还创作了很多嵌入名字的经典语录，皆诙谐风趣，然囿于方言，且为尊者讳，就不一一笔录了。

更多的时候，他们谈锋机智，富于知识与见解。譬如，开军哥的口诀：横是纬度，纵是经度。刮西南季风。现在我知道，这是典型的善于总结的文科思维。又如，开军哥调侃马竹哥："天下文章出浙江，浙江文章数敝乡，家兄文章无人敌，我为家兄改文章!”连身为作家的马竹哥也不禁莞尔。我喜欢亲近他们。听他们讲话，我很入迷！或者，用波波姐姐的话说：他们是我崇拜的对象。因为我们相差十几岁，而他们又都“出去”得很早。

我们那里说“出去”，是指考大学。开军哥是二河街上最早考出去的大学生之一。1981年考上中南财经大学时，只有16岁。用他自己的话说“就在五七中学随便搞了两年，就考上了”。五七中学，当时镇上唯一的高中，是响应毛主席“五七指示”建立的。我很惊讶，多年后，开军哥还能清楚地背出毛主席的这一段指示：学生也是这样，以学为主，兼学别样，即不但学文，也要学工、学农、学军，也要批判资产阶级。学制要缩短，教育要革命。资产阶级知识分子统治我们学校的现象，再也不能继续下去了！

当时，五七中学选址在离街上好几里地的田间。在我小时，还曾多次晚饭后蹚路去过。印象中，是过了宋家河桥那座灰矮的小河闸，只见几间破败的矮房，颓败在夕阳残照里。九十年代初，招不到生源，也考不出学生，撤销了。但在那一段火红的岁月里，五七中学确乎是田二河镇的最高学府了。据说，开军哥接到录取通知书时，他正在灶旁边烧火——给下地干活的父母做早饭。在八十年代初，乡镇上说起谁家接到通知书，不是正在田里插秧，就是在河边担水。我一直以为，这些说法，与其是真实场景，毋宁说是农家子弟“跳龙门”的一种写照和象征。仿佛为了深究这写照与象征的意义，这次重见到他，我抓住时机，向他询问了这件事。

他回忆道——

其实，当时是一个同学到家里来，告诉我过了大学录取分数线。中午，父亲从地里回家，说：听人讲，你考上了大学，你今年没参加高考吧？我说：参加了。父亲说：快买包烟，到刘政道老师（当时学校教导主任）家里问问吧！

“看来，和现在的小孩子高考牵动全家相比，那时候，长清伯们好像并不太操心嘛!”我笑道。

“当时农村刚开始承包分地，家里孩子多，劳力少，种田的任务重，家长只知道孩子吃饭、上学了，哪操得那么多心。”开军哥说。

我又追问，当时考大学名额很少，你能考上，有什么秘诀？——不可否认，多年之后，这仍是我最好奇的问题。

“哪有什么秘诀，就是横下一条心，一定要脱掉草鞋，穿上皮鞋。农村太苦了!”开军哥说：“晚自习后，从宋家河走回家，炒米湾的禾场上放电影我都不停下来看一眼。学习之余，要下地干活，要带领弟弟妹妹做家务。整个暑假里，都在劳动：早上洗衣做饭送饭到地里后，赶紧晒谷，晒扬草。在看禾场的时候，可以看看书。有时，中途还要挑秧、挑草头。傍晚，收谷、收扬草，和弟弟妹妹揪靶子。最难熬的是夏天的晚上，家里床铺不够，我睡在眠柜上。刚刚，你晓得吧！眠柜，是一种里面盛放谷物的木头柜子。上面铺上被子，可以睡觉。里面的稻谷晒了一天，正散发热量，人躺上去，像是躺在在蒸笼上。老鼠在旁边抠，蚊子在帐外叫。我强迫自己静下来，枕边放几本教科书，一个手电筒，把课本内容在脑海里像放电影一样过一遍，记不得了，就打开手电筒看一眼，直到慢慢睡着……”

这是我第一次完整地听到他本人讲述当年求学与高考的经历。这是一个人真切的口述史，也是一代人铭心刻骨的心曲。

我家对门四户都出了大学生：波山爹屋里的国胜幺爷，也是很早就考出去的。斜对门天香爹屋里的华平幺爷，锲而不舍地考了几年，也考上大学。原因之一，是他认为文科没用处，坚持复读考理科。他 1988 年才从医学院毕业，现在应城人民医院，是一位手术精湛的优秀外科医生。

眼前，开军哥微胖的身躯深陷在柔软的沙发里。坐在对面聆听的我，也陷入了沉思：想象中的诗化的写照与象征，根本不存在！逆境中惊人的执著，其实是人的本能，改变自身命运的本能。

开军哥家在横堤阁的堤上，就是老粮店那一段高高的台子。一个独立的小院门，紧挨着粮店的顶南头。院内，墙面刷白，坐西朝东两柱三间房子。有一次，大概是上小学四五年级，我到开军哥家去向他的幺妹蓉蓉姐请教作文。蓉蓉姐成绩一直很好，字也写得好。我记得，在黄昏的院子里，我们坐在小板凳上，蓉蓉姐思维敏捷，下笔也快。她的字形长方，转角锐利、有力，写在一个红色塑料皮的小笔记本上。我还记得，开头一句是“万物峥嵘的春天”。“峥嵘”，这个词真高级！我印象深刻，至今不忘。此后，还曾在作文中多次袭抄。蓉蓉姐后来也上了大学，毕业后分配到武汉一所中学任语文老师。现在那院子，连同老粮店、油厂，早已拆迁改建为商品房卖掉了。

——这是开军哥告诉我的。

这一次回来，我除了去已经售出十多年的自家老屋看了看，并未去太多地方。变化太大了！对于阔别多年的游子，人是物非，更惹惆怅。

“拆迁还建了两套。我让他老们卖了一间。我们又不回来，有一套住，也就够了！”开军哥说。

我表示认同。

我很高兴能和他聊这样的话题。二十多年未见，我们开始交谈起生活的经历。尽管我还习惯是听众，但在某些方面，我因此更熟悉、也更能理解他了。在乡镇上，农家出身的长子，又是考出去的，必然承担家族中更多的义务。至少在老家人们的眼中，你在外面，是有本事的人，自然诸如考学、找工作之类的很多事情都能应承。长清伯和丹桂伯母（他的母亲）都七十多岁了，不免时有些病痛。老人说，你得带我去看病。这些年，常常往返于武汉和二河之间。开军哥接送老人看病，一直是尽心尽力的。他觉得比起自己的弟妹们，自己在医学院校工作，理应多付出一些。他又是那么一个乐观主义者。有一次，他带着丹桂伯在任教的大学校园里散步，校园道路多采用植物或药材命名。逛到丹桂路上，他说，妈！这条路是以您的名字命名的。丹桂伯母说，你莫哄我！开军哥指着路牌上的字，真的！不信，您老看呐！丹桂东路！

晚上，正平哥热心地张罗，接我们吃饭。开军哥、元玉姐、竹哥、波姐、国胜爷都在座。——都是二十年未见面了！席间，我沉默着，微笑着，热切地望着。我虔诚地听他们交谈，一如从前。他们的头发，微微斑白了；他们的容颜，越发像他们的父辈了。但他们谈锋依旧睿智、激烈，他们彼此亲热而且默契。他们延续着昨日之我与今日之我所熟悉的记忆，不曾间断。二十年来，负笈金陵，江湖奔走，颠沛羁旅之间，我渐渐疏离了与他们的交往，也告别了依恋的故土。——这在他们，是可以理解的。而在我，却未尝不是刻意的逃避。所谓“低首奔前途，不问来时路”，不过是不甘迷失的理想主义者不得已而为之的生活策略。

我又想起，去年八月炎夏，开军哥、元玉姐、竹哥、波姐偕行南京。在秦淮河畔的文德桥上，开军哥扶着桥栏，四顾望了望，对我大声喊着：“刚刚！不要下船去！秦淮河，跟二河的王家巷是一样的！”这亲切的呼喊，如唤醒，如找回，我的眼眶不禁湿润了。

《二河记忆》写出后，开军哥也看到了。元玉姐后来告诉我，他晚上读得很兴奋，到一两点还不睡！开军哥读得很细致，特别是对饮食，他指出了文中许多硬伤：炒炒米，用的是泡发、蒸熟、晒干的阴米（糯米）；糊汤粉的汤，要用鳝鱼泥鳅骨熬的才好……开军哥说，他老曾祖父，乡人尊称“连爹”，是乡里远近闻名的厨子师傅。小时候，老屋里还藏有做“二河三蒸”、做“十碗”的菜谱。“以后，你写二河的饮食文化，我可以提供素材！”他意在勉励，而我感受到的却是他深埋心底的乡土情结。

在大学校园旁，长江畔的滩涂边上，开军哥自己开了一块菜地。他说虽然只在二河生活了16年，但一辈子都忘不了二河农村。他想在退休后，回家乡在池塘边开几块菜地，养几只鸡鸭。——这，我也理解。闲看清风，日落大江，荷锄而归，不亦乐乎？他们这一代从乡土里生长起来的知识分子，归园田居，是一种情结、一份相思，是一段心底无法抗拒的诱惑。在他们人生的行囊里，永远深藏着一抔故乡的土。

开军哥，开春日暖，地里头的莴笋、黑白菜，想必长势喜人。什么时候，我要去尝尝！

清明返乡记

几天前，母亲在雨花新村的集市上买了一件朴素的外套。4月1日中午，我从北京乘高铁返回南京。晚上，又带着大麦去理了一个发。下午三点多，父亲坐公交车到夫子庙附近的一家板鸭店排队去了。晚上八点，妻从广州出差赶回了家。——第二天，也就是4月2日一大早，母亲和我们一家三口要返回老家二河吊亲香。并早已约定与从武汉赶回去的竹哥、波姐、开军哥、元玉姐们在正平哥家里相聚。我轻轻地拍了拍大麦新剪的西瓜头，问他：“你准备好回老家吗？”儿子睁大了眼睛，认真地说：“我早就准备好了！”

4月2日，晴。八时二十七分，出发。

动车甫一动，我的心也一动。我把目光从车窗外收回，看看大麦，又看看母亲：期待，殷殷写在大麦稚嫩的脸蛋上，也分明写在母亲额头深深的皱纹里。母亲沉默地坐在座位上不动。半个月前，她就笃定地说：“这一次，我非要回去不可！我想我的妈了！我想我的弟弟了！”我知道，这一趟回老家，在年届七旬的她老心里，有近乎庄严的意义。

列车疾行。穿过春光无限的皖西平原，穿行在葱茏起伏的大别山中。大站。小站。停了一站又一站。在微信群里，我不断向正平哥们报道着经停的站名。终于，在下午一点一刻许到达天门南站。刚出站，我一眼就看见正平哥正踮着脚往涌出的人群里张望。他喊着“刚刚”和我拥抱，又接去我手里的行李，又扭过头和“妈妈”“弟媳”“大麦”招呼。突然间，我惊异地发现正平哥的嘴角有点歪斜，眼眶边还贴着一条膏药。“哥哥，怎么啦?”我忙问。正平哥说：“面瘫！这两天变得严重了些。”我不禁暗暗担心并为给他添麻烦感到不安。

贤惠的嫂子在车里等我们。不到两岁的小糯米，似乎还有一点不适应，眼睛睁得大大的，打量着眼前这群背着包拎着筐拖着箱子的陌生人，撇撇小嘴巴，要哭。嫂子抱起她，指着七岁的大麦，“叫叔叔，叔——叔——”。大麦腼腆地低下了头。妻在旁边笑着说：“算了。叫叔叔哥！”一句话，把一车人都逗笑了！

随即，正平哥驱车带我们一行人到仙桃去吃午饭。饭后，经过仙桃汉江大桥返回二河。

在途中，我说了设想：“下午，我们先到河心口舅爷家。晚饭在舅爷家吃，您老把菜都买了！”

“好！我们从天门往回走，到了界牌，再往南，过五星中学，就到河心口了。”正平哥说。

正平哥在二河镇上经营婚纱摄像有好多年，对天沔汉左近各村湾的庄户路道，都很是熟悉。车子在宽阔的柏油路上行驶，松丽陪着嫂子在车里逗着大麦和糯米玩笑。轻风和煦，吹送着油菜花的清香阵阵袭入车窗。路边，一道清亮的河渠，笔直伸向远方的村庄。两旁田地里，泛着盎然的青色。

“到了陈家叶子吧?!”突然，母亲的声音提高。她侧了侧身，倾着，望向窗外广阔的田野。是快到河心口了。她有点儿话多起来：“现在路真好啊！好多树啊！我们小时候，一望茫茫！好荒哟！好多年没有往这条路上走了！……”我能感觉出母亲内心的激动。又开了十几分钟，绕过一段小路，向东，河沟对面有一座破败的大院墙——那就是五星中学。再往南去，不到五十米，车子拐到路东边时，舅爷已经站在了路口。

舅爷明显老苍了。他家那间高朗的瓦房也老旧了，隐匿在邻居新起的楼房后的窄巷里。当初那个交际广阔又正值壮年的村支书，发际已稀疏、灰白。舅爷现在武汉一个物流公司打工。节假日货物多又缺人手，老板坚持不批假。为了赶回来与他的大姐姐见面，舅爷搭了一辆便车凌晨三点才到二河。姣霞表妹正在厨下炒菜准备晚饭。进霞表弟没能回来。很可惜！表弟在天门一所民办学校教高三年级的英语，恰逢学生月考，无法抽身。表弟在微信里一再致歉："没办法，民办学校管得严！"我们有二十多年未见了！进霞表弟小我三岁，他师范毕业后，辗转于贵州遵义等地教书十多年。因小孩渐大，才携眷返回老家执教。舅爷告诉我："他教的班级考出去了很多学生。去年还被评为天门市十佳教师呢！"我为他感到高兴！

太阳渐已西斜，却依然射出刺目的光线。舅爷带领着母亲和我去给外公外婆与舅母上坟。在村口的荒地上，芦草丛生，几处深深浅浅的水洼，一片坟冢如丘。土堆顶上，插着许多花花绿绿的塑料花。碑前的泥土里，插在些许未燃尽的香烛，还有一些纷扬四处的灰烬和鞭屑纸。外公外婆与舅母坟冢毗邻，都在一根木质的电线杆子下。母亲和我在舅爷的带领下，烧香、焚纸，恭敬行礼，虔诚祭扫。舅爷抚摸着舅母墓碑上的刻字，对我念道："这是我给你舅母撰写的挽联。"录如下：

兰天霹雳她永在

石地坚韧我存举

这是一副藏头嵌尾的对联。兰石，是我舅母的名字。在举，是我舅爷的名字。我读得出：这两句话，寄托了他不尽的哀思，也深蕴着生活的寄望！

天色暗下来了。村里的房屋，村外的油菜地和麦田，水沟、桥，全都沉浸在朦胧的夜色里。天空愈加显现出黝深的湛蓝。远处，一辆小车打着两盏前灯，从小路上朝着村里开过来。——正平哥开车来接我们回二河街上了。

我们沿着乡村公路，很快地开出了界牌桥，上到荷沙公路上。不到几分钟，就到了后街（即荷沙公路的一段）的王家巷。到二河啦！

路上，老同学余丽荣已经在群里催促了好几遍，让我速到炒米湾的丰华酒楼汇合："同学们都等着呢！等你来开席！"终于，在七点二十分，阔别二十多年的初中老同学，围坐在了一张桌子上。此刻，我感到最大的幸运与幸福，是能逐一喊出他们的名字。男生有：邹新杰、成鹏、吴张刚、成涛、屠孝则，后来又来了张圣文。女生有：余丽荣、张丽红、张秀华、傅春娥。认到"傅春娥"时，我问："你屋里是不是傅家台的啊？"她干脆地回答："是啊！"

——我通过了时间的考验！

老同学们大多读过我写的回忆文章，于是纷纷当面求证所谓"初恋"是谁？闹闹哄哄中，与在座的四位女生一起合影。两左，两右，我站中间。拍完照，挽着我手臂的余丽荣和傅春娥说，“你好紧张啊！胳膊都僵硬了！”我低着头，笑了。我想，她们一定明白了我深埋在那些朝花夕拾的文字里的想象与虚构！一切美好如初。

4月3日清晨，妻子和大麦还在熟睡，我却起了一个大早。夜半，我听到了故乡的鸡叫！尚一特宾馆后面，是原来的老菜农队。声声鸡鸣，从那一片屋舍传来。继而人声、脚步声渐起，下街菜市场的喧闹声肆意溢出。坑洼不平的公路上，不时轰鸣着开过几辆巨型拖车。彤红的朝阳升起，把一缕晨光投射向尘土飞扬的大地。二河的早晨拉开了沸腾的序幕！

七点半，我与国华兄相约过早。他是已故刘耀平老师的儿子。清明期间，国华也回了二河，并准备参加即将在武汉举行的城市马拉松赛。挤过菜场门口熙攘的人群，只见他手里举着一个锅盔，站在去年一起吃糊汤粉的店口，正向我招手！我们边吃边聊，彼此相告这一年来的近况，并约再聚。

这时，母亲、妻子和大麦，也都在正平哥的带领下过完了早。我们都坐在正平哥路北边的摄影店门口，望着公路上，等着马竹哥和波波姐的到来。马竹哥已在微信里告知“到了城隍”。十点，他们的车子停在了马路对面。波波姐摇下车窗大喊：娘娘！娘娘！我们一起横穿公路上的车流，想要迎过去与他们会合。姐姐看见了，又喊：莫过来！莫过来！就在那边站倒！终于，我们违反了交通规则。大麦跑在前面，冲过去，搂住了正在下车的马竹哥的脖子，把他的头都碰在车筐上了。

正平哥因为另有事务处置，我们便决定先与竹哥波姐去给爹爹婆婆上坟，再与他和开军哥们一起见面。一过王家巷的小桥板，大麦就走在了前面。这几年，大麦已回了老家三四次。每次回来，我们都带着他去祭拜老人，望他省事知礼。他问马竹哥：“伯伯，扫墓，是不是就是拿一把扫帚把墓地打扫干净啊？”马竹哥说：“是的！扫墓，把墓地整饬一番，是仪式的一部分，以示后辈的心意。”当我们祭奠时，近旁一座新坟边，有一位中年妇女匍匐在地上号啕大哭。她在坟前呜咽着诉说母亲的种种好处，追悔自己的种种不肖。“子欲养而亲不待”，人生之大悲哀，莫过于此！闻之，令人凄切欲哭。旷野清风一抔土，人世茫茫两不见。人近中年的我，携妇将雏，跟随在瘦小苍老的母亲身后，和年已半百的哥哥姐姐一起，虔诚祭奠、祝祷。随后，我们又在正平哥的父亲宋家爽伯伯的坟前，一起奉上了一柱馨香。在香烟袅袅中，我悟到：原来民俗乡风中的仪式庄严如斯！慎终追远，连通着也教化着人性人心！

返回的路上，正平哥迎面来接我们回去。一行人路过烟草公司门口时，正巧碰见了几十年的老街坊：新桃的妈妈已年过八十，老眼昏花，捉住母亲的手，喊着她的名字，连连说："你回来了！你回来了！"任小涛的七爷七妈，远远认出我们来，热切地近前招呼。临走时，又频频挥手。身处乡情洋溢的场面，幼时曾经的乡风礼仪，又一次回归并温暖了我的心。

中午，照例仍是正平哥接待我们一行人。他老早就订好了农业银行对面的开心酒楼的酒席。但据说是我们到得晚些，加上生意又好，包间已经让给别的客人了。我们一人一条长板凳，坐在门口等候，直到十二点半多钟。这时，我的两位老同学余丽荣和周莉荣也都到了。她们两个是文字悟性都很高的文友，也是马竹哥热切的读者。余丽荣为人热心快肠，笔下文字充满灵气，得到了马竹哥的赞赏；周莉荣是一位中学语文老师，自然作文老道，更难得心灵手巧。她送给波波姐一个连夜赶织出来的布艺南瓜，让专研民间工艺的元玉姐连连称赞，爱不释手。她还送给大麦一只乖巧的白色毛毛狗玩具，让调皮的小家伙一下子安静下来，抱在怀里用梳子梳个不停。诙谐的开军哥打趣说：现在是一只白狗狗，很快就会变成一只黄狗狗！

席间，大家都很开心。这是一次期盼已久的相聚，所以，酒喝得放开了些。对我而言，基本上是一年一度的仪式，加之又有二十多年未见的老同学在座，自然更是高兴。正平哥主持酒宴，但我也算是半个主人，因此，酒喝得多了些，话也说得多了些。我初中时代最要好的哥们——鲁学亮和尹文涛，也特意从汉川赶了过来。我们五位多年未谋面的老同学，一起举杯、一起合影，再举杯、再合影……酒精，催化着阔别的友谊，挥发着不老的青春！

醉了！醉了！醉了！

我执意下楼送别学亮和文涛。相聚太促，难慰情义。我们相约：他日，以再一场酒，来加热、来持续！

下午两点多，我在干一高中的好兄弟——老班长龙涛和谢少哨联袂而至。也是毕业后就未见过了！他们知道我清明回家，相约赶来二河相见。少哨的身材，比起当年来，乘以二。但龙涛却文雅如昔，笑意依旧。龙涛还带了五六个干一的锅盔。他说，这是特意从学校门口买来的。我嚼了几口，确实芝麻多些！香!!

饭后，趁着微醺的酒意，我们三人驱车来到干一，去看看昔日的母校——干一高中。这一段归去来兮的心路，都写进了一篇长长的打油诗《亲爱的弟兄，让我们逛逛这春天的校园》里：

雨还没有落下
我亲爱的弟兄
让我们逛逛这春天的校园吧
我们已走得太久太远
记不清教室斑驳的墙上曾留下过什么字迹
也说不清那年我们离开时说了点儿什么话
操场上疯长的野草爬上了篮球架
野鸭队肥胖的前锋也不知去了哪
曾经高不可攀的象牙色的水塔也没了踪迹
该死的学生食堂整个儿变了模样
物理老师用麻秆一样的细腿开出一个角球
我们辛苦地追逐了大半个青春
女生们的宿舍都改作了工会的办公大楼
我猜你理智已经接受但还是忍不住有一点惆怅
我说要给你点一根烟抽
你说算了学校有规定
于是，你想跟我谈谈……
谈谈那个长发的女生

话题围绕着一个地名展开
——恩施
兄弟，我从未去过那地方
但我设想你在那里洒下过伤心的泪
我设想你已把恩施在心里换成了一个名字
一个永远不说出口的名字
好吧！就让我们谈谈恩施
聊聊这个地方你会心里好受一点
但你只是喃喃地自语说了许多祝福的话
你说祝她幸福永远不要有烦愁
你说你要过平静而单纯的生活
你说想在春天的晚上跑回故乡的田地里捉蛤蟆

兄弟，我也解不开你这连地名都逃避的问题呵
改天吧，咱俩多喝几杯好不好？

让我们还是和班长谈一谈诗和远方
班长的学习和工作经历都比较简单
大学学习养猪现在还在养猪
据说经营着一家不错的养猪场
难怪他一直笑眯眯地望着我俩已经发福的身板
他今晚要开车赶回武汉一所农业大学做开题报告
我估计他的选题也一定与养猪有关
我从他满意的微笑里感到养猪和诗歌一样美好
他的爱人找了一个小学的同班女生
——你也太省事了一点吧！我的班长
他说他到现在最怀念的还是他领衔的一（2）班
他到现在都还能准确地说出每一个人的名字
就像他手里还握有当年的点名册
他说他多年后见到过喊“湾志勇”的刘老师
当她白发苍苍从他的身边走过
他感到一阵幸福的泪水溢出眼眶
呵！班长，我酒醉后的步履有点儿蹒跚

我亲爱的弟兄
雨还没有落下
让我们一起逛逛这春天的校园
一切都会慢慢好起来！

听说，由于招不到生，干一高中行将拆并。这所曾闻名遐迩的东乡学府，行将渐入历史的陈迹。天色阴沉，快要下雨了。我们依依不舍地挥别了陈旧的校园，也挥别了永逝的青春。熊焕斌老师在朋友圈里转发了我的这首诗，并感慨“青春回望是故乡”！是呵！这所位于江汉平原腹地的乡镇中学，将永远是我们时时回望的精神家园。

当龙涛和少哨又开车送我回到二河时，天已经全黑下来了。开军哥一家正等着我吃晚饭。出席阵容豪华：有长清伯、丹桂伯母、开军哥、元玉姐，以及下午

才从武汉赶回来的蓉蓉姐。还有多年未见的小军哥，他是开军哥的二弟。——这些名字，都曾多次出现在我话旧的篇什里。

长清伯、丹桂伯母都有七十多了。多年未见，他们明显地步入了晚年，但精神都很健旺。尤其丹桂伯母，面目圆润，眉宇淡然，呈现出祥和慈悲相。我坐在她的身旁，听她讲我们两家的渊源，讲她那辈人的旧事，讲小时候爹爹婆婆对我的恩情。她说，“你们回来，是评心了！”我听着，听着，回想往事历历，不禁失声抽泣起来。蓉蓉姐在旁边劝着：“妈，您让刚刚吃一点东西再说吧！”

散席后，我和蓉蓉姐边走边谈心，我们也有二十几年未见了。她给我带了一些佛学书籍，嘱咐我有空时读读。我向她坦承了在席间悲从中来的心境：人生直“如梦幻泡影，如露亦如电”啊！言谈中，不知是哪一家在路旁放起了焰火，银花纷霰如星，绚烂地在夜空中绽开。忽而，倏地又消失了。回望去，心底不禁涌起无名的寥落与感伤！在苍茫夜色里，我与蓉蓉姐挥手作别而去。

回到旅馆，酒劲发作，我沉沉地睡了大半夜。

四日晨，八时。我们收拾停当，搭乘开军哥和元玉姐的车去武汉赶车回宁。欢快而短暂的相聚，化作了行色匆匆的别离。甚至，都来不及酝酿告别的情绪！我们不停地挥手，挥手，从车窗里伸出挥手，与正平哥、嫂子，还有小糯米告别。母亲坐在中间的座位，久久不肯收回她苍凉的目光。车子开出镇子不到五分钟，快走到宋家河时，正平哥给我发来一条微信：“看见你们走，糯米哭了！”我低头看着，泪水不禁夺眶而出。

十点半，我们到达了开军哥的单位——位于武昌洪山区的一所医学类大学。稍事歇息后，我们一起去参观他耕种在黄家湖旁边的菜地。瓜田豆架，湖风徐来，景致绝佳。正平哥指着地头上仅有的几颗黑白菜，“看，都快吃完了！”我们又到他风景如画且人文气息浓郁的校园里走走看看，并在著名的“丹桂东路”上集体合影留念。午后匆匆餐毕，他们又驱车送行。我们安然顺当地坐上了返程南去的列车。

晚八时许，抵达南京南站。

一场清明的春雨，把这个华灯初上的城市洗涤得格外明净、清澈。父亲已经站在小区门口等候。回到家，我用微信向诸位亲人报一声平安。妻子去厨房给大麦泡了一点炒米。奔波疲惫的母亲，已坐在灯下，给父亲讲起这一路来回的经过。父亲仔细听着，把他那白发苍苍的头深深地靠在了沙发上。

那河堤上的故事

我听开军哥讲过，他说——陶铸，曾到过田二河。1940年春，时任豫鄂边区党委统战部长的陶铸，来到田二河，拜访了老同盟会员向岩先生（向先生是阮子台人）。后，又指挥了抗日武装斗争，血战王家巷，失利，依托李集水网交错的地形，在游击队的掩护下，坐船得脱。

据记载，1940年1月，美国进步女记者史沫特莱到田二河采访，在田二河匡家祠堂住宿。离别时，县政府官员和各团体负责人三十余人，在这里为她举行了欢送宴会。史沫特莱在延安采访了朱德将军，写出了《伟大的道路》一书。与斯诺的《西行漫记》（又名《红星照耀中国》）并为西方报道红色中国的杰出著作。她的足迹，是经过了我的故乡的。不过，很可惜，没有留下文字。

这两条史料，从时间上看，都在1940年初。陶、史二人，是否同行？无从考证，不敢妄下判断，也许《汉川县志》有记载，但我手边并没有这类资料可以参考。即使有，我也无法还原这一段传奇历史。

陶铸脱险，是电影画面感很强的故事，可当作小说写：在蔽日的芦苇荡中，野鸟飞尽，四野寂然，小舟一叶，如箭飞行。气氛，一定极为紧张的！血战王家巷，就发生在天主教堂附近——那个地方，我很熟悉，就是小时候经常去玩的二河公社。门口坡下，还有两口大水塘。如果我是小说家，一定有书写而出的冲动。然而，我不是。

小时候，粮站有一个看大门的老头，七十多岁，瘦瘦的。他的腿上有一条疤痕。我问他，他说，是日本鬼子用刺刀挑的！我又问他，你害怕吗？他说，怕有什么办法！死了，也就死了。我旁边的几个人，都被杀死了。

莫言在《红高粱家族》《丰乳肥臀》等小说中，写过不少胶东土地上的兵祸匪患、日寇肆虐的悲惨场景。我读之恻然惊悚。他的文学是魔幻现实主义，但从历史角度而言，却是真实的。

真实。严酷的真实。

在那个年代，兵荒马乱的，尔方唱罢我登场，城头变换大王旗。总之，死了不少人！我的街坊对门，是一户“烈士家属”。八十年代，有一块红色的塑料牌子，一直钉在老屋的门楣上。他家的外公，是红军，或者赤卫队员——我的故乡离洪湖不远。老人们说，那里有贺龙的部队。外公被国民党杀害了。他家婆婆常说：“我父死的时候，我还很小咧！”而她的母亲，又是不识字的小脚老太太。具体怎么回事，谁也说不清楚。谁说得清楚呢？老屋翻新后，那块烈属牌，估计也早不在了。

血战王家巷，发生在天主教堂附近。直到八十年代，这个建筑还在，且风貌依旧，是原二河公社的所在地，也是我们小孩子常常跑进去玩的地方。这与春秋阁就两样了。所谓“春秋阁”，只是一个名字，实际上，早已没什么楼阁——一堵高高的土堤台子，壁立于河边。上面，散落一堆荒凉的坟圈子。此外，东岳庙，没有庙，只有潭。鸡鸣寺，也没有寺，只是一个地名或方位而已。在二河诸多地名中，天主教堂是唯一确有建筑物存在的名副其实的地名。

我很早就知道公社原址是一个天主教堂。奶奶曾告诉我：旧社会，跑兵荒，一听到枪响，大家就都躲到教堂里。连日本人也不敢进去！她讲过很多乱世逃生的警诫。譬如，她要求我：睡觉前，鞋子必须整齐地摆放在床边！如果夜里起动乱、失火，可以立刻逃离，不会慌得在黑暗里连鞋子都摸不到。——现在回想，老一辈人们的家训，实际上都是苦难生活的经验总结。

我小学同学陈尚国的父亲，当时在公社工作（他是一个负责人武工作的干部，后来，还曾当过副镇长），我因此常到公社的院里玩，还记得，尚国和我曾去那老楼的二楼去打乒乓球。那踩得粗重的木地板发出的“咯吱”声，仿佛还回响在耳边。

当时，镇上征兵入伍，大抵会在公社院内的空地上进行欢送仪式。一些居民的集会活动，也多在那里举行。

从公社门口下坡，有两口长方形的大水塘。水质清澈而浅，常有人浣衣、淘米。夏日晴和时，天光云影，鱼戏浅底，又是儿童的乐游处。我曾在那水塘旁的浅泥里摸到过河蚌，带回家交给奶奶，切细，加点蒜一炒，鲜美无比！

八十年代末，镇委会搬到了下街振兴路，在中学的背后。旧公社，我也多年未去了。

寄居在方言里的乡愁

方言，突然间离我很近了。

先是因为竹哥的作品和朋友圈文章。他的文字、对白，带有深入骨髓的“豁湖”（小说世界和文学意义上的汉川）口音。后，又被陆续拉进阔别多年的高中同学和初中同学的校友群，找回了遗失已久的青春记忆，也鲜活了曾经疏离生涩的方言土语。

对于一个漂泊异乡的游子，方言，是只属于自己的母语（在异乡人那里，方言，乡音，母语同义）。而对于一个试图融入当地的移民来说，却注定一辈子都要跟自己与生俱来的方言做斗争！

譬如我，一个湖北汉川佬讲普通话，所纠结的，不是“ch”“c”不分，也不是说对“拿牛奶来”永远要靠碰运气；而是，即使能在任何场合和条件下准确无误地用普通话“说”出“吃饭”，但在我心里“想”的总还是“qí 饭”！——这，就是我的“内在”语言和我的思维之间的延时、错位和模糊。

著名数学家丘成桐回忆道，我所有的语言思维都是英语式的，只有在心算时，心里想的中文。想一想：他熟练地用英文推演高深的弦理论，却必须在心底小声嘀咕着“加减乘除”……多么奇妙的语言思维现象啊！

人，既无法说出没有思想过的东西，也不能思考无法说出的内容。面对着“言”与“思”的脱离或无知状态，我们只能保持沉默！在这个意义上，方言，有着一种妙不可言，只可意会之处。

打个比方。“丁咔”，在我乡方言中，可做副词，言其少，如“丁咔大”；又可做量词，状其微，“一丁咔大”。我不是语言学家，无法作出学理上的分析，只能说，其准确与传神，非吾乡人不知也！

凡不可言说者，皆不存在。从这个意义而言，关于对“丁咔”的程度和数量级的理解，在我们和他者之间，是永远无法达成共识的。

甚至，在最为宏大精博的佛经翻译上，同样如此。即使智慧，亦不能穿透语言的墙壁。这就是著名的“五不可译”：（一）尊重不译，如般若、佛等。（二）多含不译，如比丘、罗汉。（三）密秘不译，如众多的神咒。（四）顺古不译，如阿耨多罗三藐三菩提。（五）此方无不译，如庵摩罗果。当我们在用中文诵读佛经时，实际上，乃是对“经义”的迁徙和逻移。

若佛经的文字有知觉、有情状，该多么思念它语言的故乡——梵文啊！

作家余华表达过如下观点：南方作家被迫用普通话叙述写作。因此，本只属于方言里才能传递的思想、感情、意涵，不得不二次转化后再表达成规范的书面语。而北京作家呢，侃着大山就把小说给写了。这是不公平的！

海德格尔在《存在与时间》中把人的无计回避无可选择“实际的生存”，称为“被抛状态”，或“被抛性”。因此，乡愁，是永恒的存在；语言，是存在的家。

方言，是藤，是心灵的根。

方言，是永不褪去的胎记。

方言，是乡愁寄居的地方！

辑二

站台与旷野

桨声灯影秦淮河

算起来，从二河来到南京，整整二十年了。秦淮河却只去过三次。

最早的一次，是刚进大学时。初到南京，雨花台、中山陵……，拿张地图，到处跑。同学少年亦豪情，顶着风，一路高歌，从位于大桥南路的学校走到南京长江大桥上。有一晚，或是中秋，宿舍里一声招呼，一伙人便坐上公交车，直奔夫子庙去了。到达时，天色已完全暗下来，酒肆林立，招幌栉比，正是华灯初上。在一座写着“天下文枢”字样牌坊的大广场上，人多得可以用身体直接体会“接踵摩肩”的词义。我们拥着，挤着，到处找寻秦淮河。

“请问秦淮河在哪呀?”我背倚着一处栏杆，询问身旁一位中年人。

他指了指我身后，“这不就是!”

我回头一望，惊了。“这是秦淮河?!”

一条窄狭的水沟，凹在四周密密的建筑堆里，只露出短短的一段水面，黑黢黢的，更显逼仄、局促。在沉沉夜幕下，甚至不能倒映出明亮的灯火，来吸引人的注意。空气中，还似乎微微泛着水藻发酵的气味。这是我所读过的朱自清先生笔下“晃荡着蔷薇色的历史的秦淮河”?这是抹着胭脂的薄媚浸着金粉的繁华的秦淮河?即使听闻不到商女们隔江酽酽飘来的歌声，即使邂逅不了如董小宛李香君般窈窕的身影，至少该有一派画舫凌波，桨声灯影，引人情韵的景象呀!慕名而来，一旦亲见，便觉是受了文字的欺骗。失望!那时年少，毕竟偏爱以诗和酒，字里逐梦，逐（筑）心目中一个旖旎的梦!

第二次是 2006 年。当时，我还在山东工作，陪客户到公司南京总部参访。因我是定居在南京的，理所当然要做好“东道主”。公事了后，夜游秦淮，晚餐于小石桥旁的咸亨酒店。客人们围坐在把角的一间雅座里，隔着格栅窗，眺望楼外：岸上人流如织，河上船舫游走，九龙影壁上红彤彤的灯笼高高挂起……我又点了点儿茴香豆、狮子头、淮扬软兜，喝点儿绍兴老酒助兴。觥筹交错间，宾主尽欢矣。

最近的一次，约莫也在2010年前后。北京的两个朋友来南京出差，住在中华门附近。我带他们从老门东一带走了走，吃点小吃儿，经长乐路，去夫子庙转了一圈。时间仓促，聊慰“到此一游”。

此后，似乎再未去过秦淮河了。一则羁旅颠沛，居留南京之日少；即使节假日，譬如元宵节，夫子庙举办盛大灯会，从电视新闻看，场面乌泱乌泱的，都是人头，实在也无心去凑热闹。倒是有几年春节，妻领着老人孩子，和邻居一起去逛过几次。

走的路多了，过的桥也多了。如果说心态有什么改变的话，那便是：自觉能理解也能接受生活的真实面目与文学想象之间的殊异了。济南的冬天，何曾有老舍笔下的温婉妩媚？趵突泉，不过三股小水泡而已。大明湖畔的户户垂柳，毕竟也不如《老残游记》中写的那样生机盎然。我多曾旅次临淄、青州、泰山、汶上……,山川历历，逝者如斯，固然。终究还是典籍里漫灭的陈迹，还是地图上抽象的符号，还是生活中存续的现实。

这三个“了”字、三个“还是”，似一副安慰剂，颇能宽解、释然和从容心境。《世说新语》曾载：王子猷居山阴，夜大雪，眠觉，开室命酌酒，四望皎然。因起彷徨，咏左思《招隐诗》。忽忆戴安道。时戴在剡，即便夜乘小舟就之。经宿方至，造门不前而返。人问其故，王曰：“吾本乘兴而行，兴尽而返，何必见戴？”风景也好，世事也罢，于我不亦类此乎？

丙申年初秋八月，正平哥、竹哥、波姐、开军哥、元玉姐相偕来宁。竹哥是一位小说家，又是第一次到南京来。他很诧异于秦淮河在历来文人笔下都被写得极其暧昧，有心一往。我早早地看过了天气预报——十九日高温，次日有暴雨，气温或可略降。心底盘算：晨入鸡鸣寺，午谒中山陵。最好午饭时下雨，天凉快些。晚间，便可到秦淮河畔一游了。

二十日，天阴。闷热了一整天，雨却没下下来。

晚，六时半整，按计划去夫子庙。车子刚一启动，天上就落起麻分子来。行至卡子门高架桥入口处时，雨骤大。前车窗玻璃上已成了雨幕，两支雨刷“吱”“吱”的快速摆扫，溅起一层水雾。转到应天大街高架桥下，桥面遮住了雨，真有在大雨中的屋檐下行走的感觉。甫出桥底，头顶“哗”地一阵响，雨水便如盆泼般打在前窗上！拐进中华门后，公交车、私家车歪歪斜斜地挤挨着，只能停停走走了。道路上，积水汇成一条流动的河。雨仍下得猛，水流速更快了。大麦坐在车里，趴着车窗，看着雨，口里念念有词："雷公先唱歌，有雨也不多。"——这是他新学的谚语。"下雨之前，没有打雷。所以，会下得很长!"越往里走，车越慢，雨下得更酣。于是，决定沿中华路直走，到水游城去找地下车库。水游城是毗邻中华路与建康路交界口的一个购物商城，在夫子庙的西北角。此时，已车满为患，交警正在指挥分流。我们只好转到建康路上，继续往东。

临近北边的"南京夫子庙"牌坊时，雨水一路漫开去，路面和人行道都被淹没成一大片开阔的水面。挂在树上的红灯笼，店面的霓虹灯招牌，大开的车灯，把积水照映得亮晃晃的，泛着或粉红、或湛蓝的光波。牌坊的两根立柱，都被泡在水里，不知深浅几许。路上行人，有的撑着伞，蹇行在地势略高的台阶上。有被淋湿的，就干脆脱掉鞋子，挽起裤管，深一脚浅一脚地往前踅着。还有众多路人，聚簇在商铺的屋檐下，踌躇地望着天。

雨，渐渐势弱下来。但一路上，车子既靠不了边，也找不到停车场。在一处车库入口，一个门卫光着膀子，站在路亭边，大喊着："别往里进了。都被水淹了!"我们只好继续绕到东边。由长白街向南折，上来燕路，穿过一段较为僻静幽深的小径，过河。幸而，我们找到道边一块空地。停车时，已经八点多。

雨住了。夜色一洗如新。空气里泛着潮气，微有一点儿溽热。远处灯火阑珊，微有一点儿发晕。顺着灯光，前行不数十步，过马路，从西南角上的古秦淮牌坊进入到步行街。步行街的尽头，是大广场。广场上，矗立着那座写有"天下文枢"字样的牌坊。

骤雨初停，桥上的石板湿漉漉的。踏上去，却无沥涝之苦。河岸沿，密密匝匝地并排停泊着一溜儿船舫。黄顶棚的，是大舫；灰黑色的，是小一些的艇。从形制看，应该不是朱自清先生说的"七板子"。九龙壁上，灯火辉煌依旧。凭栏，想起六一居士的"池外轻雷池上雨，雨声滴碎荷声，小楼西角断虹明，阑干倚处，待得月华生。……"这一段短短的河道，确乎像是一个略微狭长的池子了。荷呢？灯影斑斓，五光十色，融进滟滟漾波里，不分明是盛开的彩荷么？

回望桥外，邻水的房屋，影影绰绰在青蓝色的暗夜里，透出些灯光，显出它深沉的轮廓。此时，如拏舟子划近去，想必能在檐下窗外，听到屋里的欢悦笑语。我忙去游船码头，问售票处订船。却被告知：今晚停航了！暴雨后，水位激涨，桥孔矮瘦，船过不去了。开军哥站在桥口上，四处望了望。安慰我说："不用上船去。秦淮河跟二河的王家巷是一样的!"

开军哥是一所大学的教授，性诙谐。此实为戏谑语，却令人听了有具体而微的禅机。我们对于事和物的认知，多半都会试图换算成自己最易理解的参照系。而一个人最熟谙的参照系，无疑是生于斯长于斯的故乡了。有一位诗人说过，“故乡是让我们抵达这个世界深处的一个途径，一个起点。”不禁由眼前的河畔联想起蜿蜒在心底故乡的河了。

开军哥说的“王家巷”，是二河镇上北边的一个河码头。拾阶而下，约一二十级，长长地延伸到河床上。河水大的时候，能淹没好多级石阶。王家巷的河水，是清凉的，澄澈的，明艳的，宛如一条笔直的泛着晶莹波光的水带子，向北直通向遥远的李集。八十年代，夏天，大大小小粜米的船便划来，满满地停泊在码头上。天气炎热时，小孩子们不敢去东岳庙潭或蔡家头潭等处的深水潭里凫水，就在王家巷玩水！平常，便有人家在这里挑水、洗菜、浣衣、淘米……西边岸上，沿河起着一溜房子，他们也是二河的水上人家了。近年来，房子越盖越多，码头是早没了。听说，河，也都快填瞢了。

比起从镇子南边流经的牛蹄支河来，王家巷与人更亲密，更日常些，也更富有人情味儿些。它是小镇的景观，也是小镇的生活。——呵！一条流淌在乡愁里永不枯竭的河。

今晚，我们不上船。我们就在河岸边走走。

中山北路上的梧桐树

南京这座城，满城是绿树。

淼淼玄武，遥对台城，垂柳依依；巍巍紫金，俯瞰环山，松柏森森。或泛舟，或登临，郁郁葱葱处，佳木俊赏。我却独爱中山北路的梧桐树！湖畔翠柳，太柔媚；陵麓苍松，又过于肃穆庄严。但中山北路上的那一段梧桐，质朴、厚重，却疏朗有致，着实撩人情思：四行主干粗大的梧桐树，笔直排开，间距适中。枝条挺拔、舒展。宽大的梧桐叶子，密层层而不失通透，错落有致，显得格外精神、清爽。它是诗意而寻常的。它将遒劲苍虬般的树枝倔强地直伸展向天空，也把生动的身姿落落大方地融入到街道上的车水马龙中。

——这一切，恰到好处！

相比之下，中山门外的梧桐太悠深了。北京西路一带的梧桐太静谧了。进香河路上的梧桐，又失之亲近。西康路上的梧桐呢？太隐蔽。甚至，有点儿深藏不露了。即使沿着中山北路再往南去，一过鼓楼，就觉嘈杂、喧嚣，闹腾起来！唯独中山北路上短短的这一段，人处其间，仿佛有点儿“结庐在人境，而无车马喧”的意味。

暮春之际，万木苏醒。梧桐树长出嫩嫩的绿芽，浅浅的，小小的，新绿欲滴，充满生机。夏天，树叶浓密，深绿含蓄，成熟而自信，丰满而繁盛。此时，阳光正好，温暖和煦地投射下来，经过梧桐叶荫儿一滤，再落在你的身上，更觉舒服。信步走在水泥人行道上，随意看看，洒度自如，真个惬意！即使盛夏酷暑如南京，阳光火辣四射，有繁密的桐叶遮挡，蔽掉一点儿炎炎热气，人行树下，也顿生些许清凉。掩映在茂密的高大梧桐树影之外，有两壁赭黄色院墙。隔墙，是几栋民国风格的楼群。远远眺去，墙头重叠，显现出这些高大建筑的重檐歇山顶，琉璃瓦屋，和檐下的斗拱彩绘——那是南京政治学院的教学楼（原为国民党交通部大楼）。在这里，树与建筑交相辉映，历史与景致融为一体了。这样古意盎然的历史建筑，方衬得住梧桐的高大；也唯有历经风霜沧桑的梧桐树，才渲染得出建筑的厚重。“沙沙，沙沙……”微风吹过，树叶摩挲，树枝婆娑。想必在墙里高楼上的人，也能听见。那一片树下，在萨家湾车站牌附近，曾有一个小书店，名字忘记了。窄窄的，只一小间，三五层书架，书也不多。我在那儿买过一本傅雷翻译的《罗丹论艺术》。那已是很多年前的事情了。

坐16路公共汽车往北去。一站地下，就是大桥南路。顺着一条窄巷往里走，穿过西妙峰庵，过一座小桥，是一座不大的校园。校园里，有一条短短的林荫道。道旁两侧，是两行高高的梧桐树。金秋九月，树叶金黄，阳光灿烂。如阳光般灿烂的少年，手里夹着几本厚厚的书，忙碌地穿行在那不长的林荫道上。

下一场秋雨吧。

桐叶飘零，灵动而满足。棕黄的叶片，湿漉漉地，一片一片的，沾在铅灰色的柏油马路上，或沾在青石板上。一脚踏上去，飒飒作响。梧桐与秋雨，正是最佳的匹配。荷塘，需到野外去寻。而芭蕉，不知种在谁家院中。唯有这梧桐树，豁达而且洒脱，在道路上、在校园里，触目皆是。你正在树下，踟蹰欲走，从身后那一栋四层的灰色楼房里的广播站，放送出悠扬的乐曲：

看遍了冷冷清风/吹飘雪/渐厚/鞋踏破路湿透/再看遍远远青山吹飞絮/弱柳/曾独醉病消瘦/听遍那渺渺世间/轻飘送/乐韵/人独舞乱衣鬓/一心把思绪抛却似虚如真/深院内旧梦复浮沉/一心把生关死结与酒同饮/焉知那笑靥藏泪印/丝丝点点计算/偏偏相差太远/兜兜转转/化作段段尘缘/纷纷扰扰作嫁/春宵恋恋变卦/真真假假/悉悲欢恩怨原是诈/花色香皆看化

——达明一派《石头记》

即使深秋，甚至到了冬天，你，或许觉得冷、觉得感伤，却并不凛冽，也不萧瑟。远处，一个高高瘦瘦的少年，披着一件新制的军大衣，穿过林荫道的尽头，如同警官奥楚蔑洛夫。他的身影，渐渐消逝在视野里。眼前，两排高挺的梧桐树，遒劲的躯干，倔强、深邃，透出一股强大而不竭的自信。

等待春天！

等待春风！

四号楼

四号楼，是女生宿舍。那时候，全校的女生大都住在四号楼。——只有成教和广告系的一部分女生，住我们三号楼上的三四层。三号楼，原是教工宿舍，暑假里，改造成了一个混住的新生宿舍。三号楼和四号楼，这两幢四层平顶的老旧灰楼，毗连一座同样老旧的水房，呈“工”字形。西侧，有三两间矮房（书摊兼小卖部），把两楼之间的空地围成了一个不大的院子。

午后的阳光正好，院子里一片静谧。这时，从我们宿舍里临窗北望：楼下那条灰白的沥青路上，不见一点儿人影；车棚上浅绿的塑料顶，折射出柔和而透明的光线；墙角，也杂乱堆放着一些半旧不新的自行车；靠四号楼那一侧的空地上，竖着几根生锈的铁撑子。晾衣绳上，飘荡着不知从哪个宿舍落下的白裙子……不一会儿，从楼门口跑出一个趿着红布拖鞋的女生，匆忙地把衣服捡回。又不一会儿，对面楼上的某个宿舍里，就响起了一阵嬉闹，或大声地尖叫。

到了晚上，灯下生动的剪影，映在玻璃窗上，清晰可辨。十点后，对面楼上的灯光次第熄灭。第二天清晨，朝霞再次洒向那片开满鲜花的窗口。

冬天，飘起第一场雪。南方来的女生，欢呼着从窗口把双手伸向天空。又不知是谁，在四号楼下堆起了一个高高的戴着红帽子的雪人。

三号楼和四号楼，男生宿舍和女生宿舍，就这样两两相望息息相关，共同构成了一个开放的、缤纷的、流动的剧场；一个婀娜多姿的、青春洋溢的 T 形台。尤其金秋九月，新生入校时节，院子里骤然纷呈许多靓丽、生动的身影，涌动着彼此新鲜、好奇的热切。比起远在篮球场后边的五号楼男生宿舍，我们三号楼占有空间上的绝对优势，是为“近水楼台先得月”。譬如，我一直以为，“联谊宿舍”是三号楼男生和四号楼女生之间独有的交往形式。至少，在空间的互动上，更呼应，更自然，也更融洽些。

“联谊宿舍”起因如下：我们这边的某个男生，如果倾慕对面的某女生，而又缺乏“单刀直入”明确追求的勇气，便以整体舍友的名义，先建立起两个宿舍之间更为正式也更为友好的“外交”关系，美其名曰：联谊宿舍。

联谊活动，主要是——秋游。游玄武湖、登中山陵、逛夫子庙、到古林公园或者更远的珍珠泉野外烧烤。如果想近一点儿，就去挹江门外的绣球公园划划船。晚饭后，在大桥南路的电影院里看一场电影。然后，一大伙人，说说笑笑，一路迎风高歌，步行到南京长江大桥上，看寥廓江天，万家灯火。

说起来，“联谊宿舍”这种形式，是比较含蓄迂回的，但也似乎颇为有效。我们对面的 201 宿舍，有一位来自江阴的帅气、英俊的男生，他作为新生代表，曾在我们经贸系迎新晚会上演出过话剧《一碗阳春面》。他和对面宿舍的一个来自重庆的长发及腰的女生恋爱了。这对于我们班大多数同学来说，还是有些惊讶的，入学才不到一个月吧！老实说，班上一共有哪几个人，我那时都还没认全呢！这样的恋爱神速，曾让我们同学一度怀疑这段感情的严肃性和持久性。但事实是，毕业多年后，他们在江南的一个小城，过着颠沛而幸福的生活。

如果联谊宿舍再加上老乡、同学关系，就更伸出许多意外枝节。我们宿舍七个人，四个四川的（那时重庆刚直辖不久）。睡在我上铺的兄弟康毛是忠县人，他有个高中同学在南京航空航天大学读书。该南航同学那时年轻，荷尔蒙正旺盛，初到异地，常到我们宿舍呼朋唤友，摆“龙门阵”。不知怎地，这哥们居然和对面一个有老乡在的宿舍一个女生恋上了。他过来看一次女朋友，要穿过半个南京城。

一旦男女主角“非诚勿扰”了，联谊宿舍就完成其使命而成为历史。有一次，为了班级选举班干部，我们宿舍的“耗子”在楼道里故意调侃对面的老七：“格老子的！你们和团支书不是联谊宿舍吗?”老七瓮声说：“早不联谊了！哎呀。还不是为了我们老四追花姐弄的嘛!”

时序渐进，院子里喧闹起来。小路上，多了提着暖水瓶来来往往的男生。楼门口，多了焦急地等候门房阿姨电话的男生。在暗夜的楼下角落里，也多了不知为谁失声哭泣的男生……他们阳光，他们幸福，他们向往，他们忙碌而单纯，他们平凡而伟大。他们懵懂无知的喜怒哀乐，他们年少轻狂的悲欢离合。若干年后，想必都是他（她）心底一个或甜蜜或苦涩的旧梦，一个久久缠绵却无法重回的梦。

毕业季来了。仿佛为了一场盛大的告别，梅雨霏霏时，骊歌响起，离绪交织和着广播站里送别的歌声“不要问我从哪里来，我的故乡在远方……”刻骨铭心地回荡在六月的校园。那时，主管广播台的学校党委宣传部曾一再要求：不允许播放《橄榄树》，以免渲染更深的忧伤。据说，有一次，分管学生工作的高院长路过三号楼一层西侧的广播站，恰好听到了这首歌，径直冲进了广播间：“三令五申让你们不要放的!”多可敬爱的师长啊!

但正如茨威格所说，“凡是受到压抑的东西，它总想方设法为自己寻找一条出路，哪怕是一条曲折道路”，情绪无助地堆积却无处释放，甚至会激化身体的渴求。一个雨后的下午，空气沉闷，寂静。楼下小卖部门口，一位九五级的师姐和她的男朋友道别。她突然返回身，紧紧地抱住了他。她青春的胸脯饱满绽放。她的双唇，在热切地索取。——这惊心动魄的一幕！那个年代，目睹此景，还是有一点鄙夷。同学，怎么光天化日之下“这个样子”！现在过去快二十年了，一切随风成尘，留下更多的却是唏嘘喟叹：令人感佩的纯真、大胆和勇敢，以及焚心似火的情态！我想如果有一天能再遇见这位师姐，我会告诉她：我无意中见过你青春的模样，和你热烈的亲吻！你将回以豁然而且幸福的微笑，还是冷冷淡淡的遗忘?

2010 年，料峭春寒的三月，我出差到广州，与阔别多年的兄弟阿健聚叙往事。他向我谈起了四号楼的那个女生。春节前，他给她打电话拜年。她离了婚。

他们在电话里聊了一个多小时。——说起这些话，他的眼神里有些许无奈和落寞。

落寞的叶子，飘进了窗口。在三号楼西北角上的窗口，在岁月静流的窗口，你可以望见那个九十年代的大学校园。清新、美好，人文气息依旧浓郁，憧憬着“白发的先生”和“漂亮的女生”的理想主义。所以，并非所有的邂逅都必须升华为浪漫的爱慕，都必然碰撞出电光火石的热恋。更多时候，仅仅出于简单的欣赏，由衷的赞叹，如同欣赏和赞叹一幅纯美的画。

一次，宇虎师兄来宁，老同学们聚会。我对在座的Jane讲述了这样一个片段：

“你知道吗？Jane。有一年夏天，你穿一袭米黄的长裙，戴着一顶白色的大遮沿的帽子，从林荫道上的尽头翩翩走来。阳光明媚，从疏密的梧桐叶间筛落下来，洒在了你轻盈飞舞的裙裾上！这个瞬间，永远定格在我的记忆中。”

Jane是一个目若朗星，神采飞扬的女子。她曾跳过舞蹈《太湖美》，真有“荡舟采莲、窄袖轻罗，照影摘花花似面”的动人风致，宛如一阵轻柔婉转的歌声，回荡在烟水蒙蒙的湖面上，也回荡在那个白衣飘飘的年代。

Jane嫣然如昔：“我哪有穿过什么黄裙子啊？”

“喔！也许是我记错了。”

欣赏，本就带有想象的成分！何况是回忆呢？

是的，今夜，我驻留在回忆的窗口。翻开杜拉斯《情人》的开头：“我认识你，永远记得你。那时候，你还很年轻，人人都说你很美。现在，我是特地来告诉你，对我来说，我觉得现在的你比年轻的时候更美，那时你是年轻女人，与你那时的面貌相比，我更爱你现在备受摧残的面容。”

——这一段咏叹调般的独白，让我想到了四号楼，那栋不复存在的四号楼。那栋被夷为平地，被新起的高楼所替代，却永远无法被抹去的四号楼。以及，楼里漂亮的女生。

尽管，我知道，她们都已离去。她们终将平凡。

青春与叙事诗

本想写下“青春叙事诗”为标题的，但转念一想，我已过了青春期，又不会写诗，不过是要在“我”的语境下发表一番议论，即我在大学校报记者团度过的四年及其对我的影响，并借以表达我对校报创刊十周年的深切祝福。添一个“与”字，以示区别。

（一）

青春最不易于把握的，就是那跳跃、飞扬、灵动的特质。它如喷薄的朝阳，寰宇经天；它似奔涌的激流，江河行地；它倍受珍惜，因为它总是消逝后一去不再；它总遭暴殄，因为它在拥有时无处不在。

于是，一张张泛黄的校报，就是一个永恒的古战场，让我们凭吊。

于是，一张张年轻的脸庞，就是一幅生动的剪影集，供我们翻检。

于是，在青春的意象里，我愿谓之“叙事诗”。

报考校报记者团对十八岁的我来说是一个必然，如同我高考时报考武汉大学新闻系一样。而走近记者团的过程，却更具有回味性。我记得一个细节：在A楼的招考现场，挤满一堆同样青春而稚气的脸庞，吵吵嚷嚷中按捺不住兴奋地期待，一个和我一道报考的老乡向边上的一位男“同学”借信纸。各位看官，令我那位老乡后来大吃一惊的是借信纸的“同学”竟然是记者团辅导老师翁柯卫先生——一个年轻的大男孩。从此我便记住了记者团的年轻和平易。深刻往往并不是以高深的面目出现的，相反地，平易和质朴常常蕴涵着更深广的力量。

“三人行，必有我师焉”，校报记者团的成员们构成了一个鲜明、活力的集体。江华之率性，耀华之质朴，王冰之憨厚，梅子之迅捷，雪亭之沉静，与从游，增补益。秉烛夜谈，就似乎成了记者团的一个习惯，在那间不大的编辑部，始终洋溢着热烈的讨论和爽朗的欢笑。王家慧、潘景凤、陈永刚（这些名字可以在校报上轻易地找到），一干“夜猫子”最会搞气氛，时常妙语连珠，逗人发笑。时有好事者欲编一本《记者团经典语录》，我希望有人能成事，将这段青春时光永远积存。我则最惬意在晚上十一、二点后，编辑完一期报纸，趁着晚风走回宿舍，远处隐约有窃窃私语的人影。

夏天的早晨，携一卷书到操场边翻看，记下一些感受并尝试着将之写进自己的文章，是我在进入三、四年级的一个习惯。这个习惯让我在1999年到2000年之间断断续续地在校报上发表了十来篇经济类短文，这些文字还受到了院报热心的顾问李群教授的称赞。他曾经为我们列出了大量的必读书目。我记得我在离开学校前发表的最后一篇文章《我有三个感动——评黄仁宇〈万历十五年〉》（大概发表在2000年6月15日）就是其中的一篇读后感。

这些文章至今仍在我的电脑里，将作为我永远的珍藏和纪念，珍藏和纪念属于我的“白衣飘飘的年代”。

（二）

西南联大时期的梅贻琦先生说过：“大学者，非大楼之谓，大师之谓也！”大师的作用在于启蒙心智，只传授技能的不过教书匠罢了。从学子的角度，大学应被视作一个磁场，在纯粹的自由和充分的独立下，完成人生智慧的修炼。片面强调实务技能而缺乏终极思考的大学生，从“格”上讲，类似技校生。故一曰精神自由，一曰独立思考，在我看来，非经历此心灵的两大历练，便不能够真正体味大学之三昧。于我，校报生活之所以值得永久地怀念，就是因为在一股纯正、活跃的氛围中的自由生长状态。

校报创刊十周年之际，恰逢南京经济学院正式升格为南京财经大学，群贤毕至，人文鼎盛，巍然大观。作为一个文化性精英型的团体，校报记者团面临着前所未有之大机遇。但是，目前中国大学教育从精英教育向大众教育转变，定位于精英团体的校报记者团是否能承受时局变迁之大考验呢？

在此，我想将改革开放以来中国的大学校园分为两个时期和两种类型。作为一种感性判断，仅为立论，如有雷同，纯属巧合。第一时期为1978年恢复高考直到1999年高校扩招，为农业校园；第二时期为1999年以来，为工业校园或者后工业校园。农业校园的文化关键词按时间排序有：伤痕、反思、罗大佑、李泽厚、海子、人文关怀等；工业、后工业校园的文化符号则有：GRE、无厘头、《第一次亲密接触》、QQ、MP3、短消息等。排除笔者的主观性和由于远离校园的生疏感，仍然可以感受到两条缺乏延续却又相互衔接的清晰可辨的脉络。在农业校园，也有许多大学生感到了普遍烦躁与压抑，除了荷尔蒙分泌旺盛外，就是自由与羁绊、独立与束缚之间的内在张力。但在工业或者后工业校园，我甚至看不到这种烦躁与压抑。美国未来学家托夫勒在《第三次浪潮》中指出，工业化的一个重要特征就是程序化和标准化在生产中的普遍运用。虽然工业化并不天然与人文精神绝缘，甚至只有在工业化时代才有可能凸现出人文精神的重要意义，但毫无疑问，校园的工业化（后工业化）却注定与人文精神决裂。

(三)

十年筚路蓝缕，十年披荆斩棘，赋予了我们辉煌历史和无上荣耀。十年必将成为校报再次超越自我的起点。校报记者团如何永葆持续的动力？或者更深层地说，一个知识传统内部的驱动力量什么？在与记者团朋友们的数次通信中，我不断地强调着两点：一是我从不掩饰的我对于宏大叙事写作的偏爱；二是沟通。而汪丁丁对一般知识组织的扩展的理解也同样适用于我对校报记者团前瞻指向的思考。

对于已经积淀十年深厚底蕴的校报记者团，第一个动力源便是“习惯”(institution)，任何传统必定在绝大程度上依赖这一力量的作用，否则便不称之为“传统”。“十年磨一剑”，十年也足以让一个组织形成传统。我们（过去的我们，现在的我们和将来的我们）都是这个传统不可分割的部分，一篇篇激扬的文字可以作证，热情与才华创造一切的青春理想可以作证。但“热情与才华创造一切”作为口号（slogan)，不足以之支撑传统（tradition)。作为校园社团组织，校报的传统似乎可以理解为两层：从物质意义上而言，是在每月两期的节奏下编辑出版物。这就产生了第一个传统，即对写作质量和速度的无极限追求。因为这个传统，高水平的校报才可以称之成功，高素质的校报记者才能由此日臻成熟。校报记者团也才获得了精英组织的荣耀。从精神意义而言，新闻观察与写作带来的敢为人先的创新意识和不落俗窠的独立思考积淀成为第二个传统，即对认知世界的穷究和对此岸世界的评判。二，创造力（creativity)。创造是对习惯的否定，但一定是否定之否定。三，学习（learning)。只有学习，才能不断保持对环境的“适应”能力并因此获得更大的自由。这一点，在莘莘学子进入社会后还将有更深刻和更现实的体会。正如马克斯·韦伯指出的那样，“我们所渴求的并不是培养丰衣足食之人，而是要培养那些我们认为足以构成我们人性中高贵的伟大的素质。”我不得不说，这种秉性和气质将使校报记者团具有永恒的魅力。

“奇花初胎，矞矞皇皇；干将发硎，有作其芒”。美哉，我少年校报；壮哉，我青春记者团！

渐行渐远渐无书

不必说海量的图片、视频，即时聊天工具；不必说漫天飞舞的段子或“微小说”；也不必说无所不能的应用软件（Apps）。单是连“拷贝”都已被更快捷的“转发”所代替，就似乎确凿证实了“微”时代的到来。在这个由微信、微博主宰的时代里，纪念一份大学校报创刊发行二十周年，更凸显出特殊的大意义。

它是斑驳的胶片，记录着二十年间南财学子校园生活的真真切切。

它是丰厚的沃土，承载着二十年来校报记者团成长盛放的点点滴滴。

它是那些已远走、在其中或将离去的缪斯信徒们不朽的青春圣殿。

它是奔波于滚滚红尘中的“我们”——一群奉“热情与才华创造一切”为圭臬的理想主义者——永远无法拒绝的相思和诱惑！

（一）

事情得从1993年说起。

那一年6月，《上海文艺》发表了文化评论《旷野上的废墟》。由此引发中国知识界长达两年之久的人文精神大讨论。一时间，南北学人，各界精英，纷纷加入论辩。影响之巨，余音袅袅，二十年后，恍若隔世。

时值邓公南巡不久，“东方风来春满眼”，市场经济闸门开启，滚滚商品洪流涌动、冲击、涤荡着神州大地。社会的巨大变动，和与这个变动联系在一起的中国知识分子的深刻的困惑、焦虑与反思，乃是那场人文大讨论基本的社会与思想背景。而这，也构成了1993年校报（时为《南京经济学院报》）创刊之际的精神底色。“热情与才华创造一切”的响亮口号，不正是那时高高飘扬在大学校园的理想主义旗帜的猎猎声响吗？

1996年当我踏入校园之际，一本《中国可以说不》正风行校园。学校广播站也播发了部分篇章。每日清晨，一个洪亮而略带北京味儿的男中音（后来知道，是广播站站长，粮食工程专业93级的刘宇虎）朗读着其中片段。也正因这本书，我还投稿广播站，与宋雷（会计专业96级）发生了一次笔战。我记得，他当时写了一篇正面响应的读后感，而我则大唱反调。具体写了些什么，现在却一点儿也想不起来了。不过，一场笔墨官司，却让我们在报考记者团时均被录取。宋后为记者团副团长，文笔泼辣老到，1997年香港回归之际，他与老余（余旭光）合写了一篇七千余言的《香江归来话沧桑》（凭记忆，不确），开我院报宏大叙事之先河，气势铺陈，文辞华美，唯有老林（林耀华）一篇光风霁月的《鹏程赋》可匹也。

在校报四年，任责编一年，遍阅朋辈美文无数，受益匪浅。校报记者文风摇曳多姿，江华评论之洗练，老林辞藻之瑰丽，梅子散文之灵动，雪亭通讯之质朴，文如其人，人如其文，皆一时之选。2000年后，虽多次收到校报编辑部寄来的报纸，也每每细读，然终不复当日如饮醇浆之感了。也许是时过境迁，职场忙碌，少一份审美的情绪罢。不过，记忆中的一段掌故，却佐证了知识分子“觉昨日之是，苛今日之非”的普遍心态，像九斤老太一样。

1997年初，我曾代表记者团参加了一次在南京航空航天大学举办的“南京高校校报展”，收集了不少九十年代中期的各大高校的校报校刊。其中，有一本名为《铁树花》的油印册子，是南京铁道医学院（今东南大学医学院）文学社刊物。内有一篇曾任文学社社长的回忆文章，言其编辑新近的稿件，与已毕业的学长们相去甚远，慨叹文学社开创时期挥斥方遒、激扬文字的情景已不复再。推算一下，该文的作者及文中其所涉之人，应也在不惑之年了吧。念之不胜唏嘘！

这些从记忆深处采撷的些许片段，甚或不能管窥那一段青涩而葱茏的青春岁月和那一个热火朝天的群体，但借以怀念那个渐行渐远的时代。

（二）

2003年，南京初夏的傍晚，仍然火热。

在朝天宫黄鹂新村的租住房里，我仅仅用了两个小时，就在一台486的破旧电脑上，一气呵成敲下为校报十周年而作的《青春与叙事诗》。在那篇文章里，我依然高举理想主义和人文精神，并为后工业时代大学校园的“普罗化”深感焦虑。其时，毕业不过三年，还没有完全剪断与大学的精神脐带，既有投入社会的无畏，也初尝职场的苦涩，满怀情绪，下笔疾快，十年之后，仍记忆犹新。从那时起的十年，是我人生中最为颠沛流离的十年。

后来，那台486卖给了废品站，那期校报十周年特刊也不知在哪一次搬家中丢失。那时的自己，正谋求转型，欲与书生意气做最后的彻底的诀别！曾以为那篇文字，连同“白衣胜雪，笑颜如花”的青春，从此只能留存记忆中。

2004 年，我投笔从戎，调入就职公司的北京办事处，从事一线营销实务工作。2005 年，又辗转山东，奔波四年半。在回南京两年之后，再次北漂。一路风霜一路尘，行走大地之际，几乎断绝了写作。唯有尚未间断的思考和阅读，仍表明自己还是一个不知悔改的理想主义者。2008 年，在硕士论文的后记《百战归来再读书》中我写道：“坐而读，是为了起而行。知行合一的中国传统哲学理念，是（我）研读 MBA 的最好诠释。”这字里行间流露的仍然是“热情与才华创造一切”的热忱之心。

2011 年获山东大学经济学博士，十三万字的博士论文是我迄今为止最为冗长的文字。尽管这是一篇严格意义上的学术论文，但在长达一年多的写作过程中，真正鼓舞人心的驱动力还是探索求知的好奇和理性思辨的乐趣。不过，经过所谓的“学术训练”一番整治，从此文字丑陋，语句干瘪，只会甲乙丙丁，做八股文了。偶然翻看当年在校报记者团所发表的文字，不免生江郎才尽、年华易老之叹。

2010 年 4 月，在清理旧物时，《青春与叙事诗》竟从一块老旧的硬盘中失而复得。读着十年前的旧文，不仅记者团的时光如昨，连毕业后最初几年的颠簸岁月也浮印得更清晰，更真切了。“青春最不易于把握的，就是那跳跃、飞扬、灵动的特质。它如喷薄的朝阳，寰宇经天；它似奔涌的激流，江河行地；它倍受珍惜，因为它总是消逝后一去不再；它总遭暴殄，因为它在拥有时无处不在……”（《青》文第二段）希望我在六十岁时还能写出这样华丽的字句！这虽不是藏之名山的史记华章，却不也是一段值得珍惜的个人成长路上的心灵史吗？

李泽厚曾经说过，校勘古籍中的一个错字与发现一颗恒星具有同等的价值。正是从这个意义上，“世界上有两件东西能够深深地震撼人们的心灵，一件是我们心中崇高的道德准则，另一件是我们头顶上灿烂的星空。”（康德语）

至今，我仍为这样的句子激动不已。

（三）

而今，又一个十年的起点。

一个团体的二十岁，正如一个个体生命的二十岁。回首来时路，走过的每一步，无不体现信仰支配命运的伟大魔力。个人如此，社团亦如此。乔布斯在斯坦福大学毕业典礼上的演讲中提及他发明麦金塔什（Macintosh）电脑。他认为，在里德学院上美术字课的经历直到十年之后才显现出独一无二的价值。乔布斯总结说："只有在回头看的时候，你才会发现这些点点滴滴之间的联系。所以，你要坚信你的直觉、命运、生活、机遇……正是这种信仰，让我没有失去希望，它使我的人生与众不同。"是的，我们无法预见未来，但我坚信生命中自有奇妙的连接线。

我坚信，"人，必须诗意地栖居于地球之上"，一如我毫不掩饰自己对于宏大叙事写作的偏爱；我坚信，铅印的文字具有无上的神圣感，让我们必须敬畏地思索，虔诚地写作；我坚信，大学精神的内在特质是经由"反思"而得到的创造性、批判力和社会关怀。而这才是记者团作为精英知识分子社团永葆青春的精神渊薮。

如果说十年前的文字，是向我的青春圣殿——记者团——的致敬，此刻，年近不惑的我，则是在圣殿前忏悔的信徒，写下十年来"渐行渐远渐无书"的个人心路历程。面向记者团和我们一道走过的二十年，和即将迈入的另一个二十年，也许，我们个人的生命之旅将再次融入到这不老的青春社团，即使两鬓斑白，也彼此关照，一路携行。

昨日之我，已谱写记者团二十年筚路蓝缕、风雨兼程的华彩篇章。明日之我，必将创造记者团继往开来的黄金时代。对此，我深信不疑。

自接到敏钰 QQ 留言，要为校报写点文字，就一直在为写什么而纠结。4 月 11 日，在去无锡开会的高铁上，随手在便签纸上写下了"微信"两个字，由此触发思维的引擎，一如飞驰的高铁列车。记忆，像窗外急速掠过的风景，扑面而来又匆匆退去，载着我那张涂满文字的纸片，飞奔向前……

转折年代

夜里，读一本陈旧的油印杂志，无端生出许多感慨。二十多年前，大学里，有白发的先生，漂亮的女生，还有各种诗社、剧社、文学社。文学，曾是校园生活中一块面积很大的组成部分。文学，是爱情的注脚，青春的旁白。诗歌里，有一股铿锵有力的理想和情怀!

叶叶飘飘的历纸
是我渐次滑落的青春
既然已经离弦
眼前便只有一个目标
不受风的诱惑
我执著无悔
射向最后一颗太阳
青春的美丽
在于入昙花般在闪光的一瞬绽放
然后
从容不迫地凋谢
走进青春的年轮
有一种饮酒的感觉
在淡淡的忧伤里
淡淡的喜悦
短歌又轻酌

这一首油印纸上的小诗的作者，叫任文亮，一位素昧平生的校友，应也是人到中年。想必也在岁月的流转里改变了模样，但字里行间，几多才情，几多梦想，仍历历如昨，鲜活如初。——文字，是情感的冰箱!

除却手头这一本由鄙校扬子文学社编的《梦想翅膀》，城北七高校中，南京建工学院、南京铁道医学院等也都出过一些文学刊物。记忆中，曾藏有南铁医的一期《铁树花》，都在羁旅颠沛中丢散了!一些文字，还依稀记得。内有一篇曾任文学社社长的回忆文章，言其编辑新近的稿件，与昔日毕业的学长们的水平相去甚远，并慨叹文学社开创时期挥斥方遒激扬文字的情景已不复再!

——这个片段，我曾写进了纪念南京财经大学校报记者团成立二十周年的文字里。如今，我不得不承认：这样的文字，我们再也写不出!

渐行渐远渐无书，固然是应该自省的；踟蹰间，亦颇有一番“白头宫女在，闲坐说玄宗”的况味。然而，与其沉湎于怀旧，倒不如对这世代的变迁，做一番理性的考据和批判。

何谓“世代”?世代，即代际，英文叫 generation，都是一个意思。

根据 Wikipedia 的解释：A generation is "all of the people born and living at about the same time, regarded collectively." 在这个概念里，"代"，是一定社会中具有大致相同年龄和类似社会特征的人群，具有自然和社会两重性。不同代际，由于所处的社会文化环境不同，在价值观念和行为方式上存在差异，称为"代差"（generation gap）。从代际的形成看，它与工业革命以来的科技进步、经济发展、社会巨变等因素密不可分。换言之，代际，是工业革命的产物。在急剧巨变之下，传统（其实是上一个"世代"）的社会规范、价值体系，乃至行为方式，都迅猛地受到冲击、挑战，并发生断裂！譬如，著名的"婴儿潮"（Baby Boom）一代，对美国社会经济文化政治都产生了至为深远的影响。此后，又涌现出所谓 X 一代，Y 一代，千禧一代等等，这些代际人群，构成了今日美国社会发展的主体或枢纽，他们定义并决定了美国的未来走向。

"代际"的形成，具有不可逆性。这个意义上而言，类似于中国传统文化思维之下，对世事变迁，白云苍狗的感喟："时来天地皆同力，运去英雄不由人"。

时也！势也！

试以唐诗譬喻之。老杜的诗句，风格沉郁，抑扬顿挫，"诗史"大笔如椽，开篇"忆昔开元全盛日"。李白，却不管这一套，上来就突兀兀地喊一句："黄河之水天上来，东流到海不复回！"陈子昂，比李白更早，也更张狂："前不见古人，后不见来者，念天地之悠悠，独怆然而涕下！"睥睨天下，横行无物。即便离别，也少有戚戚惋惋，挥手而去，义无反顾地奔向诗与远方。留下的背影，洒脱自如！

"莫愁前路无知己，天下谁人不识君！"——高适《别董大》

"孤帆远影碧空尽，惟见长江天际流。"——李白《送孟浩然之广陵》

"忽如一夜春风来，千树万树梨花开。"——岑参《白雪歌送武判官归京》

这是华丽、舒阔、奔放豪迈、恢宏大气的盛唐气象，盛唐精神。

杜甫一生跨过大唐盛极而衰的转折，晚年有过许多对繁华盛世的回忆；到了小李杜（李商隐、杜牧）的时代，唐代的华丽，更只成追忆了！

看花开花谢。活在繁华之中与对繁华的回忆，总是相去甚远的两种社会心理状态。这便构成了盛唐诗歌与中晚唐诗歌截然不同的时代底色！回忆繁华，是觉得繁华曾经存在过，可是已经幻灭了。每个时代可能都有过极盛时期。这是历史的辩证法！

时代，往往如此。昙花一现，绚烂夜空，群星璀璨。譬如，轴心时代。

德国思想家卡尔·雅斯贝尔斯在《历史的起源与目标》一书中，第一次把公元前500年前后同时出现在中国、西方和印度等地区的人类文化突破现象称之为“轴心时代”。在这一时期，人类的各个文明都出现了伟大的精神导师———古希腊有苏格拉底、柏拉图、亚里士多德，以色列有犹太教的先知们，古印度有释迦牟尼，中国有孔子、老子……他们提出的思想原则塑造了不同的文化传统，也一直影响着整个人类的生活。

试想“人猿相辑别，只几个石头磨过”（毛泽东语），忽而，天雨粟，鬼神泣，人类迈向了超越，实现了“哲学的突破”，对构成人类处境之宇宙的本质产生了一种理性的认识。并最终，提出了“认识你自己”的命题。

往事越千年，在这一意义上，我们——人类——仍处于同一个世代！

转折，路在何方？

在曙光初现的人工智能时代，读到一则新闻：5 月 24 日，AlphaGo 不出意外的执白 1/4 子战胜目前等级分排名世界第一的中国棋手柯洁。阿尔法狗战胜人类！人类宣称：这是人类智慧的胜利！

读罢，掩卷沉思。不禁发出长叹一声：逝者如斯夫！

生命是猝然而真实的经过

手术室的门开了。

护工将一顶帽子套在我的头上，再次确认手术间的编号，便继续推着担车往里走。我赤裸裸地，躺在担车上，身上盖着一层又厚又硬的被子。护工推车的速度很快，头顶的天花板快速移动。这条通道似乎很长很曲折。日光灯光线惨白，有点儿刺眼。手术室里的一个个房间，像仓库的货位一样单调而齐整。我确信，我的脑海里并未闪现出种种念头：这是我在人世间上所见的最后的一幕吗？——毕竟只是一个简单的小手术。担车又拐过两个弯，停靠在一处过道的墙边。护工说你等会，转身走了。

我静默地躺着，望了望四周，没有一个人。旁边，是从休息间，也许是从过道上，传来一阵男中音轻松地哼唱和几个医生低声的交谈。声音在这静谧而单调的空间里，回荡，扩散，发出混响的音效。

过了一会儿，我的住院医生乔大夫——他是手术的助刀医生——从里面走出来。

“来啦！”他向我打招呼。

“乔大夫。您好！”

“不要紧张啊！没事的！”

“还好！见着您，就放心了。”

“好的，待会见。”

约莫又过了三五分钟，我感到有一点尿意。正在这时，我被推进了手术间。乔大夫和主刀的王主任都不在场。一个年轻的女医生站在手术台的另一侧。“上来吧！”她眼睛大而明亮，颜值很高。“小心！手术台有点窄。手术台就是这样的。”我看了一眼，确实比一张小床还窄，大概不超过 80 公分。躺好后，一旁的医生，应该是麻醉师，笑着问我：紧张吗？我说，还好，不紧张。他瞄了一下监视仪，你的心跳都 120 多了。好吧！有点紧张。我承认。

“不要紧张。放松一点！”他熟练地摆弄着罩在我头顶的设备。停顿了一下，说：“好吧！算了！该紧张还是紧张。说不紧张，也没什么用！”我笑了。然后就睡着了。

意识到“睡着了”是在醒来后。眼前，还是那位颇有幽默的麻醉师。“再休息一会！别说话。刚才在你嘴里插了一个管子。”说完，他，跟那位颜值女医生，离开了。我又打量了一番：还是那张窄窄的手术台。还是那个赤裸着身体的我。下身，插着一根塑料的尿管。一个人从手术中苏醒过来，就像一台拔掉插销的电视，被重新通上电源，恢复图像。但，节目已经更新。

我似乎对这更新后的节目感到茫然无措。被送回病房后，在卧床等待麻药消退的六个小时中，不知为什么，我始终莫名兴奋。焦躁、激动、神志不安！说不清楚情绪从何处迸出，仿佛就是与肉体纠葛着一起苏醒的。胳膊上的置留针，床头柜上的心电仪，插在鼻孔里的输氧管，还有盖在身上的那一层又厚又硬的被子……我的喉头干枯灼涩，说不出话；下腹的伤口，隐痛难忍。这一刻，体内和周遭一切细微之所见、所听、所嗅、所触、所知觉，都猛烈地击打我、挑拨我，并在心底激起巨大的恐惧！我感到神经痉挛，我的双腿蜷曲、伸蹬，翻滚，嘴里发出沉痛的呻吟……不知什么时候，我才安静睡着。

——我将终生铭记这不可自抑甚至有些矫情刻意的后怕。它让我明白：存在，是一个巨大事件！

再次醒时，已是清晨。

妻递给我一本书。我一看——是《金刚经·心经·坛经》。

"怎么给我看这本书啊?!"我笑道。

"从家里找出来的。你现在看，正合适！"她说。

《心经》我是抄写过多遍的。《金刚经》和《坛经》也曾囫囵吞枣地读过数次。术后休养中，真有必要作"大彻大悟"状，历生死，阅金经吗？据说，许多人，都是在某种机缘下，大病、天灾后，痛悟"生命无价，活在当下"，进而亲近佛法，乃至皈依佛教。读，于我有何益？

反躬自省，无论病时的猝不及防，别无选择，还是醒后的歇斯底里，莫名失控，我能悔悟于自己的无知而羞耻于人性的脆弱吗？知易而行难，生命的过程——生、老、病、死，不是学问，不是知识，而是体悟，是经过！换言之，如果没醒回来，也就无从知晓自己曾经睡过去。来，是当下，去，亦然。一个人，若不在经历"去死"之中，是无法奢谈"怕"或"不怕"。对死亡做思想实验，或哲学的思辨，徒劳无益。Being，Not Being，是一个不可思量的问题！盖因死生事大，命在须臾，刹那刹那，一念不住，无依无靠，生死自在，所作已办。最终，要落脚在一个"办"字上！有人曾问星云大师："您都是大师了，怎么还生病啊?"大师答曰："疾病是修道的增上缘，不要排除它，与病为友，才是最好。"这"与病为友"，就是办、办法之办。就技术而言，医学的办法，是将人视为一个受损的物件，临床手术，就是在受益和伤害之间做利弊权衡，得出最优风险收益比。它只"直面"，而不考虑"应否直面"。从这个意义上，"医者佛心"也！

昨天，一个阳光的午后。我在初愈之后第一次与一位老朋友见面，喝咖啡，闲聊。她曾因肿瘤而手术。"幸好是良性的。当我看着临床的病友，那么年纪轻轻，如花的女孩，每天被推去做化疗，我只能庆幸！"她说："关于生死，不曾经过，就没有感受！"

我深以为然。"经过"这个词，真好。

十年与你

你一定也记得。石鼓路上那家咖啡馆“桔子红了”，小店格调雅致，陈设也很文艺。墙上，放置一块大投影布，可以放电影。2002年12月的一天，大学时睡在我上铺的兄弟康毛给我在这里安排了一场“相亲”。对方，是他女朋友的一位要好的同事。据嫂夫人后来解释：热心促成的动机是——这样可以一起玩，恋爱、逛街，两不耽误。虽然后来集体活动的次数并不多，但这一次“相亲”是富有成效的。“相亲”这种爱恋形式，主题直接，而结论明确。因此，成功的“相亲”，只能是一见钟情。我们彼此好感、欣赏、认同，所以，走到了一起。

你的工作单位在江宁，进城不甚方便。平常，我们发发短信，打打电话。偶尔，我还给你写写信。到了周末，我们有时一起到“桔子红了”吃饭、看电影。傍晚，携手散步去莫愁路上的基督教堂，看一干信众礼拜、唱诗。我们当然都不是基督徒，也没有宗教情结，只是这种生活方式，比较安宁、淡然，也省钱些。而且，从莫愁路到朝天宫一带，梧桐掩映，林荫夹道，很值得恋人们一路上慢慢走走。

在平凡的相处里，生活如盐。有一次，我送给了你一个微型调频收音机——一个红色塑料小球，系一根红绳，造型蛮别致的。那其实是公司采购营销赠品时剩下的一个样品。你挂在脖子上，出出进进，听了很长一段时间。那时，正是MP3流行。我问：给你买一个MP3吧？你说，没必要。就是上下班的路上听听。但我硬拉着你去珠江路，一定要买一个。记得吗？我们看中了一个蓝色的MP3，摊主要价399元。我身上现金没有带够。你说算了。我坚持要买，在珠江路上一个招行用信用卡取了两百元现金。那年夏天，你送给我一个长形钱包，“强迫”我换掉旧钱包。但新钱包太长，放在裤兜里，蹬自行车很不方便。夏衫又单薄，只好放在车前筐里。恰巧那天我因给一家杂志写稿，到了800元稿费。

中午从邮局取完钱，随手就塞进了那个新的长形钱包。晚上下班时，照例把钱包放在自行车前筐里。结果上楼时忘记从车筐里取钱包。等到第二天一早发现，赶到楼下，一看，早没了！几天后，扫楼道的阿姨在垃圾堆的旮旯里捡到了那只空的长形钱包和身份证。我忍不住数落：我都说了不用换钱包，你就要显摆！你哭了。

多年后，那只蓝色的 MP3，早已不知丢弃到哪里了；我的钱包，也换过了好几个。真实的生活，永是流逝，很难得刻意留存什么纪念物。但我永远记得：我们曾经那么年轻而没有物质欲望过。

2004 年 5 月份，对我有知遇之恩的郭总调派我去北京办事处工作。那时，我们相识还只有一年半。你说："你应该去！这是投笔从戎历练一番的好事啊！"这一去，便是经年了。

2005 年 3 月，我辗转山东长达四年半。直到 2009 年 9 月，也即我们的儿子大麦出生 4 个月后，才调回到南京总部工作。两年半后，2012 年 1 月，我博士毕业已近半年，意欲别图事业，与猎头接洽了北京的一家外企。但决然选择离开工作十二年的企业，确实不易，而且回到南京后，生活稍微安顿了一点，却要抛妻别子，孤身外地，更是踌躇两难。你说："你应该去！这是学有所成发挥专长的好事啊。"那一年，我三十五岁。这一段"北漂"三年半，我开始有了白头发。

2015 年 6 月，我从北京转战青岛某国内大型家电企业。此时，自相识以来十四年，分居两地的时间，已近十载！幼子渐长，而我已人到中年。但你说："你应该去！这是丰富职业阅历的好事啊。"在青岛崂山区西韩，狂风嘶吼，客舍寂寂孤灯下，惟有夜读自遣。每读到老杜的那首《月夜》：

今夜鄜州月，闺中只独看。
遥怜小儿女，未解忆长安。
香雾云鬟湿，清辉玉臂寒。
何时倚虚幌，双照泪痕干。

当此际，不禁掩卷恻然。我写下了"万里漂泊已十载，一剑零落惟此身"的句子！而你，作为一个女人，从来却是沉默无言。你比我更坚强！

记得 2012 年五一劳动节，你带着三岁的大麦来北京看我。我们一起拜访了相交多年的老朋友飞洲兄。2006 年 11 月我们结婚时，飞洲兄曾特意从北京飞来南京参加了婚礼。我们两家人在一起喝茶，聊天，包饺子。他的省事的女儿，还给大麦演奏了钢琴。飞洲兄那么喜爱大麦，从小区一路上扛着大麦在肩膀上，把我们送到了地铁口。他对我说："志刚，如果是我，我不会到北京来工作。她做了很大的牺牲！"

十年。我们没有柴米油盐酱醋茶红袖添香举案齐眉；我们没有日出而作日落而息朝朝暮暮相对；我们甚至未能一起体会挈妇将雏鬓有丝患难与共的点滴艰辛。我们只是坚韧地生活着，在一起，十年！

每次回到家，母亲都对我说："松丽是很刚强的！吃得苦！"是的。你在怀着大麦时，身子很重了，还在工作。酒店行业，里里外外都需要往返协调。你告诉我说，多走路，就当是锻炼。直到产前一周，我从济南回到南京陪产，你还坚持着每天晚饭后从小区穿到花神湖畔转一圈，步速比我还快。你说：医生嘱咐过，现在不能懒！现在懒，将来受罪。所以，大麦的出生，是非常顺利的。下午五点半，吃完晚饭去医院，到晚上 11 点多就顺利分娩，12 点多钟，你就回到了病房。同屋有一位产妇，不下奶，又是人工挤压，又是拿吸管拔，疼得撕心裂肺地叫唤。婆婆和妈都立在床边，束手无策。你悄悄地对我说：这两位老人都很关心。但你看得出，婆婆和妈有什么细微地分别吗？——婆婆焦急，而妈是心疼啦！我问：那你说咱妈对你咋样呢？你白了我一眼。端起母亲送来的汤，喝起来。母亲却说，现在三代人同住在一个屋檐下，做媳妇的不包容，老人一天都住不下去的。

池莉的一首诗写道，"成千上万个离别，如果是在一个爱和下一个爱之间，等待，就是一个并不残酷的词。"这个国庆节回你的老家，镇上修路动迁，一条规划中的道路恰好从你家旁穿过，老屋因而免遭拆迁。这样正好！我们不需要多出几间回迁房，我们只要一所庭院，当韶华渐逝，一起厮守，慢慢变老。这院子，起个名字，叫作"桔园"，好吗？

家　风

妻的爷爷九十六岁了。春节回老家前，她叮嘱我带点宣纸回去，让老人写点字，我欣然执行。十多年前，当我第一次到她家，见过爷爷给亲戚和街坊写的春联。那时候，他住在老街上的小卖部，卖点儿香纸、糖烛。因为上头还有一百零二岁的太婆婆健在，大伙儿也都不觉得他老。最近这几年，老人身体一直不大好，还能写得动？我有点担心。

大年初一，天气正好。阖家祖孙四代同堂，吃过午饭，像举行一场庄严的仪式一样，安置老人写字。当然啦，洗笔、倒墨、牵纸，这些活计都由我张罗。儿孙们簇拥着，老人被搀扶站起，轻轻捻笔，转动笔管，舔舔墨，下笔了。我侍立近侧，一看，放心了！运笔的势，表明您老的气力还在。老人写的是颜体，锋芒虽已无，但间架结构合理，布局也严谨。这是心思澄明的象征。

看到这字，我对妻子说：爹爹能长命百岁！连写两幅后，老人想落款，但手腕有点不吃劲，笔也有点儿抖了。于是，都由我补足了天头和尾款：丙申年元旦，许应桥九十六岁。

晚上，岳父给我讲了些老人的家族往事。

爹爹（爷爷）是如皋袁桥人，他的父亲是个养子，人憨厚。母亲却很精明干练。他的爷爷是个秀才，有四房兄弟，他是第四房。秀才公只有两个闺女，所以领养了她的父亲。秀才的父亲，是中过前清举人的。因此，家风颇有文墨。俗话说“假子不假孙”，爹爹是跟着他的爹爹许秀才长大的，从小写得一笔好字。乡里人都喊爹爹“许秀才家的”（四房）。三房的儿子女婿都是国民党，大概官阶都不低。儿子后在战火中被打死，女婿去往了台湾。

二十世纪四十年代末，风云激荡，中原逐鹿。苏北地区首当要冲，为兵家必争之地！在海安、如皋一带，国共双方曾投入数十万大军激战。岳父告诉我，在丁堰，打了一天一夜，死的人不少呢！（其实，这就是华野粟裕指挥的著名的苏中“七战七捷”。）

袁桥许家的三房，据说当时是国民党的一个驻兵之所。常有被俘共产党士兵羁押于此。秀才家的媳妇，也就是爹爹的母亲，看不惯国民党虐俘，常把饭食和水倒在猪槽里，偷偷地送给被俘的共产党士兵。以一个农村妇女的觉悟，她甚至都算不得上是共产党的同情者，她只是可怜人！后来，共产党军队取得胜利，纵火烧掉了整条街。但是下令：“不要烧许秀才家！”火势蔓延过去时，还组织了部队救火。岳父说，他小时候还看到过被熏黑的墙壁。爹爹的叔伯堂哥被曝尸，不许收殓，谁来就打死谁！爹爹去给他的堂哥收尸，伏守士兵一看是他，不要打他！是许秀才家的！

“人世难逢开口笑，上疆场彼此弯弓月。流遍了，郊原血。”大时代里的小人物，能随遇而安地生存下来也是幸运的。新中国成立后，爹爹因为能写会算，在生产大队做会计，一直干到八十年代初。街上的人都叫他“许会计”。“许会计”为人勤谨，与世无争。故而在生产队和街坊中口碑人缘极好。甚至在“文革”期间也没有遭什么罪。有一个故事可以说明他的为人处事。有一年夏天，两个熟识的街坊：一个卖西瓜的，一个买西瓜的，吵起来了。买瓜的抱怨瓜不熟，卖瓜的坚称不可能不好吃。他在旁边说，卖给我！我们家喜欢吃这个品种的！

高寿者，事无盈怀。每年到郭园的第一站，就是老街上爹爹的小卖部。

妻一进门，就喊：爹爹！老人站起来，你是哪个啊？爹爹，我是丽儿！你喝茶吗？不喝。

中午，去请他吃饭。爹爹！老人站起来，你是哪个啊？爹爹，我是丽儿！你喝茶吗？不喝。

走，吃饭去！

第一次去妻家，她的太婆婆朱包氏还健在。一百零二岁的老人，喜欢坐在老屋门口晒太阳。周围大大小小的人都愿意围坐在她身旁，陪她唠嗑。被百岁老人摸摸头，有福气的咧！有一个街坊老拉她的手，老人家不应。老婆悄悄告诉我：太太不喜欢她。

那时，她家五世同堂。我妈说“这个媳妇好！老人能活到一百岁的，家里一定是和睦的，对老人殷勤得好。”她是对的。

站台与旷野

清晨，一列高铁驶出站台，如同一支告别弓弦的箭射向远方。钢轨向前延伸、延伸，是精心设计的弹道。站台，一个巨大的能量场：积蓄能量，也释放能量——渴望出发！出发！一旦挣脱了城市钢筋水泥的重围，列车便放肆地一头扎进了无垠的旷野。麦田、褐壤、水塘、矮房、山丘、树林……倚窗而坐，旷野的风景，如同一幅卷轴画，在眼前飞速移动，飕飕扑面而来，旋又迅疾抽走。

在高铁上，旅客的感受与坐飞机是不同的。万米高空，满眼只是单调的云。时间一久，心也单调起来。又不能随意走动，旅途愈长，便愈令人精神委顿、疲惫不堪——肉体和思想都是被禁锢在机舱里了。但列车便两样：总有值得看赏的风景，总有必须停靠的站台。

在弥漫薄雾的晨曦中，秋收后的麦田，裸露出深褐色的土壤。初秋的露水，把泥土浸渥得湿润、丰腴。青绿的菜畦，大大小小的，点缀其间。远处是土灰色的村庄、工厂，或城市边缘的高楼。一排排巨大的电线架，安静地矗立着。规则而简练的几何图形，列队在空旷的田野上，显得格外高大、壮美。细长的电线，在淡墨的天空上划出深邃的弧线，勾勒出意境悠远的画面感。

俄而，路转。眼前突兀兀横出一段矮土坡。土坡上，零落三两红瓦白墙的矮房。房子近在咫尺，披着单衣的老汉，趿着鞋，从门口走出来，似乎都须眉可见，足音得闻了。

列车一路向北，快速驶过一座大桥，河岸宽阔、水面浩荡。三五艘拖沙船、渔船，或作业波上，或栖息岸边，宛如一幅生动而宁静的中国画！接着，又穿过一条小河上的短桥。接着，又穿过一条小溪上的窄桥。列车连续地跨桥越水，心情也不禁跟着雀跃。

阳光升起来了。秋天的阳光，高朗、清澈。向阳的一侧野地，被照耀得生动而明媚。几处毗连的水塘，青草蔓蔓，荷叶田田，婷婷可人，不见稍许秋日萧瑟。浮萍和水藻，严严实实地弥漫在水面上，把沼池上缓缓升起的水蒸气覆盖得密致了。江南的秋天呵！浮光跃金，香色鲜活，却也蕴藉着饱满的生机和成熟的躁动。逗引得你思绪如飞，随着车窗外景物的变换一路驰奔！

突然，列车钻进一条隧道。窗外霎时一片漆黑。车厢内，惨白的日光灯更显刺眼。车身剧烈抖动着，摇晃着，仿佛要拼尽全力地冲破这片黑暗。耳边轰轰作响，时间却更慢下来了。窗外依旧漆黑，灯光依旧惨白。正当你压抑得心快往下沉时，突然，天光乍开，明媚的原野再次跃入眼帘，心胸也豁然开朗了。

节奏变得舒缓了，该是靠近一座站台。

到站的乘客们，急忙取下行李，拥到门口去。月台上，等待的队形蜿蜒簇在门外。电动车门一开，人群熙攘，交错、穿插。推搡上车的人和侧身挤出的人，腾挪着空间，也交换着身份。在停靠稍久的大站，困极了的烟民，三三两两的，紧跟出去，到月台上猛嘬几口烟，甩掉烟蒂，用脚尖捻一捻，快速闪回车厢里。——这一切，发生得如此匆忙、急促、短暂。那依依挥别的人群，早被隔离在旧日的绿皮车厢里了；来不及酝酿的离愁，也已被提高的速度冲淡情感的浓度；还有，那些无名的小站。灰白水泥立牌上写着的站名，连同摆满啤酒、烤肠、烧卖的小推车，被远远地抛在身后。只有喧闹的叫卖声，仿佛还在耳边回响！

暮色如霾。从晚归的列车窗口望去，竹林下，半亩方塘，明亮如鉴。天际，一轮夕阳冉冉西沉。倒影投映在水中，跳跃着白色的光芒。池水清澈，过滤掉云彩斑驳的暗紫色。水中，一朵残阳，一盏明亮的灯，一株燃烧的火把，在水面上慌张地跳跃着前移。列车追赶着闪烁的光焰，把乳白色的身躯，投进茫茫夜色里。

绿皮车厢里的二十四小时遐想

晚九时，列车上的灯光，已闭了。想来，城市灯火如昼。站台渐逝，灯如眼眨，向挥别的人提醒着城市的方位。前方夜色如墨。车身“簌”地陷进无边无际的黑洞里，声响取代物影成为时间的刻度了。枕上人未眠，默默在心底数着车轮碾动钢轨的节律。

咔嚓——咔嚓——

是水泥铁轨，不是枕木。小时候，我曾飞跑用脚踩着数过以枕木铺就的铁路——一段山坡上不长的铁路。铁路在童年的梦里也在今夜的梦里伸展，伸展向未知的远方，伸展向曦光乍现的清晨。

清晨，污浊的河水向南流。对岸是一座无名小城边上屹立着的两栋突兀的高楼。如行注目礼一般，这辆老式绿皮列车与光阴一起经过。“经过”，是车速最恰当不过的形容词。车速慢得如同儿戏（自问：何时加冕了“成年礼”?）。

慢，生出无聊；停，临时靠站。

到达，是唯一的目的。过程，可以忽略不计。

唯此，方能享受过程之美，方能体味人生起落，遂礼赞充满弹性的效率，踏上几许怀旧的旅途。

十点。两辆列车不期而遇了。两个同样古老的影像，重叠着，彼此并肩，驻停。一个穿着红马甲顶着黄色安全帽的工人，在铁轨间，具体地说，在这无名小站的铁轨间悠闲地行走。——这是他的日常工作。他面容黝黑赤红。

洗盥间传来“咔嘣”的上锁声。这是到站的报时。车厢里，涌动着淡而含混的气味，淡得仿佛是空气的一部分。来来往往，上上下下，挨挨挤挤，匆匆行色的旅客构成车厢的另一部分。他们充实了狭隘的空间。他们都闻到了方便面和撕开的火腿肠的奇异香味，但他们佯作无知，根据捏在手里的票根，各自默默地寻找到自己的座位。从我身边擦肩而过的那个佝偻着腰两腿老迈的老头端着茶杯往返了第五次。他在哪一站下？我疑问。坐在对铺的长着稚气胡子的少年一动不动地翻看着一本《白鹿原》已经半晌。他是这个车厢唯一捧着书的人。头顶的广播里放送着齐秦的老歌《外面的世界》，取悦着默坐着无聊的人。难道歌声也停滞了？

车窗沾满了灰尘，如眼睛充满血丝。但窗外景物仍旧清晰：山是山，水是水，树是树。绿原白满川，赣南多水田。蚕桑才罢了，农夫插秧忙。恰到好处的车速，便不疾不徐地展开一幅山水乐耕的画卷。你尽不必应接不暇，而可慢慢地欣赏，细细地观察。甚至，可看亲切每一株青葱般的秧苗，每一片笔锋似的竹叶。枝枝叶叶，历历离离，煞是好看。

停止欣赏，离识显真。噫！心镜自照：我是过客，路过乡土。

在客心的镜里，乡土是诗，乡土欣意生机。若是镜里人呢？乡土朴实平常，乡土即是生活本身。正如玫瑰，绽放得馥郁芬芳，动人心魄。然则，因名之玫瑰么？如莎士比亚吟诵的“名字有什么关系？把玫瑰花叫作别的名称，它还是照样芳香！”（What's in a name? That which we call a rose by any other name would smell as sweet!）我身处流动的盛宴，流动的车厢。流动的意识。流动。流动……

列车缓缓驶向远方。原野上，伫立着一头静止的牛。

西韩早春

今晚，我突然感到夜风温柔了。心想，毕竟已是三月。这个冬天，我对西韩的风声记忆深刻。青岛，并不多雪。在胶州湾的环抱里，它免受了北方寒流的直击。但风，却大得很，尤其是在空旷的西韩。我的住所外，有一座长长的高架桥。晚上，风声如吼。桥洞如风涡，加倍释放着巨大的能量！早上，刚一出门，风就推着人一阵小跑。整个冬天，我都在这一段不长的马路上做两点间的往复移动。今晚，在晚归的路上，迎面的风里，居然有了些温润的气息。赶路的脚步疾了些，背上还感到一点微热。毕竟是三月了。

前几天，墙角的路面总是湿滑滑的。导雨管口的冰凌子变短、变细了。今早路过时，我刻意看了看：积冰已完全消融，路面也干了。在西韩的马路上，那些柳树还未抽条，枝干还是黝黑的。但丫杈疏密横斜，已没有萧瑟感。在晨光，枝梢儿中透出湛亮、清爽。这是一棵挺拔的树。高高的枝桠向上舒张，像染墨写意，浓淡有致。主干的中间，顶着一个漆黑的圆球状，那是鹊巢。圆形剪影边缘，尖尖露出的一角，那是喜鹊的尾羽！“嘘！嘘！”我把它“嘘”出来，用手机拍了一张照。“吹面不寒杨柳风”，是江南的早春。这里毕竟是北方。但无论如何，风总算抽去了冷劲。终于可以放慢脚步，欣然看看我熟悉的西韩。园区里的草坪依然枯黄，但如果你观察得细致，就会发现：这黄色，不是枯败委顿的，而是泛着点儿淡淡的金色。在阳光的照耀下，透出点儿浅浅的暖意。偶尔，你会碰到一只散步的喜鹊，步履优雅、敏捷，在草丛间觅食。遇到吉征祥瑞，难免心头一喜，此刻，你宁愿停下脚步，多看几眼这黑白的精灵。

八号门外，照例有三三两两的劳动力或是出租车司机聚集。但现在已不用缩着头，快速抽根烟，赶紧钻进车里了。他们能坐下来，享受一下午后的阳光了：撩起裤管，跷着腿，喝点茶水，或者打个盹。看着让人羡慕！

晚上，我从八号门出来，斜穿过劲松七路的丁字路口。路灯射出的光线，像擦拭掉雾气的玻璃般透亮。回头望去，创牌大楼矗立的轮廓更加清晰。沿着南侧的人行道，走不到两百米，西韩新苑北门口子上，那间羊汤店已经在户外支起铁炉，卖起烧烤了。这是第一家摆出来的烧烤摊！真够早的！爽气的光头老板，戴着一顶绒线小圆帽，熟练地捻动着肉串钎子。前两天，他告诉过我：要回临沂老家“拉”羊来。我想，要不了多长时间，西韩又会遍布烧烤架，路边又会摆满马扎、啤酒瓶子。它们很快会从冬眠中苏醒，并一直到最旺的夏季！西韩毕竟是西韩，要么荒凉，要么喧嚣。冬寒肃杀时，一切都在蛰伏，在敛藏；春意乍暖时，葱茏的也不是枝芽，不是杏花，只是实在热闹的生活。

“訇訇……”轰鸣的飞机掠过头顶，向南方飞去。在满天繁星的夜空中，像是快速溜走的红色的大流星，又似着急赶路的人提着的灯笼。这个时候从城阳机场起飞的航班，无论目的地在哪个城市，那些乘客都必是匆匆归人吧！路灯下的身影拉得更长，我加快了回家的步伐。

夜风更温柔了！

西韩这个名字

在现实生活中，西韩，只是青岛崂山区一个普通小区的名字。一簇暗红色的楼丛，密织排列，毗邻于劲松七路那条灰褐色的马路旁。冬天，它是无声的背景，衬托出那一株一株黑魆魆的树干和单调地伸向天空的树枝。跳跃过短促的春天，夏季火热、干燥。水泥高架桥下，尘土飞扬。夜里，唯一的响动，是风声！

但在文字里，西韩，却成为了一个符号。它是意象，是本体，是一个充满魅惑的存在。它时而浮躁、时而冷静；它时而热烈，时而寂寥；它烦冗而又单调，它高洁而又世俗；它是起起落落里一串理想主义的音符，它是漂泊无定中心底温暖的慰藉。它喧嚣、跳跃、冲突、高昂、夸张、抑制、低调、沉沦、落寞……

很多朋友好奇地问我："西韩在哪里？"这个句式，仿佛古龙小说中开头追问"天涯在哪里？"甚至，一位阔别多年未见的师妹用微信告诉我，因为我写过的西韩，她夏天去青岛度假，还特意选择了住在崂山区！她问我："你的西韩在哪里？"

那是夏天。在住了整整一个月的快捷酒店之后，我搬到了园区南门附近那个赭红色的小区。傍晚，暑气稍减，马路牙子上搭起了一溜儿红色的塑料布棚子——都是一些烤肉烤豆烤大蒜的烧烤摊。沿着矮桌，小马扎围成了一圈。攲攲斜斜的啤酒瓶子，围成外圈。几个光着膀子的壮汉和一个留短发的微醺的醉女放肆地狂呼豪饮着。他们恣意欢乐。这场不期而遇的喧嚣，却陡然在我心底升起荒凉。于是，这喧嚣与荒凉交织着，构成了这一片陌生之地气势宏大的旋律。每个个体所持的调子，无论喧嚣与荒凉，似乎都被这一个充满矛盾的主旋律所虹吸、揉挤、压缩，而变得渺小起来。

我开始想念北京了，想念 twosome 的咖啡和国贸三期下的叶一堂书店。忽然间，情绪涌动，化作文字倾吐而出：

西韩，是一个适合唱摇滚乐的地方
即使近在咫尺，也要把嗓门扯得响亮
声音，是存在的方式，是能量
感染彼此温暖的胸膛
一只啤酒杯里的液体
流淌着金黄色的希望
歌唱，美妙的生活从夜晚开始

西韩，是孤独者的天堂
每一颗灵魂，在每一个狭小的格子间
存放，四季如春的海岸
马路埡子上的野草在肆意生长
青春已经一去不返，而你还在四处游荡
幻想在西韩的马路旁，碰到年轻的姑娘
还不如在咖啡馆里泡上一个晚上

西韩，在距离李村并不遥远的地方
三十年河东，四十年河西
经停河东与河西的公交车
在晚归的人流里徜徉
驶向不知疲倦的远方
哦，西韩
你这迷人的夏晚里
闪亮的星光、梦想
哦，西韩
留恋你的气质张扬
在每个空旷的晚上

——《西韩之一》

西韩，作为一个意象，闯入了我的语言并成为这个虚构世界的名字——“西韩”。

我开始研究这个名字：东、南、西、北、中、左、右、上、下，任意地组合与搭配，西韩最为美妙！南韩、“北韩”，本是政治意味浓郁的国名；中韩，虽也是崂山区实有的地名，但听起来像是一个外交词汇。上韩、下韩，左韩、右韩，不是读来绕口，就是单调无趣；东韩，又太过嘹亮和直白，惟有“西韩”二字，想象含蓄，意味曲蕴，透露出无比的魅惑感和丰富性。

我遂以“西韩”观照西韩。观天、观云、观山、观海、观日、观月、观风、观雪、观雨、观树、观鸟、观虫、观花、观屋、观人、观已、观路、观土、观蚁、观有、观无、观喜、观怒、观哀、观乐、观想与非想、观一切有情。西韩，成了一个妙不可言的娑婆世界。

“望江烤鱼”楼下，常常摆满夜市：卖衣服的男男女女，他们构成了熙熙攘攘人群的主体；卖水果的摊贩，他们熟练地摆弄着秤杆和红色的塑料袋；售卖手工编织的老太太皱纹深邃，表情质朴得让人不忍还价；还有长长一溜摆着盗版书的摊子，时常可以去翻一翻……“望江烤鱼”味道不错！我曾和一个好兄弟小罗就着椒盐花生米，一人喝光了一瓶“即墨老酒”。这酒，味微甘，要温着喝，才有意思。谈兴浓时，酒已恰到好处，于是踏月而归。

万籁俱寂，西韩最宜夜读。我从书摊子上买了一本《杜甫诗选》。因为杜诗工整，亦最耐读。后来，又买了一部《楚辞》，以为晨读之资。多年漂泊无定，羁旅之中，书已泛滥成灾。在北京时买的书，整整装了五个大箱子才托运回南京。此番实在无意大量购置了，但因自娱，又买了一套《三体》，零星地读了一遍。在组诗《西韩之三》中，我曾写道：“一只小心翼翼的褐蚁，爬过西韩的无名高地，它要把巢穴筑在那里。”这句话，是明显受到了《三体》开篇情节的影响的。读书姿势也散漫。闲暇时，斜躺在租屋空旷的客厅里橘红色沙发上，边读，边剥花生吃。门窗俨然，风声如骤，颇有一点“雪夜闭门读禁书”之乐。我专爱从楼下的超市买一种叫作“五连红”的花生品种，颗粒小而香脆。这时，会偶然想起丰子恺的散文里说过的话：“夜雨剪春韭”，有唐诗和酒，下酒菜，就如嚼蜡了。

——一切生动起来！

我于是诧异：一个名字，何以能自成一个自足的世界？西韩是什么？西韩在哪里？我自问。西韩，是并州，是阳关，是风陵渡？是风霜如剪，了无故人，鬓丝渐衰的情怀寄托吗？

午后阳光清澈。在西韩对面的小咖啡馆里，一架朱红色的钢琴静静地伫立。空间里，荡漾着轻快的乐曲。我深陷在柔软的沙发里，把目光投向窗外：那一片房子的暗红色变得明亮、艳丽起来。“这是西韩少有的明媚！”我不禁感叹，望着坐在对面的丹丹。丹丹是一个温婉美丽的女子，她娇俏的脸庞精致、白皙，宽阔的前额，颇有一点灵性的智慧。

“你是过客!”她说。

我疑惑地把目光停留在她闪烁的眼镜片上，呷了一口温热而略苦涩的拿铁，等着她继续说下去。

“西韩，于你，只是一个景点!”丹丹笃定地说，“你从未曾生活在西韩，你在西韩旅游。”

我若有所悟。“我承认，我并没有把西韩作为生活的本身。那么，怎样才算生活在西韩？或者，进一步说，什么是生活本身?”

“有我，是生活；无我，即是旅行。有我，则无闲心；无我，乃生逸意。譬如，你到一个陌生的城市旅游。景中无我，所以才能尽心地欣赏观光啊！若你就是本地居民，天天生活在其中，我在景中，你会有兴致去观察周遭的景色呢?”丹丹总结说：“你能够虚构出一个诗意的‘西韩’，在于你‘无我’!”

我点了点头，把咖啡杯在手中转动了一下。“丹丹，谢谢你的启发！你的‘无我得诗意’之说，可谓切中。晋代陶渊明就说过‘此中有真意，欲辨已忘言’嘛！忘言，无我，意义都相同。我想起李白《春夜宴从弟桃花园序》中有‘夫天地者万物之逆旅也；光阴者百代之过客也’的感慨，这是豁达人生。北宋苏东坡也有‘人生如逆旅，我亦是行人’的诗句，这是潇洒人生。李、苏，无‘我’，故能豁达潇洒如此。换言之，是否执着于‘我’，便是我们当下是‘生活’还是‘景点’的区别了！用时髦语，就是‘眼前的苟且’与‘诗和远方’的分野了。其实，诀窍在于‘无我’!”

“对!”

我不免于忐忑，参悟至此，尽矣！“以后，我是西韩的‘过客’还是‘归人’呢?”

“这就要看你自已啦!”她嫣然一笑。

运河畔的旧歌

聊城位于鲁西平原，扼冀、鲁、豫三省交界处，濒古运河畔，因古聊河而得名。明清之交，漕运兴盛，“漕挽之咽喉，天都之肘腋，江北一都会”。如今，运河随着农业文明与传统经济社会的衰落而流淌进了历史的深渊，而陈迹与余响，为后人怅惘。

(一)

我于 2007 年 7 月 30 日从北进入旧城，踏寻旧迹。

先说说旧城整体的格局。聊城旧城东临运河，南、西、北皆为东昌湖环抱，宛在水中央，是北方著名的“水城”，其状若凤凰，又称“凤凰城”。城内以光岳楼为中心，四条笔直的长街向四方辐射，曰：楼西街、楼东街、楼南街、楼北街。外围是东西南北四条城墙路。——这是中国传统城镇最为典型的四方格局。因城四面环水，以四座桥梁与外相联通。

我是从北桥进旧城区的，便是楼北街了。旧城很旧、很老、也很窄。但不拥挤。道路上，出租车、小轿车往来，车辆不多，也没有喧嚣，挤攘，但颇繁忙。骑着自行车赶路去上班的人行色匆匆，穿梭其间。两旁是一溜儿的小卖部、餐点铺，切糕、千层饼、豆浆，都冒着腾腾的热气……早晨的小城显得很生动。

路边老树繁荫，阳光筛洒在地上，平添几许悠然。树下，老者闲坐，妇孺嬉戏，顽童尿溺沟中，主妇将淘米的水泼到在沟里。在第一个岔道口的树下，我发现一个修理自行车的铺子，师傅正在认真地检查着那辆倒置在地上的自行车。旁边是一个锵刀磨剪的老汉。久违的景象。老城毕竟有一番质朴的生活味道。

行不数步，路的右手边看见一个古色古意的建筑，门前两个石头狮子，上悬匾额“聊城日报”，武中奇题写。再往前走不到 20 米，便是范筑先纪念馆。其位置在光岳楼的东北角，坐北面南。进门是一个不大的石碑，书邓小平亲笔题写的

“民族英雄范筑先殉国处”。小径直通中堂。两旁花草争妍，开得颇为繁盛。在夏日早晨的阳光下，精神中透着热烈。纪念馆大厅檐下正中悬挂一方由梁漱溟先生题写的“范筑先烈士纪念馆”木刻横匾。范筑先，河北馆陶县人，是旧式军阀出身，后任国民党山东省第六区行政督察专员兼保安司令，聊城地区专员，1938年抗击日寇，誓死不过黄河，战死于城下。我一个同事的爷爷，新中国成立前的聊城师范生，就是范筑先所部，后在王耀武军中。济南战役中奉命守卫飞机场，率部投诚。谈及往事，他常说的便是抗日那一段。

我常反思中国近代史的复杂性。历史本无党见。二十世纪中国的翻云覆雨，夹杂着割据时代的枭雄豪气、传统社会的士人侠气、外御其侮的民族志气。军阀、士绅、土匪、盗贼、游击、流氓无产者，都在这个时代以一种另样的多元的方式呈现着独特的气质与价值。不认识到这个复杂性和多元性就不可能真正了解我们的过去，过去的中国人和中国社会。范筑先、韩复榘、王耀武等均应作如是观。

（二）

出范筑先纪念馆，抬头就见光岳楼。楼名为郭沫若手书。光岳楼是整个旧城的中心。始建于明洪武七年（1374）。时东昌卫守御指挥佥事陈镛在重修城垣时，为“严更漏，窥敌望远”，利用剩余木料建造而成。故始称“余木楼”，后亦称“鼓楼”“东昌楼”。明弘治九年（1496），考功员外郎李赞到聊城，见此楼高壮极目，天下所无，但及今百年，尚寞落无名，因与当时东昌府太守金天锡商定，命名“光岳楼”，取其“近鲁有光于岱岳”。此楼是一座由宋元向明清过渡的代表建筑，系我国现存明代楼阁中最大的一座。在形式上承袭宋、元楼阁遗制，结构上承唐、宋传统风格，同时和明初其他建筑也有若干相似之处，开“官式”建筑先河。为四重檐歇山十字脊楼阁，由楼基和4层主楼组成，总高33米。楼基为砖石砌成的方形高台，高9米，方1236平方米，边长34.5米，向上渐有收分，光岳楼通高和四边长都是33米，也就是古代的九丈九尺，在中国古代九为阳数之极，寓意其不可超越。

斯楼也，斗拱飞檐，勾心斗角，回廊相通，气宇浑朴，古意盎然，实为佳构。然何此楼名声未能远播，更无法与长江三大名楼比肩？一者，长江三胜有一个地域（流域）上的整体性，二者，中国建筑名胜皆人文与楼阁交相辉映，楼以文显，文以楼传。文名盛则楼名盛。如崔颢七律之于黄鹤楼，王勃韵文之于滕王阁，范仲淹铭记之于岳阳楼，皆如是。其名言警句，意境思虑，滋润一代又一代的中国文人的文化记忆和文学想象。或又反证以南京之阅江楼。宋濂《阅江楼记》文章差强人意，则阅江楼名亦不广远也。故光岳楼的寂寂也应是没有文人笔墨传世之故。

不过，这些丝毫不影响市井百姓的生活享受。走近楼下，三四老者，衣襟敞开，袒胸露乳，手执蒲扇，安坐马扎之上，抚须而谈，何其乐也！这也算是“后天下之乐”了！这些历经岁月沧桑的老人们，闲坐话当年，又有几多悠悠渔樵往事呢？

从光岳楼向西走，当然就是楼西街。

一路过去，街道细细长长，老树郁郁森森，庭院低低矮矮，门前豁然，最宜信步。偶然，一只老猫从矮凳上跳下，窜到门外。从里屋蹒跚急赶出一个老妪，手里还拿着水瓢……又不数步，在窄巷口，一个头上挽着发纂的老媪端坐在一把大椅子上打着盹。向左前方的挂着“馒头铺”牌匾的门脸儿看去，光裸着上身的男人正卖力地和面，女人将做好的馒头盛在篮子里放置在自行车的后座上正要出门去。边走边看，边看边思索，仿佛那个遥远的南方小镇上的光景又掠过眼前。当我一次又一次端起相机将镜头对准他们时，这些生活在生活中的人们一定会诧异：这有什么好拍的呢？

时近中午，我急着地打车赶去看北宋铁塔。路过楼东街。匆匆在车里看见桥边的一堵老墙上露出“聊城专区”字样，看不太清。想必是50年代或60年代的旧建筑吧。旁边一个旧新华书店的题字仍是毛体斜斜的草书，石刻三面红旗，只是字迹已经斑驳退色了。

在河边，年轻的出租车司机带我找到了聊城铁塔。塔在运河西岸（运河在城东，故塔在城东岸西也），始建于北宋时期，据说是护国隆兴寺寺塔，为仿木楼阁式铁铸佛塔，塔座牙脚四角成卷云状，塔身用生铁仿木构分层铸造，逐层迭装而成。在一片瓦砾中它显得太孤单了。问旁边正在镵碑的工匠，说要修一座桥，可能还要建一座庙。

我拍了一张留影，就匆匆离开去看山陕会馆。山陕会馆也在运河岸边，据我的察看，应该就在当年最为繁华的码头口上。这是一座神庙与会馆相结合的建筑群。始建于清乾隆八年（1743），其后历经三代人、耗时六十六年，至嘉庆十四年方具规模。会馆建筑，飞鹤彩云，石狮玉栏，楼台阁宇，极尽繁复之能事。遥想当年，聊城借京杭大运河的漕运之利，八方商旅，船装水运，往来穿梭，两岸会馆，生意兴隆。为一时之盛也！山陕会馆伫立于运河水畔二百六十余年，在春来秋往中，见证了聊城商贾云集、经济繁荣的悠长历史。如今运河衰落不知处，空余楼台烟雨中。

会馆旁边的树荫下，一个五六十岁的老者，短发浓眉，精神矍铄，正坐在草地上听着半导体。走近相询，姓周，五十九岁，退休，就住在会馆旁边。会馆的宿舍，砖色、形制都与会馆的砖墙相同，是平顶三层的楼房。老人说，是五十年代建的，住了几十年。现在年轻人都搬进城里买房去了，只剩下老人们住在这里。

他说，咱这个会馆不得了，是乾隆爷时候建的，三百年了。

我说，您住在这，真有福。

他笑了笑。

在回市区（新城）的路上，我问出租车司机："新城是什么时候建的？是一开始就没有撤老城吗？"

她回答："不知道！"

（三）

聊城，因运河兴，因运河落。这是必然。

因之，我想起济宁，想起扬州；想起太白楼，想起烟花三月；想起茶叶、丝绸、大米、木材和盐……我在2003年时曾经花了很大的气力去搞中国古代经济史，这个自足的经济形态，对我而言，就像诗歌一样美丽。文明的符号和文明的实体是重叠的，是同一的。我断言，没有自然经济形态，就没有中国的园田诗，就没有"采菊东篱下"，"老大嫁作商贾妇"，甚至，没有边城。正如城堡、威尼斯商人，地中海水手和中世纪的骑士等，是西方封建经济的文明符号一样。

不必唐宋月明，且从近处说，过去的30年，又是怎样的弹指一挥呢。路过水城广场的时候，我看见市民安居乐业，喜乐安康。年轻的情侣，携手河畔；中年的夫妻，跟在孩子后面，紧张地看着他远远的滑着旱冰；老人们赤足踏着鹅卵石，慢走着，交谈着。运河文化博物馆正门口的路灯下，笛子、二胡伴奏着清亮的女声歌唱，酽酽地映过远处的河波荡漾，灯影闪烁……火树银花，此情此景，难道不就是中国人最为幸福的生活追求吗？不就是人们常说的盛世吗？

但是，那个隔水相望的旧城呢？它笼罩在沉沉的夜幕中让我看不见。然而，它是我们文明的胎记，承载着动荡不安的过去。它在消褪、在磨灭、在告别……消褪我们的记忆，磨灭我们的苦痛，告别我们的昨天。

中华文明，近两百年来都是衰落的式微文明。它将在21世纪的哪一天重新从涅磐中复兴，这是无法预见的。但当我们回首过往的漫长岁月时，那些淹没的辉煌，让我们感受到沉淀的历史的分量。我们逝去的生活痕迹，注定在未来无法复制。

古老文明的生存形态，已成为风干的化石，不再复活。

让我们回眺！让我们凭吊！让我们思索！

让我们慎终追远，为文明捧上一炷心香！

垦丁之夜

从飞机的舷窗俯瞰，是漆黑的海。夜的边缘，灯火氤氲。城市的建筑，似一些火柴盒似的集装箱，堆弃在荒芜的大地上。

飞机着陆，如同着陆在一片新大陆上。我知道，这就是高雄了。

但今晚的目的地不是高雄，我们要赶往台湾最南端的一个小镇，垦丁。

一辆小型巴士载着行色匆匆的人们，一路颠簸南去，像一只行驶在黑暗大海上的驳船，让人心潮也跟着起伏。

车窗外，夜连绵而沉默。偶尔望见几点远处的灯光，不知是人家，还是灯塔？想起若干年前，我一个人在遥远的北方，在黄海边上，写过的诗句：“海，是漆黑的夜；夜，是沉默的海。”但今晚我在台湾。

十一月了，太平洋的风依旧温暖。在我的城市——南京——气温已经降至十度以内，虽说不至严寒，也差不多人人都穿上了夹衫或厚衣裳。外套已经塞进了行囊里。但刚下飞机时身上汗涔涔的，车内冷气切肤，让我深感局促。

沿途经过几个小集镇，看见了许多卖槟榔的小店铺和各色形制的招牌密集对峙在公路两侧。霓虹灯闪烁，炫白或瑰丽的光，愈衬出那些店铺的陈旧、简陋。不知怎地，卖槟榔的招牌无数，我却只记住一家叫“豚之林脆皮乳猪”的店名。

还有一处路旁，伫立着大大小小无数的彩瓷造像，都是妈祖、土地公、神龛、庙宇之类。莽莽暗夜里，车灯探照出一个个巨大而模糊的影像，让人印象深刻。从未到过鹿港小镇的罗大佑在《鹿港小镇》歌词里说“我家就住在妈祖庙的后面，卖着香火的那家小杂货店”，那大抵是八十年代中南部台湾的真实写照吧！我想。

晚十一时，车子弯过一个叫作石牛溪农场的地方，再不多久，就到了垦丁。

垦丁位于屏东县，在台湾最南端的恒春半岛上，东临太平洋，南望巴士海峡，是台湾海滨度假、潜水和逛夜市的著名观光之地。

我们所住的是一间不大的民宿宾馆。其实，这条濒海小街上的民居，都不甚阔：四五层高的小楼，面朝大海，栉比而筑，仅一两个逼仄的开间，但门庭的风格各异，也颇精致。楼体则颜色绚丽而浪漫，有紫的、蓝的、黄的，也有粉红和乳白的。皓月当空，银光如洒，远望去，迷迷蒙蒙的，像是矗立在一片轻盈而明亮的雾中。银灰色的柏油路面，干净、齐整，树荫扶路，疏密有致，又与北边喧嚣的夜市阻隔，因此更显静谧些、神秘些。海风习习，透过幽深的绿丛，温润拂面，却不觉潮闷，人行其间，心情自然也更释然些了。

一行人彳亍向西，边走边看，不一会儿，来到了一片杂草丛生的大空地上。几株高高的电线杆上，放射出白花花的光线。远处，是黝黑空洞的夜幕。我知道，那是海边。涛声隐约在耳，但我们都不愿即刻去看海，碧海青天，须白日纵歌才好，遂径向北，绕到夜市大街上。

说是大街，其实，用马路更为贴切。不时，便有小摩托飞驰着擦身而过。路两旁，是各种店铺、排档和摊车小贩：卖卤味“麻辣烫”、卖珍珠奶茶、卖猪排、卖香嫩鸡腿排、卖铁板面、卖打洞香肠、卖酥脆的鸭肉卤……食味油香，含混在嘈杂的音乐里飘荡。

垦丁的夜市，是非常市民化的。当街摆几张小木桌，三五人围坐，喝着啤酒，闲聊着。间或，也可见几个穿着恤衫短裤的女士，大腿裸露，赤脚趿着人字拖，但绝不让人联想起琼瑶小说里南国早熟的少女那玲珑婀娜的身段，更无从感受董桥笔底斑驳的记忆和留恋的那一抹旧时月色。一路走过去，大概只有一家叫Smokey Joe’s（冒烟的乔雅客）装潢典雅的餐厅，还略带着些许布尔乔亚的格调。

夜深了，街灯惺忪，人影渐稀。有人提议，回那条僻静小街上去找个地方宵夜。于是，众人又一起折返，涌进了一家“汕头火锅”小店。

啤酒摆上了桌。火锅旁，叠满了各式小碟的菜肴。

店主是父子俩，或许惯见陆客，显得热诚而不紊乱，引客坐定后，便声明：没有支付宝或微信，只能付现金。但可以收人民币。

其实大家都不确定是否携带了现金，但想，旅店就在隔壁，吃！于是觥筹交错，三杯两盏，气氛渐渐热烈起来。

座中，有一位诗人，叫江南，是个南京人。他面色黝黑，脸上的皱纹深刻得如同哲学家潦草的字句。几杯下肚后，脸颊变得更褐红了，话也渐渐多起来。

您祖籍哪里？

福建。已经三代本地渔民。

店主姓郑。十多年前在台北从事IT行业，二零零七年回来，买了一块地，自建了一栋民宿，兼经营着小火锅店。民宿生意一直很红火，太太在那边打理。

我很幸运。他说，当时，买地加建筑，一共是五千万新台币，现在得值五亿新台币。这条街地段好。靠海，又安静。这也是机缘，如果不是父母在这边，我也不会回来。

江南听着，沉默不再问。我拍了拍他的肩，喝酒！喝酒！

对对对！喝酒！喝酒！

顷刻，桌上多出了十几个空啤酒瓶和十几个空塑料盘。又有人提议朗诵点诗什么的，“诗人，来一个！”

江南摆摆手，不来！醉了！

我说，老兄，这样！我唱一个《外婆的澎湖湾》，给你起个头。

得了！别让人觉得大陆人到哪里都吵吵嚷嚷的。他顿了顿，用低沉的嗓音念道：“老去空余渡海心，蹉跎一世更何云。无穷天地无穷憾，坐对斜阳看浮云。”

吟声中，店主父子俩开始清理酒瓶、数盘子。众人纷乱起身，随后，不知是谁结了账。两个中年男人，嘟囔着油腻的嘴，在拥挤中踉跄而去。夜空中，寒星似的眼神，或明或暗地闪烁着。

今晚，我们不看海。

访佛之旅

航班晚点了。

南方夏季多雨，彻底紊乱了航班起降的秩序。下午两点二十分，服务人员告知：到现在广州那边还没起飞呢！不确定登机时间，也不确定是否取消。总之，等着！我抬眼望去，巨型电子屏上滚动着一片红色。广播里，不时传来“我们抱歉地通知您，您所乘坐的×××航班，因天气原因……”偌大的候机厅内，人声嘈杂，身影幢幢，芸芸众生，不知所往矣！

“航班延误严重!”我在微信里给悟禅法师致歉。

顷时，悟禅法师回复：“此刻正好修行!”

读罢这一句短语，我心头的烦意，不禁略为安顿。随身恰携了一部《禅偈百则》，是以打发寂寞旅途的，此刻正好派上用场。于是轻启书页，忍耐着性子，读了起来。偈子，是佛家语。有传法偈、示法偈、开悟偈、颂古偈、宗纲偈等，言简意赅，最宜深读精思。我自第一篇达摩初祖“吾本来兹土”起，读至第十三首宏智正觉禅师“白鸟烟没，秋水连天”，不知不觉中，妄念息灭，浑然忘机了。正觉，是北宋曹洞宗僧。他以“默照禅”教示，倡导定而后慧。这一回，我应悟禅法师之邀，往粤南赣北访寺问佛，终点，亦重点，即是曹洞宗祖庭——云居山真如禅寺。这真是一个巧合。

我静坐着，读偈。意念中，白鸟翩翩而起，渐渐远逝，隐于濛濛烟霭；涣涣秋水，汤汤而东，远接碧宇而长天一色。净心内敛，时间，已然静止或无。

突然，服务人员呼叫我所乘的 ZH9864 航班登机，低头看看时间，五点半！

刚到指定的 42 号登机口，广播又通知登机口调整到了 43 号，而且需要摆渡登机。我是一个性急的人，不知怎的，经过四个多小时的漫长等待，因为读偈，却心生欢喜，了无烦恼。无论周折、劳顿，都能够处之若泰了。

登机后，顺利起飞。八点整，抵达广州白云机场。历时两个小时。

当我乘车一路赶到晓港公园旁的“禅意茶素”门口时，厉哥已在路边等候我了。

厉哥，温州人，从事服装行业多年，是一位颇见性情的企业家。虽年过五十，发型和服饰，依然充满时尚和活力。他商海浮沉，历经世事，渐生礼佛之心，翌日将与我同行。

清晨烟雨濛濛的广州，一片静谧。高楼大厦如林，都婉约地沉浸在轻薄的白雾中。人稀，路畅，车顺利出市区，很快疾驶在去往机场高速方向的 S41 国道上。雨停了，车开得更快了。银白的柏油路，干净、宽阔，车胎压在路面上，发出沉稳而轻快的低噪。

一路向北，群山如簇。山上树木葱茏，在阳光下，显出劲翠的姿态。笔直的公路桥面，高至山腰，向车窗外望去，远处是碧蓝的天，碧蓝的水，真有一点儿“春水船如天上坐”的感觉。我安然坐在车内，欣赏着沿途一派南国风光，心里充满明媚与欢喜。

十点多钟，汽车驶下高速，绕道到宜章县麻田镇下，这是去往开山寺的乡间山路了。

清洁的山村远离城市，没有一颗尘埃。微风吹动，树声喧嚣，几缕袅袅炊烟，便觉山高于天。白云如苍狗，如牛马，如蘑菇，如棉絮，隐约山间。一会儿，又都不见了。我们行驶向白云生处去，愈往里，山路愈陡，绕过一个小水库，过桥，再上一段巉岩峭立的山坡，就到了开山寺。

开山寺，位于骑田岭西麓麻田镇上洞村的金峰与玉溪镇黄岑岭之间的山腰上，海拔约六七百米。当地民间流传有“未有宜章县，先有开山寺”之说。据考，宜章古称义章，为避北宋太宗赵光义讳，改称宜章。而《宜章县志》记载：开山寺始建于唐僖宗李儇广明年间（880—881）。其间相距尚有百余年。

开山寺一度规模宏大，鼎盛时，僧侣有百余名。清嘉庆十四年（1809）欧阳刚撰碑，还写道：“开山寺，县西五十里，唐建，垦田百余亩，免粮，现田二十三亩。”清末以来，开山寺日渐萧条。寺院最终毁于 20 世纪“文化大革命”期间。

开山寺住持悟禅法师告诉我：“现在的这一座庙，是九十年代初，村民们自发集资，根据自己的想象建造的。”

我默然无语。

眼前，一间高大的屋子矗立在一块开阔的土台子上。——与其说是寺庙，毋宁更像是一座两柱三间的农屋。台前的斜坡下，是山门遗迹。坡下的树丛中，残垣半倒，石碑仆地，字迹漫灭，已不可辨识。沿着土台拾级而上，大门开敞，里面是空荡荡的佛殿。佛前的功德箱里，盘踞着一大块野山蜂造的蜂巢。时有蜜蜂飞舞着进出。两壁供奉的木质佛像，工艺粗糙、简单，面上蒙了一层灰垢。当间，竖了四根粗大的水泥柱子，顶上支撑着横竖交叉的水泥屋梁。柱身上的红漆，都已经斑驳、剥落。

庙后，还有一个小房间，却是道观的模样。因为里面供奉着玉皇大帝和七仙女。一个村民指着一尊红妆女像，告诉我：这就是七仙女！

我笑了。村民无知，却无意中体现出了中国传统文化中“儒释道合流”的特征。开山寺建于唐，而唐朝立国的宗教政策是释道并举的，这也算得是一种沿袭古风吧。

后山上，是湮没在杂草丛生之间的荒冢。在村民的引导下，悟禅法师和我小心翼翼地蹑足树丛小径间，一一检视。旋又绕到东侧的山路上，走在前面的村民指着旁边的树林说：“那边是开山学宫。我们这里出了文武两个尚书咧！”语颇自豪。

悟禅法师又带我看了庙旁的菜地、山泉、寮房。山野简陋，却俨然富有生气。

重新回到庙内，悟禅法师恭敬合十，庄严三拜，礼佛，上香。出后，他站在庙门口，指着对面山上竹林间一带裸露的黄土，惋惜地说：“竹子也被村民们随意砍伐！”停顿了一下，悟禅法师语气坚定地对我说：“我发愿要重建开山寺，复兴千年道场！”

我没有应答他，只四顾远望。但见：左边山势高，右侧山势略低。对面的一片山，如钵盂覆盖。一道河溪，蜿蜒环绕，水声叮叮淙淙。山上树木浓郁，隐蕴着蒸腾的水汽。湘南的毛竹，稠密地遍野生长，郁郁苍苍，重重叠叠，根根修直挺拔，向大地显露着无限的生机。

斋饭后，悟禅法师、历哥、我和庙里的小冯再次上车，驱驰六百里，赶往下一个目的地——南昌。

晚七时许，我们抵达了南昌。

这是我第一次到南昌，但因为熟稔于心的诗赋《滕王阁序》，让我觉得这座城市并不陌生。甚至，我还无端地认定，南昌的傍晚是最美的！

事实也如此。一帧晚霞，如织锦般绚烂地包裹住了半座城，还有半座，尽映在黛如长练的赣江里。从临岸的瑞颐大酒店五十层楼上临窗俯瞰：滕王阁顶上青色的琉璃瓦，似一方碧玉雕琢的印玺，钤在一大幅写意的长卷上。我默念着“落霞与孤鹜齐飞，秋水共长天一色”，心想：真不知是这襟三江而带五湖的物华天宝之地激发了王勃天才的灵感，还是传诵千古的名句赋予了洪都新府最炫最富丽最明妍的底色？

夜更深了。

江面上吹来宁静的晚风。波心如镜，漾开、吸纳、溶解着南方夜色中的万物，把它们都化作酽酽的影——灯影、树影、花影、石影、桥影、亭影、楼影、阁影，宛如一江星辰，揉碎，晕开，晕开，揉碎……霎时间，中国风写意的长卷，又仿佛变成了一张光影流动而抽象得无可名状的印象派油画。何者为相？抑或，万象皆为宾客？我在思索中恍惚入睡。

晨起，天气晴好。悟禅法师、历哥、小冯和我，与从广州直接坐高铁到南昌与我们汇合的陈女士一行五人，驱车前往九江永修县云居山真如禅寺。

禅宗胜地真如寺，坐落于云居山之顶——古人称其“云岭甲江右，名高四百州”，乃千年道场，曹洞祖庭。近代以来，屡遭兵祸、火患，只剩残垣断壁，荒烟蔓草，唯留残佛于瓦砾之中。一代高僧虚云老和尚，以百二高龄，发愿重兴祖庭。他驻锡云山六年，结蓬而居，“奠定修造开田之初基”，又身体力行，筚路蓝缕，以启山林，遂使寺院修葺一新，慧日重光，禅风再振，云居道场中兴！1959年，虚云圆寂于云居茅棚内，世寿一百二十岁，僧腊一百零一夏。大师虽逝，“以戒为师，农禅并重”之家风懿德泽被后世，使真如禅寺得以成为普净十方的庄严道场，为海内外佛子所倾慕。

这一次我们要拜访的，便是虚云大师十大弟子之一，曾亲侍虚云大师有年的正智老和尚。他是悟禅法师的师父。在路上，悟禅法师给我们讲起了正智老和尚的故事。

正智老和尚是1952年出家，是虚老的沙弥头，传印长老是须弥尾。他的哥哥，著名的光宗法师，十几岁就已随侍虚老，是云门事件的亲历者，也见证了云居山最为艰苦的时期。三年前，光宗法师圆寂，正智老人以不喜不悲不惧之心，亲自为他的哥哥主持法事。

还有一个故事。真如禅寺，重禅修，亦重农事。有一年，正智老人负责种菜。他发现：菜上的虫子特别多，把叶子都蛀了。就去和方丈商量，怎么办？方丈说：要不，洒点农药？老人连连摆手。后来，他决定每天早课后，就去捉虫子。晚上，在禅堂祷告。三天后，虫子都不见了！

听到这里，我不禁对老人心生敬意，很想尽快见到这位正信、慈悲、真正的禅师。

去往云居山的路上，一派田园风光。野地里，时有白鸥飞起。偶尔，在稻田深处，也闪耀几个不动的白点，不是鸥鸟，是躬身劳作的农夫。

突然，眼前跃入一大片荷塘。整整齐齐的荷叶紧挨着，连绵的碧色，多达数顷。云居山形胜，“列岫峰围，宛如莲瓣；山中寺宇，状似莲蕊”。我们未入宝山，已然先目睹了葳蕤蓬勃的荷塘景致，更增加欣然前往的情趣。

十时许，车终于停在一片开阔的场地上。

真如禅寺就在眼前了。但见一座高大古朴的寺院，庄严地安厝于群山的三面环抱中。上悬匾额“真如禅寺”，是赵朴初老所书。两根石柱上，对联曰：

云出岫本无心

居此土以存真

寺前，花岗岩方砖铺成的广场，宽阔、干净。石栏外，是一个巨大的圆形湖泊。湖心澄澈如镜，将蓝天白云都倒映在其中。一个身着褐衣的禅修者，甩开双臂，匆匆而过。不远处，一只黄狗，望着我们这一群匆匆而来的远客，不吠，也不动，神态安详地望了一眼，低着头，缓步离开了。

进入山门，拾级而上，一座砖木结构的宫殿式重庑双檐大开间，这就是“天王宝殿”。殿顶覆盖生铁铸瓦。据说，这一片片铁瓦，都是虚云老和尚亲自率众手制的。眼前的殿宇，气势巍峨，古色古香，庄严七宝，香气氤氲。想象当年，一草一木，一砖一瓦，都以僧众人力而为，艰难可想而知。而发心之坚，愿力之大，又令人不胜感慨！

从天王宝殿右边回廊直行，经过一个狭长的甬道，再北折，可见一座台子。台上，是一间依附殿宇而建的阁楼式的寮房。门上悬挂一个匾额，上写四字：“念佛是谁。”

悟禅法师加快了脚步，蹬上石阶，迈门而入，匍匐跪倒在一位着灰衣的老和尚脚下，虔诚行礼，一拜，再拜，三拜。——这，就是正智老和尚了。老人微笑着，用手抚着悟禅法师的头，连说：“好啦！好啦！起来吧！”

悟禅法师起身，禀告：“师父！我回来了！”

老人问：“你吃饭了吗？先去吃饭！”

于是，我们一行五人都退出寮房，返回到客堂。值日知客僧普良法师热忱地接待了我们。悟禅法师在云居山之时，也曾任职知客，他们各叙师门往事，相谈甚洽。这时，门外传来“笃——笃——”的声响。普良法师说，这是在过堂。你们可以看一下。我们出门，只见在天王殿旁的回廊上，置放着一块方方正正的石板。一个年轻的僧人正以一根木板子击打石板，发出的清越之声，回响于大殿之上。这是在打板。顷刻，从天王殿内陆续走出许多僧众，各手托钵盂，列队整齐。队首敲打木鱼梆，僧人先入，随后居士，依次从廊前鱼贯而过。哦！原来，“过堂”，就是吃饭！我们并没有随僧众一起过堂。远来为客，普良师父为我们这一行俗家人另备了斋饭。

饭食讫。悟禅法师、历哥、陈女士、小冯和我重新回到正智大师的寮房。老人将我们领进他的小房间，递给我们一个人一个小板凳。房间太小，不足六平方米。老人说：床上也可以坐。我只好告谢，坐在了他的床上。临床，是一张旧红漆小木桌。老人坐在桌边。

这一次，我看清楚了他的脸。一张老迈、红润、智慧的脸。头圆，顶微尖，有一些红褐色的老人斑，但光而铮亮。前额饱满，皱纹并不显现，鼻挺，嘴阔，嘴角略微上扬。笑时，嘴角上扬得更厉害了，显出天真的孩子般的神情。他一目朗然，平和仁慈，一目微眇，莫测高深。沉静时，呈庄严安详之法相。

他房间的布置，是极其普通而陈旧的。衣物、书籍、碗罐、纸笔、竹具，都是多年应用之物，分门别类，收拾得整齐，一一停当。墙上，钉了一些细长的木条。钉子上，挂着一些细线和别的物件。门旁的墙面，挂一支钟。钟旁边，是两个相框，内衬着许多佛像。其中有一张，是虚云法相。

——这就是正智老和尚的禅修之所。

坦率地说，坐在这间如八十年代农村一个普通农户家的小房间里，我很难想象，这竟是真如禅寺中一位资历最长而德高望重的得道高僧的住所。突然间，我似乎体会出：一个真正修行的禅者的生活，是朴素、简陋，甚至是寒碜的！当下世间，所谓“禅修”“禅茶”的禅房和院所，无一不是环境舒适，布置精美，花草于庭，陈设于内。形式讲究，赏心悦目者，固然可以休闲放松，却已与禅修的真谛相去远矣，甚至，还反悖为另一种奢侈的盲其目乱其心的物欲享受！我曾在《虚云大师口述》一书中读到他临入灭前开示“莫向名场立，山中梦亦微”。——此刻，我想，许多了悟，是仅从读书本上的文字体会不到的。唯有身处其中，才解其中滋味。

悟禅法师侍坐于侧，指着历哥、陈女士们所坐的小板凳，说：“这些都是我师父自己做的!”

老人说：“我做了三千多个!”

悟禅法师说：“许多香港、国外的居士过来，都带一个回去!”

老人说：“他们要，我就给他们!”

随侍正智老人的小沙弥，法名“禅俊”，在一旁插言说：“师父有一个金钵，也不知道被哪个居士拿走了!”

老人说：“拿走了，就算了。这些东西，都是假的!”

老人又看了看小凳子，说：“这个是我做的。那个是小伢子做的。我做的，有记号!”

我们都注意到：在小凳一侧的木板上，用毛笔画了一大两小三个相连的黑圆圈。

老人说：“这个符号，小时候见我祖父画过。小时候的事，记得最清楚。我想，我做板凳，画一个什么记号呢？就随手画了它!”

原来，老人籍贯湖南，出身世家。他的祖父，后来出家了。老人又说：“我们家三代出家。我的哥哥，带我出的家。他甲子年去世的，三年了!”八十多岁的老人，叙述往事，思路清晰，不悲不喜，神情平静而从容。

片刻，悟禅法师禀告：“师父，这里有两位居士——历先生和陈女士，想皈依您!”

老人认可，遂命伺候在外的小沙弥禅俊入内，从抽屉里拿出一个旧本子，逐一登记完毕。禅俊又找来两个皈依证，让二人报法名。

陈女士说：“我早就想好了！我想叫‘悟善’。”

老人问：“你的俗名叫什么?”

陈女士说：“单名‘静’，安静的‘静’。”

老人说：“那你就叫‘悟静’吧。”

悟禅法师在旁，插言说：“是否取‘净’，清净的‘净’更好些?”

老人说：“安静的‘静’，也好!”

轮到历哥，他上前说：“师父，我想讲究道德，叫‘悟德’。”

老人说：“你的俗名叫什么?”

历哥说：“晓春。”

老人说：“那你就叫‘悟春’。”

悟禅法师又插言，说：“是否取‘晓’字，叫‘悟晓’。”

老人说："嗯！那就叫'悟晓'。'悟晓'好！"

于是，众人皆欢喜，各得其所。由禅俊逐一填写完毕。

老人签完字，抬起头，笑着说："这个取名的方法，是虚老传下来的。他教给我们的，从俗家名中取一字。起名，是为了好记。名字嘛，都是假的！"

我暗想，虚云老的这个起名法则，固然暗契着"名字是假"的禅机，也深合"名实相符"的道理。这样想着，又起一念：若是我皈依，当取何法名呢？悟志？悟刚？

起完名后，悟禅法师说："您老人家给他们做一个仪式吧！"

老人说："好！就在这里！"

悟禅法师、历哥与陈女士一起请求说："您能不能到外面的堂屋给我们皈依啊?!"

老人说："这里就可以。"

"我们想拍一个照片！"

老人说："好！"

于是，众人搀扶着老人起身，一起簇拥到堂前来。

作为观礼者，我从旁见证了整个皈依的仪式过程，并且深感"缘份"奇妙。因为巧合，我与悟禅法师相识。不到一月，即应他之邀，展开千里访佛之旅。从南京到广州飞行1300多公里，广州至郴州约400公里，郴州到南昌600多公里，又从南昌80多公里到云居山，来到这间历时半个多世纪风雨的古旧禅堂上，目睹虚云老和尚亲传弟子的现身说法！然而，六千里路云和月，一片尘心降不住。大德高僧近在咫尺，我只有恭敬心，却无皈依意。可见缘与份之别，如天壤也！

我们一行人绕经天王宝殿，来到大殿左侧的一个空旷之地。一个高约十几米，直径达二米的大树，拔地参天，蓊郁苍翠，兀然现于眼前。好大一棵树！至近前，有一碑文："白果树，学名银杏树，为唐朝道膺禅师手植，距今已逾千年……"道膺禅师是禅宗曹洞宗洞山法系的传人。本寂曹山一系后断绝，只有洞山法系的道膺禅师一脉在此云居山真如寺弘法，使之绵延流传。此故，真如寺被尊为曹洞宗的祖庭源地。近代佛法末世，时局多舛，又有虚云老和尚百二十高龄中兴云山之事。我不禁感慨：眼前的这一棵古树，亲历了从道膺禅师至虚云老人千年以来的佛门兴衰人事代谢，可惜它不肯说话，不然，我们可以得知更多的禅宗史实。

在白果树下，陈悟静居士细心地搀扶老人坐在围栏石上。地上，洒落了许多外壳青绿的白果。老人捡起一颗，递给她："看！还没有熟，风吹掉的！"悟静居士恭谦地侧坐、倾听。两人并肩坐在郁苍遒劲的千年古树下，一个是一袭白衫的明艳妙龄女子，一个是褐衣鹤颜历经沧桑的老和尚，构成了一幅奇妙而温馨的图画：不像是高僧与居士，而是一对祖孙在白果树下闲话了。

返回的路上，正智老人指着山后的树林，对我们说，那一片，我种了好多树。其中有一株，为老人七十岁闭关，出关之时所手植，今已亭亭如盖矣！

回到寮房，老人又开启房门，延引我们入座。悟晓、悟静两位居士起身，再次祈请老人为之题字，老人一一应允。他从桌前取出一支戴着笔帽的毛笔，又从抽屉中拿出纸，伏案为二人写字。我在旁观察，发现：八十多岁的老人了，运笔依然沉稳、有力。他的字，笔锋流畅，字体圆熟，书风颇近于弘一大师。

当写厉哥的法名"悟晓"时，老人把"悟"字写得小了，仅占一半。老人抱歉地一笑，置于桌边，又取一纸，重新写过。老人正要弃废这张没写好的纸，我说，不如写作四字，在"悟晓"旁，添"得空"二字，给我吧！老人听从了，遂将另一半空白处写"得空"二字。我欣喜地领受并向老人致谢。将错就错，不以为意，悟晓得空，不亦宜乎？

下午三点，我们一行起身告辞。老人问：今天不住下了？我们都答：山下还有俗事要赶回去！老和尚抬头看了看墙上的时钟，笑说：要走，就快走！

于是，我们静默退出，徐徐下阶，回头向老人挥手依依作别。虽与老人短短数小时，我不禁在心底生出惭愧、不舍，又怅然若失。

下山时，车内一片静默。大家都没有说话，回味着这一次的访问，心里充满了安详、愉悦的满足感。我向车窗外回看天际，几朵白云，随风流走，蔚蓝的天空里，放射出耀眼的光芒。巍峨的山寺，渐渐变暗、变小了。车子沿山路蜿蜒而下，一股清泉从石窠间汩出。草丛里，时时传来蝉鸣。

生活如河

2018年12月28日，在南京长江大桥恢复通车的前一天，我陪母亲去看大桥。据报道，通车前三天开放市民参观，每天约有万人徒步上桥。母亲说，想去看看。于是我陪她冒着严寒大风，从大桥南路跟随着接踵摩肩的人群挤上引桥，一直往桥头堡走去。母亲明显衰老了。她的腿脚很慢，在冷风中，眼神显得有一些呆滞。但在边走边谈中，我却觉出了她衰老外表下对生活的炽热。

“哎吆！好多老人啊！”

“人挤人哟！比夫子庙的人还多呢！”

快到那两座高举三面红旗的黄褐色桥头堡时，她似乎在刻意加快步伐，以壮心气。“儿子啊！告诉你，从明年二月份开始，我坐公交车全部免费！”

我说：“是啊？”

“当然咧！到明年二月，我整七十了哩！”

我笑了，“到时候，给您挂一个那种写家庭住址的牌子哈！”

靠在桥栏杆，我给母亲拍了张照片。她苍老的容颜，在阳光下微笑。

站在桥头，俯瞰桥底下，江流匆匆奔涌，在初冬的艳阳下，锃蓝如练。我不禁想：自己生平第一次到南京长江大桥，已是二十二年前了。——初上大学的一个夜晚，与一群同学少年一路击节高歌，江灯点点，把阑干拍遍！此时此刻，人到中年的我，陪着古稀之龄的母亲，看这座桥，看这群人，看这条江，品味的却是真实而平凡的生活。

几天前，远在故乡的中学老师从千里之外寄来了学校文学社的刊物《双溪》。其中一篇回忆文章中提及一位李老师，恰是二十多年前曾执教过我的。李老师在乡镇教育中坚守和奉献了平凡的一生，现已退休。师母几年前因病过世，现在独自一人。他俩孩子也已成家。在我的印象中，他是一个质朴而有才华的人。

——当我写下这些文字时，我从未有过像此刻一样更为深切地理解生活施加于母亲和她们这一代人身上的卑微、不幸与苦难！

李宗盛在《山丘》里唱道，“望着大河弯弯，终于敢放胆，嬉皮笑脸，面对人生的难。”这是历经沧桑之后的真实写照。我不必要再引用孔夫子的“逝者如斯夫，不舍昼夜”，或将之上升到赫拉克利特“人不能两次踏进同一条河流”那样宇宙人生的哲学思辨。活了 98 岁的英国哲学家伯兰特·罗素也说过一段比《我为什么而活着》“三种激情”更深刻也更坦荡的话：“个体生命的存在应当像一条河流。”（傅雷译）

我想说：芸芸众生，生活如河。

辑三

书里字外

砚边断想

素喜涂抹，写写画画，算是陶冶性情吧！然笔拙为浅，每有墨枯笔秃之感，于是驻管遐思，读读书谱，翻翻字帖，亦有所感悟。

（一）

书法之妙，存乎一心。偶然得之，佳在“无我”，有意为之，弊在“有我”。艺术贵在真诚，“有我”则有所顾忌，有所不敢为，“无我”则率性自然，无所不敢为——艺术生命力的本质，也就体现于此。王国维《人间词语》有“有我之境，无我之境”，而“无我之境境界犹大”之说，虽是论词，然艺术是相通的，书法也同样如此。

（二）

历代论书，多厚颜柳而薄赵字，谓颜筋柳骨，庄严厚重，赵字则柔媚浓丽，失之骨气。傅青主最是尖刻，他说：“予极不喜赵子昂，薄其人，遂恶其书。”这里就有一个人品与书品的关系问题。我想，书品与人品并不存在必然的联系。赵孟頫书法确有甜媚之弊，此是个性使然，与“二臣”无关。况且，赵字于妩媚中亦见嶙峋风骨，大有可观。而即使颜鲁公的书法，也有不喜欢的人在。李后主就说：“真卿有楷法而无佳处，正如叉手并肢田舍汉”。足见这是两种截然相反的艺术取向，两种迥然各异的文化人格。

（三）

书法渴求真诚，所以它必须是发自内心的声音。或浅吟轻唱，婉约如晓风残月；或石破天惊，豪放如大江东去，皆无不可。我们从甲骨文可以看到那个时代的荒漠；从钟鼎文可以看到那个时代的威严；从秦小篆可以看到那个时代的规整；从汉隶可以看到那个时代的丰茂；从晋书可以看到那个时代文人的孤高飘逸；从唐楷可以看到那个时代的大国之风，堂堂正气。

遗憾的是，从现代书法中，我们很难找到我们这个时代的精神，反显得有些浮躁而至浅薄，雕甚或矫造。

我并不是否定当代书法的成就，这里是抽掉纯粹的技巧、章法而言的。即，作为一个完整的世界的毛笔文化已无不挽回的消逝了！古代书法，是以一种极其广阔的社会必需性为其背景，因而产生得特别自然、随顺、诚恳。而当代书法，终究是一条刻意雕饰的幽径，美则美矣，却难免失去了整体上的社会性的诚恳。

当然，这并不否定现代书家在自我个性范围内是真诚的。启功老的字，就写得秀气，很显书生意气。我也曾见过沈尹默写的毛词《沁园春·雪》和毛泽东本人的手书。相较之下，我更喜欢毛字。《沁园春·雪》的意境，只能由毛泽东那富有个性、任意挥洒，大气磅礴的书法来表现，这种表现无疑是真诚的。

（四）

风雨年华，坎坷人生，于书最有补益；宠辱不惊，去留无意，方能心净笔纯，臻高境界。我想，数典忘祖，搞一点“现代书法”，容易！混古不化，把复古代替创新，也容易！舍此二者走第三条路，却是最艰难的。但唯有这不忘祖，不混古的第三条路，才是中国书法的希望。

书法修辞格的美学基础

修辞格，亦即“辞格”“辞藻”，是一种为了强化言辞、文句表达效果的艺术方法。修辞格，多见于诗歌、散文、小说等文学作品，但在一些艺术文论中，也常用斐然文句，溢彩辞章，以增添说服力。

下面，先录两段孙过庭《书谱》文字：

“观夫悬针垂露之异，奔雷坠石之奇，鸿飞兽骇之资，鸾舞蛇惊之态，绝岸颓峰之势，临危据槁之形。或重若崩云，或轻如蝉翼。导之则泉注，顿之则山安。纤纤乎似初月之出天涯，落落乎犹众星之列河汉。”

“又一时而书，有乖有合，合则流媚，乖则雕疏，略言其由，各有其五：神怡务闲，一合也；感惠徇知，二合也；时和气润，三合也；纸墨相发，四合也；偶然欲书，五合也。心遽体留，一乖也；意违势屈，二乖也；风燥日炎，三乖也；纸墨不称，四乖也；情怠手阑，五乖也。乖合之际，优劣互差。”

虽是论书，但从辞格上解读之，却不难发觉：第一段文字，如对自然界天地万物的描述、沉浸和感应。仿佛诗歌“相看两不厌，只有敬亭山”的意境；第二段文字，更是人世中情绪万端的思索、参合和启迪。透露出“人情练达、世事洞明”的禅机。山川之变，可喜可愕，人生情志，寓之于书？何也？正如宗白华先生在《中国书法里的美学思想》中所感叹：“这字已不仅是一个表达概念的符号，而是一个表现生命的单位。”从修辞学意义上而言，中国的书论，与其说是谈论书法艺术本身，毋宁为阐释着生命的体验甚或人生的哲学。

那么，书法，作为线条的艺术，是如何做到抒写书者的情感，又表出自然界各种变动的形象，进而为炫丽敷华的辞藻提供可能的呢？

让我们从书法线条入手，来探究一番书法修辞格的美学基础及其意义。

美，是主观与客观的辩证统一，是五感以及思维、意志与情感对客观存在物，即对象的本质的表现。人的审美感受，之所以不同于动物性的感官愉悦，就在于其中包含有观念、想象的成分。同时，美之所以不是一般的自然形式，正在于它积淀了社会（人）的内容。从而构成了一种克乃夫贝尔所说的“有意义的形式”（significant form）。在人类漫长而久远的文明成长中，展开了“自然的人化”和“人的对象化”。而中国文字的源流，从原始图腾纹饰，到象形甲骨文字的出现，深刻地契合着，也正生动体现了“自然的人化”与“人的对象化”两者的动态互动与演进。这一点，是世界上其他民族的文字发展所不具备的。

传说，上古黄帝时候，仓颉巡狩南方，以“羊马蹄印”为灵感，观察天上星宿的分布、地上山川脉络的样子、鸟兽虫鱼的痕迹、草木器具的形状，描摹绘写，造出种种不同的符号，并且定下了每个符号所代表的意义。这种符号叫作“字”。《淮南子》记载：“昔者仓颉作书，而天雨粟，鬼夜哭。”为什么文字的出现，如此惊天地，泣鬼神呢？

一方面，“自然的人化”提升至抽象思维的层次。从此，人类从“真实的想象”变为“想象的真实”，可以人自身的意志进行想象，并创造观念。人，是观念的集合，最终让人类走出动物，将人类与自然界彻底地分离开。由于在构造与示意上的特殊性，象形文字这个“自然的人化”的产物始终保存着其原始的含义，进而为人与自然之间的对话开启了方便之门。

另一方面，是“人的对象化”停留在具象描摹的阶段。它以更为净化的线条，模拟多样的线的曲直运动和空间构造，表达出多样的可能性，包括：形体姿态、情感意兴和气势力量。这就把方块字（汉字）和其他拼音字母文字符号体系彻底地区隔开，创造出生动的、流畅的、富有生命暗示和个性魅力的美。它既状物、又抒情，兼备造型和表现两种功能，从而呈现出真正意义上的“有意义的形式”。从这一意义上，书法与绘画、舞蹈、音乐一起，灵性飞舞，精魂律动，生命蓬勃，并在修辞学上，打开了想象的无限缤纷的空间。

美感的产生，也是生理与心理的统一。从这个角度，最典型的人与物的交感共鸣方式是“移情”。所谓移情，即人在聚精会神中观照一个对象时，由物我两忘达到物我同意，把人的生命和情趣“外射”或移注到对象里去，使本无生命和情趣的外物仿佛具有人的生命活动，使本来只有物理的东西也显得有人情。移情之作用，有两种：其一是观念联想；其一是内模仿。

观念联想，是移情说的一个重要代表人物利普斯提出的，他主张运用英国经验主义派的“类似联想”来解释“移情”，偏重于“由我及物”的作用。正是由于象形文字的描摹特点本身即具备观念意义，从而在“我”与“物”之间构建出了一个形象化同时也是理想化的真实的介质。在独立性上，汉字，作为情志和意绪的载体，与文字的功能等同。

内模仿，认为艺术起源于游戏。亦称为“游戏说”。其代表人物有：席勒、康德、斯宾塞、谷鲁斯。他们都主张将精神上的“自由”看作是艺术创造的核心，对于人的艺术的本质和艺术创造的基本动因，给予了“天赋自由”的意义。幸运的是，中国的象形文字，因其于自然的具象的联系，为书法家自由生命的发挥提供了物质基础。中国书论（非惟书论、文论画论皆然）里的“气势”与“神韵”，皆是因内模仿作用体会出来的。如康有为在《广艺舟双楫》里说字有十美，其中如“魄力雄强”“气象浑穆”“意态奇逸”“精神飞动”之类显然都显出移情作用的内模仿。游戏可以调和人身上自然与理性的矛盾，使人处于自由状态，从而达到人性的完满实现。

《书谱》引《易》曰：“观乎天文，以察时变；观乎人文，以化成天下。”孙氏敏锐地揭橥了“书之为妙”的美学基础，并一以贯之，对中国书法的“表情”本质做了科学而鲜明的论述。因之，其修辞学意义上的灵动飞扬，也就不难理解了。

唯物史观下的书法主体性阐释

余秋雨在《笔墨祭》一文中写道："笔是竹竿毛笔，墨由烟胶炼成。浓浓地磨好一砚，用笔一舔，便簌簌地写出满纸黑生生的象形文字来。这是中国文人的基本生命形态，也是中国文化的共同技术手段。"寥寥数笔白描，勾勒出对中国文人书法传统的无限神往，也寄予了无可挽回的逝去的惆怅。

尽管流露着文学化的情绪，但字里行间，亦有难得的理性思索。即，点出中国书法赖以存在的"技术手段"是以毛笔为中心的书写系统（笔、墨、纸、砚）。这是唯物史观的，"物质决定意识"，只有以锋毫铺陈、收纵自如的兽毛笔为书写工具，才能产生酣畅淋漓、情景交融的笔墨效果；才能促使表达概念的符号跃升为表现生命的单位。笔、墨、纸、砚，共同构成了中国书法得以获得灵性和生命力的先决物质条件。由于毛笔书写兼具工具属性（即日常的交流手段）和精神属性（即文化的抽象表达），指向不同两个目的，却不断合流，相互影响，表现出强烈的吸引力、巨大的仪式感和广泛的参与性。最终，原本只是文字符号的书写，从单纯的工具作用升华为富于表达弹性和生命张力的艺术形式——书法。

这是中国文人的幸运，抑或不幸？相较之下，在更为漫长的西方书写史上，囿于书写工具的物理特性（多为质地硬挺的笔尖），书写的艺术意涵，仅止于造型美和装饰性，而始终未能赋予其作为情感表达方式，如音乐、诗歌、绘画那样。

于是，在以毛笔为书写工具的国度里，千年以下，书家辈出，灿若星河。其佼佼者，如王羲之、王献之、欧阳询、虞世南、褚遂良、颜真卿、柳公权、苏轼、黄庭坚、米芾、赵孟頫、祝允明、王铎、傅山等，他们的墨迹与诗文，书文互见，熠熠生辉，成就了一座座艺术的丰碑。在技法意义上，执笔、用笔、点画、结构、墨法、章法，书体嬗变，气象万千；在文化意义上，书家独特的人格魅力与书写才华，交相映衬。晋尚韵，唐尚法，宋尚意，元、明尚态，渲染成中国文化审美最壮丽的底色。至此，书法与文人，一体两面。不管他们是官居宰辅还是长为布衣，是侠骨赤胆还是蝇营狗苟，是豪壮奇崛还是脂腻粉渍，这副笔墨总是有的。从这个意义上而言，书法，成为一切中国传统文人的最大公约数，成为表达情绪的共同语言。书写，特别是文人的创造性书写，诉之于情感与直感的启示，书写如斯，幸甚至哉！

一个必然的后果终于出现。

在不断地追摹、想象、升华中，书写（书法），被赋予精神境界乃至文化人格的终极意义。它要求，人格外化并置于美学尺度之下；它要求，所有书写者都必须时刻面临终极拷问；它要求，思想的力度只能从属于表达的精致。

书写面前，人人平等！但在书法面前，人，生而不平等！

当书写进化为书法的那一刻，对于具有天赋的少数人，是无限的艺术广域。但如果任何书写，包括工具性书写，都可能标高到多数人难以逾越的法度时，书写，就必然堕为了束缚人性的枷锁。——如果仅仅是书写，便足以对书写者做出最终的衡量和评判。这是极为残酷的。这是艺术对自我的加冕，这是文化对宗教的出位，这是生活对哲学的僭越！

试想，西方文化传递只需汲取《纯粹理性批判》《资本论》的思辨力量，而不必刻意计较从康德、马克思的鹅毛笔下流淌出怎样的字迹，因此日益构建高度概念化且绵延不绝高效传递的思想洪流。远在东方的读书人，却还在习惯地对学富五车的文人学者，记流水账的账房先生，乡间代人写信的信客，甚至寒酸落魄的“孔乙己”们都要评价一句“写得一笔好字！”沈尹默曾回忆说：“二十五岁左右回到杭州，遇见了一个姓陈的朋友，他第一面和我交谈，开口便这样说：‘我昨天在刘三那里，看见了你一首诗，诗很好，但是字其俗在骨。’”这姓陈的朋友，居然是新文化运动的旗手陈独秀。

这再一次凸显出中国传统文化价值体系的艺术本质、混沌性和理想化。理想很丰满，而现实很骨感。

更为现实的是，这种衡量尺度与评判标准背后，还有着一只巨大的制度推手——科举制。明代开科取士，皆用楷书答试卷，务求工整。字写得欠佳者，即使满腹经纶，也难免名落孙山的厄运。清代殿试则规定：应试者不得誊录，评卷关键往往在应试者的书写，其理由就是“字如其人”。甚至，到了“抑文重字”的程度。帝国治理的人才选拔机制中对品格的考量，对能力的评判，就这样紧紧地与书写者的书写拴绑在了一起。可以说，科举制度成为了强化“书写人格”的强大催化剂。

当我们对书写和书法，或者说书写的工具属性与精神属性进行厘清时，再次审视“馆阁体”的出现，就会发现，这几乎是当时读书人（书写者）所能做出的最为理性的选择：惟求端正拘恭，横平竖直，整整齐齐，主动摈弃书写的情感诉求。从这个意义上，“馆阁体”不仅是手抄时代毛笔书写工具最为规范也最具效率的书写形式，更是试图将书写的“工具属性”与“精神属性”中进行切割的一次尝试，一种反弹，一场抵抗。物极必反，盛极而衰！

事实上，早在书法的童年时代，伟大的王羲之就在《题卫夫人〈笔阵图〉》中说：“夫欲书者，先干研墨，凝神静思，预想字形大小，偃仰平直，振动令筋脉相连，意在笔前，然后作字。若平直相似，状若算子（即算盘上的算子），上下方整，前后齐平，此不是书，但得其点画尔！”他早已明白无误地指出了书写和书法的分野，指出了“书”与“点画”之别在于范畴的不同。这是在一千多年前中国书法史上第一个真正具有自我觉醒的艺术天才在书写工具属性和艺术属性之间明确划界。“解铃还须系铃人”，除了王羲之，还有谁更有资格去做这样的区分呢？

显然，“馆阁体”的倡导者们并没有沿着王羲之开辟的路径再往前探索。他们没有勇气也没有能力明确张扬其主张，剥离书写双重属性。在实践中，也就必然表现为对“帖学”的庸俗化、程式化。这使得这一场“基于合作的抵抗运动”在总体艺术取向上，是萎缩的和倒退的。

延至清末，康有为对“帖学”极尽攻讦之能事，所反映和折射出的正是在艺术追求上急于冲决藩篱，激进求变的时代思潮。他标榜魏碑，以其“用笔任意挥洒，结体因势赋形，不受拘束”的特点，对屡经翻刻而渐趋衰弱的帖学体系形成了摧枯拉朽之势，故而备受革新家们的尊崇。但是，如果辩证地看，我们就会发现，碑版的前世今生，从另一个侧面有力地证明：书写的工具属性和精神属性，原本是可以分离的！那些毫无文本意义的墓志铭，仅仅因为工匠的刀斧穿凿，岁月的风蚀斑驳，就可以使得文字的书写形式（形态）获得独立的审美存在。——当局者迷啊！激烈如康有为者，都无法洞悉笼罩千年的一团混沌。他所寻求的，还是“文统”与“书统”的同一。他把书写强行拉回到书法的轨道上来！惜哉！

直至近代，五四以来，书统与文统，始得最终分离。这是“钢笔文明”替代“毛笔文明”的必然结果，是“物质决定意识”再次发挥出不以人意志为转移的定律作用。鲁迅先生已对此一论再论。“我自己是先在私塾里用毛笔，后在学校里用钢笔，后来回到乡下又用毛笔的人，却以为假如我们能够悠悠然，洋洋焉，拂砚伸纸，磨墨挥毫的话，那么，羊毫和松烟当然也很不坏。不过事情要做得快，字要写得多，可就不成功了，这就是说，它敌不过钢笔和墨水。”（《鲁迅全集·且介亭杂文二集》）

由于书写工具的变更，书与文相剥离。终于，书写，只剩下了记述功能，而不再也无须具有美学意义。

老房子终于着火！

工具的归工具，艺术的归艺术。至此，书法，最终得以确立作为独立艺术的本体性（其实，是归还）！书法家，最终得以获取独立于文人的职业艺术家身份。文人，或者更准确地说，知识分子与专业技术分子，完全以其知识价值专业能力作为最终衡量尺度和评判标准！事实上，我们早该如此看待从王羲之到赵孟頫的一切书法家，也早就应该如此看待从钱钟书到季羡林的一切文化家。——这是物质第一性的伟大胜利！因为物理特性，毛笔作为书写工具，巧合地具备了艺术创造性；因为历史条件，作为知识精英，书法家无一例外都是大文人，因此就一厢情愿地要求所有的书写都必须上升到书法；所有的文人都必须是书法家，这多不现实啊！在当代，书家多半不够文人，文人多半写字难看，这恐怕已是一个不争的事实。新文化诸贤，可称书家者已然寥寥，鲁或可立于书林，茅字嶙峋，而郭字则媚在其骨。当代王瑶、程千帆、汤一介……都是学问家，而非书家了。启功老、朴初老或可略称，而他们本人亦不敢以书法家自矜。其余王蒙、铁凝辈，至多只能算是用毛笔作为书写工具写字而已。

从前，我们低估了艺术，也为难了文人。

书法二论

其一：书文同构

“书文同构”者，书法与文化的同构性也。

文字是记录语言的符号体系。西方的文字，是字母文字；中国的，是象形字。字母文字也源自象形文字。在人类智识发展过程中，描摹、图画，作为人类认知、反映自然最原始的起点，具有逻辑上的必然性。

在西方，沿着由腓尼基人开辟的将象形字拼音化的道路逐渐发展和形成了字母文字。这是一个质的飞跃。作为人类抽象思维的产物，文字，彻底摆脱了文字的原始状态，挣开了对象物“形”的束缚，经由理性之引导，进入“意”的层次。

而在中国，文字形态却以“六书”之法为凭走向了另一条路径——表意文字。六书者，象形、指事、会意、形声、转注、假借之法也。许慎在《说文解字》中释曰：“象形者，画成其事，随体诘诎，日月是也；指事者，视而可识，察而见意，上下是也；会意者，比类合谊，以见指撝，武信是也；形声者，以事为名，取譬相成，江河是也；转注者，建类一首，同意相受，考老是也；假借者，本无其字，依声讬事，令长是也。”

从发展阶段和成熟程度而言，由于表意文字不直接或不单独表示语音，与字母文字相比，仍保留着文字萌芽期的原始状态：稚嫩、直观、感性。此确是汉字之短！然，唯其稚嫩，汉字方能形态与意趣兼具，理性与感性并存，尤其音韵铿锵，婀娜多姿。唯其直观，在方块状的文字里，才包含了这个古老民族对天地、风云、山川、草木、虫鱼、人事、生活、心理等等信息的认知和理解方式。其形态，或摩描，或拟声，因而具有具象之美；其表意，则又是思维的、观念的，因而尽得哲学之思。唯其感性，从甲骨文、金文、篆书、隶书，到真书、草书、行书……文字形态变化万端之中，更融汇了民族乃至个体的生命体验。

“仓颉作书而天雨粟，鬼夜哭”（《淮南子·本经训》），汉字，穷极天地之变，沟通天人之际。正是在这个意义上，汉字，不单是信息的符号，更是文明的载体，是生命的本体。汉字的发育过程，才是书法形式演进的历史过程，才是文化自身的丰盈和张大过程。

如果说，在西方，《圣经》奠定了希伯来文、但丁规范了意大利文、乔叟成就了英文；那么，在中国，甲骨文沟通天人之际，李斯刻石小篆实现了“一四海、书同文”，隶书变圆为方突破了象形的原始（古典）形态，卫夫人、王羲之的书写更是直接为文化的审美定下基调。

西方是靠文学、靠著作规范语言。

中国是靠文字、靠书法推进文化！

（我们的语言，尤其是书面语言，早就成熟了。）

文字为载体，书写为精魂。

文化与书法，两者同源异出，相携前行。

书法，身兼数职；书法，天人合一。

其二：书人同迹

书人同迹者，书写之墨迹如同书者之心迹也。

欲观其美感，先查其间架章法；欲审其性情，先询其浓淡粗细，欲体其心绪，先寻其滞涩枯荣，欲察其履历，先按其气韵质感。此乃书人同迹之理！

前者，余尝评茶客师兄所临王珣之《伯远帖》。无论架构，还是点画，临书皆细微精到，笔力英挺矫健，深具功力。然则，临书，其劲力在骨，于原作丰腴疏逸，清简萧朗之处，则略阙。盖因书者气度胸襟之不同，非关乎技法。此乃心迹不同之据也！

故，白字黑字，皆心画也！

或问：何以书人同迹？

其根本原因为：中国书法的本质，是中国文化“活”的生活形态。正如西方人一出生就要在教堂“受洗”，每周都要去“做礼拜”，中国人的灵魂，天然地安顿于艺术、滋养于美学。

艺术是中国人的宗教！这是美学家宗白华先生的观点。鄙人再狗尾续貂一句：书法是中国文化的胎记！

书法，是生活的历程、是生命的体验！

书迹，即心迹。

心迹，亦生命之迹！

文人书统之兴衰

文人书法，是一个伪命题。一部书法史，书法传统即文人传统。王右军《兰亭》魏晋风度，书文双绝；唐李太白《上阳台帖》大唐气象，纵放流畅；苏黄米蔡，各得风流，此皆文人书。无论赵松雪、明四家……在中国传统文化语境里，书法，内容与形式其实是血肉一体的，文人即可书，书家亦擅文。故曰：自古无书家之文人，亦无文人之书家！有之，则自近代始。五四以来，书统与文统，始相分离！这是近代化的必然。鲁迅先生已对此一论再论。

由于书写工具的变更，书与文相剥离，书写，只剩下了记述功能，而不再也无须再具有美学意义。对于以文为生的人，这既得一份解脱，又多了一种负累。

——传统观念（古典美学观念）犹在，而文人素质非昔，这是今天文人们（或吃文人饭）的尴尬。

又或曰：魏碑，或凿石以作碑碣，或就岩壁而摩崖刻写，铁刃阔斧，粗犷栗悍，不加修饰，此氓隶刻工率意为之。难道不是书文相分吗？诚然。但，魏碑美学价值的发现与书法意义的挖掘，却有赖于文人。甚至，就是文人们刻意为之的结果。

崇碑，是秀才造反，造自己的反。

在传统社会中，书风之流变，往往是社会风气动向的先导。正所谓“书法之厄，亦世道之忧也!”崇碑抑帖，则更有其深刻的社会变革动因。盖自唐以降，楷书法度森严，用笔和结体趋于规范统一。至明初，中央集权愈烈，遂以欧赵为宗，一变而为“馆阁体”。作为体现皇权意志的官方书体，“馆阁体”（与科举考试“八股文”一起）片面强调共性，过于追求规范，致使千人一面，个性尽失，终堕入平庸。直至清代中叶，积弊已久，势极而返，碑学乃兴，书风为之一变。清末康有为对“帖学”——即，文人书统——极尽攻讦之能事，所反映和折射出的正是急于冲决藩篱，激进求变的时代思潮。而魏碑，以其“用笔任意挥洒，结体因势赋形，不受拘束”的特点，对屡经翻刻而渐趋衰弱的帖学体系形成了摧枯拉朽之势。故而备受革新家们的尊崇。

康有为在《广艺舟双楫》中赞誉魏碑有“十美”：“古今之中，唯南碑与魏为可宗。可宗为何？曰有十美：一曰魄力雄强，二曰气象浑穆，三曰笔法跳越，四曰点画峻厚，五曰意态奇逸，六曰精神飞动，七曰兴趣酣足，八曰骨法洞达，九曰结构天成，十曰血肉丰美，是十美者，唯魏碑南碑有之。”虽有康一贯的夸大和偏颇，但也全面地总结出了魏碑的艺术特征。由此，更可以看出，“尊碑”，是由于魏碑这种独特的美学价值，最为有利于冲破“馆阁体”束缚。故而，“尊碑抑帖”，说白了，就是文人们，写书法，腻歪了、厌烦了、油滑了，想换个口味。毋宁说是对文人书法的一种“反动”！

造反，固然痛快，但口味“太重”，矫枉过正，流弊亦难免。“最后的文人书家”启功先生便清醒地点出了魏碑的“死穴”——匠气。魏碑书迹，是被整过容的。换言之，魏碑本是崇尚质朴、自然之美，但经由人工刀斧穿凿，线条韵律，笔锋质感，反而被琢得荡然无存了。从而，抹去了书写者最真切最直接的生命体验！所以，启功先生说：

少谈汉魏怕徒劳，
简版摩挲未几遭。
岂独甘卑爱唐宋，
半生师笔不师刀！

——这是文人书法的回归宣言。

金古梁排座次

金、梁、古三人，金庸才学如海，文笔雄健，“飞雪连天射白鹿，笑书神侠倚碧鸳”，构建起一个宏大而自足的武侠世界，故能独领风骚，影响至今。

梁先生，虽则颇有词学修养，但笔力单薄，才具局促，五十余部小说，面目模糊，千篇一律，空落得一个吟诗作对的“名士侠客”。

反倒是古龙，完全抛开古典中文的路数，剑走偏锋，以简洁，急促的欧化文字，直指人性，快意恩仇！其跌宕起伏的传奇人生，又为其小说添一注脚！真性情，方为真名士！

故而，若以小说论座次，我以为当是金古梁。真所谓：

满堂花醉三千客，

一剑霜寒十四洲。

毕竟是书生

梁羽生先生，名陈文统，1924 年出生于广西蒙山县文圩乡屯治村。幼聪颖，喜诗词，以文才见长，数学则常不及格。1944 年 9 月中旬，简又文、饶宗颐等人来到蒙山避难。陈文统拜简又文为师学习古文。1946 年入岭南大学，并结识金应熙（陈寅恪大弟子）。1949 年年初，解放军横渡长江。6 月，只身前往香港谋职。经校长陈序经推荐，至香港《大公报》任英文翻译。1954 年 1 月 17 日，《新晚报》发表《龙虎斗京华》，署名“梁羽生”。小说连载，历时七个月。开新派武侠小说之先！1956 年 10 月 23 日，与百剑堂主、金庸同开《大公报》“三剑楼随笔”专栏，纵论时事，影响甚巨！一年后，“三剑楼随笔”专栏结束。1966 年四十二岁；1 月，《海光文艺》发表《金庸梁羽生合论》，署名“佟硕之”。文中于金梁武侠小说各有褒贬，虽持论公允，亦颇有“瑜亮”心结。1986 年，从《大公报》退休后，移民澳洲。颇似金世遗归隐海外之意。

从此，江湖再无梁羽生！

梁羽生散文比诗词好，诗词比小说好！余深以为然。《笔花六照》和《三剑楼随笔》值得一读。另，梁搜罗、编辑注释古今名联的《名联观止》，费了不少功夫。

本质上，梁不同于金庸那种半土半洋的公子哥，有传统士人心态，于武侠小说这一传统题材，故而落于陈窠，不若金庸中西兼得，又多有电影剧本的创作经验，纵横捭阖，放得开！

窃以为，梁羽生弊在才气短，故宜作文作词等短小体裁，文辞雅致，情意真切，而有书卷气。小说，确非其长。

梁先生曾自作联，曰：

散木樗材，笑看云霄飘一羽

人闲境异，曾经沧海慨平生

此联真切，读之慨然！是 20 世纪风云变幻之下，一代文人，或南渡，或北归，风流云散，徒增后人感喟，唏嘘不已。

千古文人侠客梦

金庸小说，系青春侠客行，年少江湖梦，在七八十年代，无论哪个男孩子都有做过的。年岁日增，阅历累积，但金庸小说，似仍有永恒的蛊惑。就我观之，是因他小说世界里如莫言之东北乡和福克纳之约克那帕塔法县般的自足性和阐释性。而陈世骧先生则在对《天龙八部》的评语中，道破天机：这本书中所出现人物，无不为自身的贪、嗔、痴、爱所困，（金庸）造就了一个无人不冤，有情皆孽的娑婆世界。个中滋味，不经沧桑，不能知也。

提起金庸小说，最记得陈家洛写在乾隆折扇上的诗句：

携书弹剑走黄沙，
瀚海天山处处家。
大漠西风飞翠羽，
江南八月看桂花。

——我以为，这种名士笔触，奠定了金庸武侠的气质和风度。

金庸原名查良镛，浙江海宁人，系清代诗人查慎行的后代。拆“镛”为笔名，文人办报，纵论时政，人称香江第一健笔。晚年奔走内地，为香港“一国两制”建言，也算一偿他的政治家夙梦。但作为文学意义上的金庸，可永久记忆，一书再书的，却是那些为了提升报纸销量，为了填满报纸边边角角的连载小说。

余以为：金、梁、古新武侠三家，梁长于诗词，但才具单薄，格局狭小，只是三家村塾师耳；古龙借鉴欧化叙述，另辟蹊径，颇有可观，惟千篇一律，千人一面。李寻欢、楚留香，陆小凤……不过是换个名字而已。而金庸以其雄健笔力，恢宏想象，构建起一个宏大而完整的武侠世界。金庸武侠，不可只作武侠看。

这是一个立体的世界。塞北江南，荒村野店，帝王豪侠，走卒贩夫，无所不包。

这一个是真实的世界。虚构角色和历史人物，在同一个时空下交汇，熔于一炉，似假如真。

这是一个复杂的世界。不但情节曲折，跌宕起伏；刻画人物，更笔触细腻，入木三分，写尽人性的真实和复杂！

更重要的，这是一个自足的世界。形形色色的人物在其间，上演着恩怨情仇，悲欢离合，喜怒哀乐。犹如我们自己真切的生活一般，生息繁衍，直至无穷。这是陶渊明的桃花源，也是莫言的东北乡！

古龙曾经说过：有人的地方，就有江湖。那么，谁人心底又没有一个侠客梦呢？而才气纵横的文人狂士，更有仗剑而歌的浪漫，载酒江湖的情怀。譬之香港三大才子，小说之金庸，音乐之黄霑，电影之徐克，莫不如是！真所谓：

天下英雄出我辈，
一入江湖岁月催。
皇图霸业谈笑间，
不胜人生一场醉。

琼瑶将告别

年少一任轻狂时，无论平庸和卑微。谁不曾向往浪迹江湖，快意恩仇，一展“拔剑四顾心茫然”的豪情？青春渐次苏醒，无论男生或女孩，谁又没有令人脸红的爱恋在心底隐匿、滋生、发芽？金庸为“武侠梦”打开了一片巨大的想象空间；琼瑶，则为“爱情”的追梦人提供了一份纯美动人的行为指南。

歌德说过“哪个少女不怀春，哪个少年不钟情”，琼瑶小说的主角，其实是高中文科班的女生——这也是她的人生履历，她的自我意识。这一阶段的生命，青涩且充满幻想。这一阶段的生活，也只是单一和窄仄。因此，透过琼瑶歇斯底里的男男女女，能看到的，只是一张空洞的白纸！似乎这世上除了爱情，其他皆空了。这是琼瑶小说诟病之所在。但反过来说，这也可能正是琼瑶火爆风靡一时且至今余温犹存的原因。无论曾经沧海的人生，心底总有一种奢望，或信仰吧：相信爱情！没有突破自我的局限无妨，只要简简单单的爱，就够了。这反而成就了她的独特创作风格，也迎合了普罗大众的口味。这一道爱情的心灵鸡汤，即使不可口，却不至拒绝。对于缺乏营养的人来说，也许还很依赖呢！

琼瑶阿姨的小说，我最爱两本：《几度夕阳红》和《彩霞满天》。

在《几度夕阳红》后记中，琼瑶自道：这已是她的第四部长篇小说了（前面曾写过《窗外》《六个梦》《烟雨蒙蒙》）。但也是她写作得最艰苦，困难遭遇得最多，功夫下得最深，时间也耗费得最久的一部书。显然，就小说的艺术性而言，这四个“最”的付出，是值得的。——在琼瑶小说的世界里，第一次有了一个“世界”，一个乱世沧桑、生活离乱、人性卑微的琐碎而真实的世界。琼瑶终于超越自我的局囿，向人们展现了一幅广阔丰富的生活画面；终于通过人物性格和人物间的相互关系显现出社会关系的状貌与品格。在这一部小说里，横跨重庆、台北两个时代，不但勾勒了中国现代内战沧桑离乱的悲剧，也刻画出山河变色之后“江山仍在无故人”的感伤……即使主人公梦竹的生活环境仍然局限在家庭、客厅、咖啡厅，即环境的变化虽极少，但已与台湾广阔的现实背景联动起来，传递出社会动荡的复杂信息。《几度夕阳红》强烈的现代背景及写实感，与李翰祥的《冬暖》相互辉映，成为描述早期随国民政府来台的外省人（尤其是小市民）生活较真确的纪录。在这一宏大时代背景下，主人公的事迹述说着：几番辗转，他们还能相见，还能相爱，还会分手——我爱你，但我们不能在一起。对爱情的想象被赋予了意义和张力！

如果说，《几度夕阳红》因其现实性而值得深入的解读；那么，《彩霞满天》就是一个感人肺腑令人回味的美好爱情童话。整部小说里，充斥着青春、纯洁、热烈、仇恨、害怕、期待、折磨、哭泣、误会、分离、重聚、大团圆……所有的情节专注而激烈地演绎着“真正的爱情”，叙事唯美而动人。

——当采芹将自己缩于藤椅中，脸色苍白，绝望悲伤的时候，交织着彩霞满天的特写，凄婉、美丽。

书培与采芹两人和解时，那个桥段，却又那么心酸、催泪。

“原来他身上的钱还够买一杯甘蔗汁！她不禁微笑起来。眼看他握著杯子，穿过街道，走了回来。她等在那儿，听著他上楼梯的声音，听著他的脚步穿过阳台，她抬头看著门口，就看到他满面得意的笑容，颤巍巍的捧著一杯甘蔗汁，小心翼翼的走了进来。“快来喝啊！”他说：“那老头真是慷慨极了，一杯甘蔗汁要四块钱，我只有两块，我告诉他，我买半杯好了，他居然给了我一满杯，只收了我两块钱！哎，这还是个很有人情味的世界，是不是？”她看著他那满脸的笑，心里酸酸的，骄傲的乔书培呵，几时曾经如此卑屈的向人乞讨过一杯甘蔗汁，只是为了她想喝！捧著那杯子，她轻轻的啜了一口，真甜，真凉，真美味，她深吸口气，慢慢的咽了下去。他看著她如获至宝的样子，心里也是酸酸的，高贵的殷采芹啊，那白屋里的小公主，几时曾经如此可怜的喝一杯甘蔗汁，只是因为跟了他！”

——这一切，让人们相信，人间有情有爱。

1988年，琼瑶回大陆时，《中国妇女报》采访了她，有如下的对话。

记者问："您一定了解大陆的琼瑶热吧。有人说：'琼瑶的小说是恋爱教科书。'有的说：'琼瑶给我的心提供了纯净的栖居地。'特别是有的中学生读了您的书茶饭不思，功课无心，整天躲在幻想中，您是否考虑到您的作品的社会影响?"

琼瑶回答道："我的书给人带来狂热的幻想，那是因为读者也有情！……其实《战争与和平》也给人带来幻想，《西游记》更令人想入非非，只是幻想的指向不同，除非你的书没有深度，没有人情味。"

"文学热"归根结底是一种社会现象。琼瑶在六七十年代走红台湾，是特定历史时期的文化现象。有评论认为，这体现了台湾新兴的中产阶级对中国传统封建文化的抗争和矛盾心理，是一种过渡期的文化。九十年代以后，台湾的本土化取得全胜，琼瑶就只好来到大陆发展，继续她的中产对封建的矛盾心态的讲述。这个评论是深刻的。因为八九十年代以来，琼瑶在大陆曾经的火热，也同样是社会转型过程中的产物，折射出当时社会弥散着的虚妄与寄托交织的幻想。

因此，可以说：武侠与爱情，是对古典的流连与怀想；玄幻，是后现代的漫溢和扩张。琼瑶小说的式微，是这个社会长大了！

最近，时讯报道琼瑶与继子女因丈夫生病的争执。据说。双方的冲突在于就重病在床的平鑫涛是否应当安乐死产生了分歧，最终演变为家庭矛盾……琼瑶说："我的人生一败涂地，不再相信人间有情……"这"一败涂地"之叹，颇多夸饰，可让一位长者叹息如斯，也难免令人唏嘘再三，谁不会老？谁免于死？如何面对？在当下，以何种方式处置生死，是一个问题了。问世间情为何物，这一个"情"字，也面临着后现代式的考验。

书衣字缝间的孙犁

孙犁是中国现当代文学史上的一个独特存在。在抗战烽火硝烟中，在铁与血的残酷斗争里，他写出的是苇荡荷香、月色温柔；当“我们的事业”如火如荼欣欣向荣之际，他却十年一病，自我放逐，隐身于冷清的台角；在锐意进取朝气勃发的新时期，他又悄然钻进了故纸堆，读古籍、包书皮，还写出了堪为心灵笔记的“书衣文录”。

孙犁是难于确凿流派和划成分的。所谓“荷花淀派”，不过一人耳！其后者，或学之不肖，或形肖而神异。孙犁独特的气质，与五四一代中的“城市精英”，如鲁迅、巴金、冰心等不同；与许多在解放区成长起来的同辈作家，如赵树理、周立波、贺敬之等也不同。“孙犁有农民的气质，又有文人的气质，书卷气很浓。他不是纯文人型作家，不是纯战士型作家，不是纯学者型作家，他兼而有之。”(滕云，1994）由此，有学者认为，“孙犁在主流文学中的地位一直具有某种‘边缘’性”，是“革命文学中的‘多余人’”。(杨联芬，1998)

在文本意义上，存有两个孙犁。即：“文革”前的老孙犁和“文革”后的晚年孙犁（文学上的新孙犁)。

老孙犁，是一个熟悉的孙犁，一个被接受与认可的孙犁。著有耳熟能详的《荷花淀》《白洋淀纪事》《风云初记》等代表作；文句清丽、朴素，描写逼真，心理刻画细腻，抒情味浓郁，被誉为“诗化小说”。这里试举一例：

水生小声地说：“明天我就到大部队上去了。”——水生没有和妻子商量就报名参军，怕妻子责怪，心里有些忐忑不安，所以“小声”地说话。女人的手指震动了一下，像是叫苇眉子划破了手。她把一个手指放在嘴里吮了一下。

——一“震”一“吮”，寥寥两字，生动的细节描写，可谓凝练含蓄，折射出了人性美的光辉。

新孙犁，则是一个陌生的，复杂的，甚至是一个备受争议的孙犁。

晚年的孙犁，充满了告别的没落和伤感。（1987 年《告别——新年试笔》）。在春节的鞭炮声中，他却感到“欢情已尽，生意全消”（1990 年《记春节》）。当他接到出版社送来的《孙犁文集》珍藏本，“忽然有一种满足感也是一种幻灭感”，他觉得这一套“印刷精美绝伦”“装饰富丽堂皇”的书是“我的骨灰盒”（1993 年）。1995 年 1 月，他在《甲戌理书记》中进一步表达了他对人生的绝望心情“故园消失，朋友凋零。还乡无日，就墓有期。哀身世之多艰，痛遭逢之匪易。隐身人海，徘徊方丈，凭窗远望，白云悠悠。伊人早逝，谁可告语。”孙犁是热爱人生的，最后又冷漠了人生；孙犁是执着于文学的，最后竟弃绝了文学。这是孙犁的一个悲剧。（张学正，2014）

诚然，孙犁晚年的文字沧桑、寂寥，多“有些暮鼓晨钟般的苍老”。甚至，有人批判他“具有较重的小农意识”“晚年的思想方法的偏执”“未能与时俱进”。孰知，晚年孙犁的意义和价值，恰在于这份“未能与时俱进”的“不合时宜”。以历经磨难度尽劫波之余生，仍保持纯净真诚的赤子之心，始终坚守文人人格底线；那些厌倦喧嚣浮躁的心迹剖白，抨击时弊流俗（如投机、互斗）的沉郁文字，更如沉潜在精神荒原的地火，在夜的世界发出微光，照出现实的灰暗！（孙郁语）“故人何寂寞，今我独凄凉。老去才难尽，秋来兴甚长。”晚年孙犁，或有点愁苦自怜，无言逃遁，但仍留下一幅孤傲、嶙峋的风骨。

与大多数作家，甚至与一些伟大的作家不同，仅从时代背景和社会思潮分析，无法凸显出孙犁所独有的内在特质。孙犁是一位适宜于进行本体研究的作家。亦即对心理、气质、人格、文化意识、晚年心路历程等的探索。这在中国现当代作家中，是极少数！特别地，孙犁的“五大情结”——童年情结、故乡情结、抗日情结、女性情结、“文革”情结（创伤）——不仅激发了他的创作灵感，而且，作为一种刻骨铭心的心理烙印，作为一种挥之不去又化解不开的精神积淀，几乎渗透于他所有的作品之中。现当代作家中，唯沈从文，庶几近乎。

深入的文体研究，留待专业人士去做吧！这里，还是立足于直觉体会，聊作读后感罢。

我读孙犁，是在北京时。逆旅京华，客居斗室，商海颠沛，心力耗甚，读不进沉重的厚书、严肃的大书。但文字于我，总是永恒的蛊惑，故尤喜读白话短文。孙犁淡白如水的谈书的书，抚慰羁旅之人，足矣！我曾购置《耕堂文录十种》(《晚华集》《秀露集》《澹定集》《尺泽集》《远道集》《老荒集》《陋巷集》

《无为集》《如云集》《曲终集》），《乡里旧闻》《耕堂读书记》等多种，并在书边页角写了不少读后感。感触较深者，如次：

其一，孙犁爱购书、读书，更爱惜书。乡居时，他把糊墙的报纸读了一遍又一遍；战火中，行军的背包中总不忘塞一两本书；进城后，境况稍好，颇有余资，购书费巨；“文革”时，独坐孤灯、抄书补书，以遣寂寥……凡此种种，爱书之人，孰无同感？作者曾写到：年岁日增，对书的感情变淡了。读之，慨然欲涕！

其二，孙犁的知识结构和阅读范围，总体上，偏于文史，弱于哲思。《孙犁书话》所列书单和所阅读涉猎的，多是文学、史志。经部、子部偏少。能与哲学沾上一点儿边的，大概只有一部《韩非子》。而对于《庄子》，也坦言：是当文学来读的，于“齐万物，一死生”的“相对主义”哲学，并无太多认知。余亦类此。凡舞文弄墨者，固知“哲学可以增加文字的思想深度”，但真能够“啃”进去那些佶屈聱牙、抽象思辨的哲学著作，诚非易事也！孙犁的阅读遭遇，实于我心有戚戚焉！

其三，所谓“文如其人”，若以娴于人情经纶世务者看去，一眼即知底细：孙犁其人，内心细腻，而行动力弱。我以为：孤僻、内向、优柔寡断等性格之形成，大抵是贫困、苦难留下的烙印！处世的行动力，是非常复杂的。非唯学问知识，家世、人际、阅历、财力，皆与助焉！从泥土底层生长起来的知识分子，多少是有些心思致密而敏感，求诸于内的，如季羡林、沈从文，皆如是。这一点，与书香门第世家出身的明显不同，如钱钟书、费孝通、梁思成辈；与虽非世家而殷实富裕家庭出身的亦不同，如丰子恺、汪曾祺辈。后两类，多少都有些“公子哥”气，至少，更洒脱些！

说到底，孙犁的局限之处，也是他的魅力所在。

那绚烂归于平淡的惆怅

从高中时算起，读汪曾祺散文有不少年了，但其小说，却还是第一次读。半年前，曾买了一本小说集《水蛇腰》，连腰封都没有拆。买书的动机很简单——只是喜欢它的封面设计。今晚，在南去的高铁上，读了一篇载于《收获》上的《岁寒三友》。

文字并不长，一万来字，只能算是一个短篇。读后，却觉余味悠长，引人思绪万千。慎思之，盖因其有“三好”：结构好、节奏好、语言好。

小说是讲结构的。列夫·托尔斯泰的小说就是一种“复调”的结构，大气闳阔。（巴金语）但中国小说的传统，是“话本”，是说书，是讲情节，不讲结构的。“三打祝家庄”“三打樊梨花”“三气周公瑾”，都是情节驱动的“扣”。

但这篇《岁寒三友》，却是脉络清晰的“合——分——合”。王瘦吾、陶虎臣、靳彝甫，三人一起出场，有点类似京剧的亮相，接着便平行的各自写去，一人一段，各表一枝。这就有点儿《史记》列传的笔法了，各个传主平行铺叙。至尾，又一合，三友聚首，命运，把他们交织在一起了。汪曾祺在谈到沈从文小说创作时说：沈先生是讲“组织”的，比“结构”更有机些，汪氏得其真髓也！

本篇的节奏把握，可谓舒缓、紧促交替进行，极富韵律。

开头，开得平淡。这就是高手！路遥在谈及《平凡的世界》创造体会，说：伟大的小说，开头都开的平淡，悠着劲呢！

“这三个人是：王瘦吾、陶虎臣、靳彝甫。王瘦吾原先开绒线店，陶虎臣开炮仗店，靳彝甫是个画画的。……”点题，平淡、自然。

但，一旦写到各位人物的个人际遇时，就开始一波三折，起伏跌宕了。先是每个人都平凡过活，惨淡经营；忽而一转，“这一年，这三个人忽然转了好运”。节奏走向舒缓。然而，好景不长，“这一年啊！”形势陡转，节奏峭立，气氛冷峻之极！最后，节奏再次舒缓荡开。在酒楼上，在温暖的底色里，三个人相偕走向了命运深处。

说实话，篇幅不长，读起来，却揪心。这是节奏把握的艺术，是语言的铺叙的张力，牵着人走。

说到语言了。汪曾祺是讲究文字“眼儿”的。王安忆曾说：这个老头儿的文字，是锤炼过的！初读，觉得平淡如水；通读后，口齿余香。这是炼字到极致，绚丽归于平淡的结果。丰子恺的文字，与之类似。董桥，文字缠绵甜糯，句式繁复冗长，卖狠力的炼字，但就“韵味”而论，差汪、丰远矣！这就是王国维所谓的“境界”不高。董桥，毕竟才多意少。

试读小说结尾处这一段。“岁暮天寒，彤云酿雪”，穷愁潦倒的王瘦吾、陶虎臣被突然返乡的靳彝甫邀到如意楼上喝酒。彝甫从内衣里掏出两封洋钱，用红纸包着，一封是一百大洋。“他在两位老友面前，各放了一封。‘先用着’。”“靳彝甫笑了笑。那两个都明白了：彝甫把三块田黄给季匋民送去了。”在岁寒逼人和朋友落难的境况中，这一段极写友情的珍贵与温暖。

靳彝甫端起酒杯说：“咱们今天醉一次。”

那两个同意。“好，醉一次！”

这天是腊月三十。这样的时候，是不会有人上酒馆喝酒的。如意楼空荡荡的，就只有这三个人。

外面，正下着大雪。

——不著一字，境界全出。与施耐庵写《林教头风雪山神庙》“雪下得正紧”，可堪媲美，意趣相近，简笔如斯！

汪氏，毕竟是从传统文化艺术的酱缸里浸染出来的，毕竟是从西南联大的茶馆里“泡”出来的。这也许就是为什么他被称为“中国最后一位士大夫”吧！

少年如歌亦如梦

在《受戒》结尾处，作者落款：写四十三年前的一个梦。

这确是一首如烟似幻的诗歌；是一篇清新朴素的散文。唯独，不像一篇小说。

作者自云："我写的是美，是健康的人性。"《受戒》是对自然而淳朴的人性的歌颂。

但，文学作品的考验在于：美的企望，必须以美的形式来表达。汪曾祺是一个极度注重文字美感，极端擅于营造氛围的作家。（这一点上，他明显地受到了他的老师沈从文的影响。）

读《受戒》，"诗中有画，画中有诗"；《受戒》里，藏着一个《边城》；小英子，有翠翠的影子。

《受戒》有四美：文字美、民俗美、形象美、意境美。

文字美，是首要的。但，文字不可害意，不可炫技。小说尤其如此。汪式小说的文字，简练、直白、不滥用方言，却自蕴藉着一段乡土气息。

试看这一段：

"大娘（小英子娘）精神得出奇，五十多岁了，两只眼睛还是清亮亮的。无论什么时候，头都是梳得滑溜溜的，身上衣服都是格挣挣的"。叠字用得朴素、贴切，略带土语的清新。

鲁迅说：描写人物形象，最好的办法是刻画他的"眼睛"。汪曾祺也不例外。小英子娘的眼睛，没有祥林嫂眼神"空洞"的"间或一轮"，也没有豆腐西施的睥睨一切。但寥寥数笔，人物跃然纸上。

小说的基调，也是清亮亮的。

地处水乡的荸荠庵、善因寺，有作者少时真切的回忆。尤其荸荠庵：穿堂、天井、正殿、院落、方砖、韦陀……作者写得细致、干净，从容不迫。

这一切，营造出一个自然、无拘的环境——这是主人公成长过程中人性的舒展的不可或缺的要件。

作者曾说：气氛即人物。写景，亦是写人。

小说中，还录下了三副对联：两幅在荸荠庵，一幅在小英子家。

“大肚能容容天下难容之事，开颜一笑笑世间可笑之人。”

“一花一世界，三藐三菩提。”

“向阳门第春常在，积善人家庆有余。”

风俗，是一种活的生活形态。

小说中，意境最美之处，莫过于小英子在田埂上留下的一串脚印。

“明海看着她的脚印，傻了。五个小小的趾头，脚掌平平的，脚跟细细的，脚弓部分缺了一块……”

这是明海眼里的“脚印”，分明也是小和尚心里的“梦痕”。

汪曾祺的文字，看似漫不经心，实则苦心经营。王安忆说：老头儿的文字极其讲究。老头儿自个儿说：小说要讲“组织”（这是沈从文的概念）。

《受戒》写了一对少年的梦。少年时，谁没有过梦呢？

海明威：无能的力量

他是一个硬汉：在意大利战场负伤几成残疾；去非洲狩猎时差点送了命；在西班牙潘普洛纳躲避公牛；还前往哈瓦拉追逐金枪鱼。他的作品塑造硬汉：拳击家、斗牛士、渔夫、猎人、战士。他像一个硬汉一样死去——将双筒猎枪伸进口腔，扣动扳机，打了两枪！他，就是欧内斯特·海明威。

海明威一生都在战斗。在硝烟弥漫的意大利、西班牙战场，海明威发现，战争并不浪漫。没有什么理想、激情，也没有神圣、荣耀，（见鬼吧！为了自由和民主而战。）有的，只是血腥的杀戮、无谓的死亡，以及肉体和心灵上的永远无法弥合的创伤。即使战争结束了，政客的尔虞我诈、商人般的讨价还价……“正义”“勇气”“牺牲”，这样的字眼，毫无意义！甚至，恶心。曾经，海明威对自己的负伤充满自豪：“这是为一桩大事业而受伤。这场战争没有英雄人物，我们都愿意献出我们的身躯……我的身躯被选中，我觉得骄傲和高兴……”一个令人作呕的讽刺！

讽刺的恶作剧，抑或悲喜剧，同样发生在疲于奔命的人生战场，海明威写作、酗酒、狩猎、捕鱼，抽雪茄、看斗牛，还勇于追求爱情。几乎每一部作品背后，都有一个女人。但他处理爱情的方式，却是逃避：他结婚四次，离婚三次。（菲茨杰拉德敏感地指出了这一点）。1950 年，《过河入林》出版后备受诟病。为了证明自己并非江郎才尽，1952 年，海明威发表了中篇小说《老人与海》，并因此而获得了 1954 年诺贝尔文学奖。但，此后近十年海明威再无像样的作品问世。在饱受高血压、精神抑郁折磨之后，他试图以自杀的方式为生命的最后时刻画上一个勇敢的句号。他渴望自己像那个老渔夫一样能够捍卫尊严——“你尽可以消灭他，却不能打败他！”但无论如何，以自杀证明勇气背书尊严是虚弱的，没有底气的。甚至，本身就是一个悖论：肉体的主动放弃与自我毁灭，说到底是精神的溃败！他自己也承认：自杀是对紧张而艰苦的写作生活的一种逃避。毋庸置疑，从文体，到生命，海明威都为这个世界贡献了一种独一无二的形式感。当然，他也为形式感付出了代价。

代价，在文学意义上，是值得的。任何一个伟大作家之所以伟大，在于他能给文学贡献了某种语言。亦即为文学提供具有永恒意义的形式感。那么，海明威为文学贡献了怎样的形式感呢？我们都熟知其“电报体”式的文风，语言简练，节奏明快；冰山理论，节俭省略，只写露在水面上的八分之一，其余的八分之七仅通过暗示留给读者去补白；有限视角，和读者一样，作者并非全知全能，从而产生强大而含蓄的张力。“零度结尾”，结尾处戛然而止，从而呈现出更为震撼人心的力量。这种叙事形式的实质是：克制！克制词句，克制情节，甚至，克制主观。克制！平静的愤怒！必须指出，这种刻意的叙事控制，是与其构建的精神世界互为表里的。因为历经战争创伤，海明威的文学主题就是对价值崩溃的反思，对生命意义的拷问，对人性尊严的困惑。海明威的个性特征始终表现为——宿命论、逃避、悲剧、放纵、毁灭。在海明威看来，人生是一场打不赢的战争，就像老人那张“用好多面粉袋子补过的旧帆，看上去就像一面永远失败的旗帜”。但是，海明威的强大之处在于：尽管明知面对的是一种巨大悲哀的结局，仍满怀信心和勇气的追求！尽管感到了道德价值崩溃的虚无，却不盲目否定一切，仍坚持对道德规范和准则恪守不渝！须知海明威是“迷惘的一代”（lost generation），不是“垮掉的一代”（beat generation）。以克制的叙事方式和积极的价值虚无，实现形式和内容的完美统一。这，就是海明威的形式感。

形式感，在现实生活中，被不断复制和演绎。一九二五年四月的巴黎，年轻的海明威遇到了仅比他大四岁的菲茨杰拉德。一个贫困潦倒却充满活力的硬汉小子，一个纸醉金迷却敏感脆弱的青年才俊，形成互补的两人很快进入了“蜜月期”。他们交往至深，甚至互相昵称“菲兹”与“海姆”。泽尔达·菲茨杰拉德（菲茨杰拉德的妻子）嫉妒地说：“我丈夫和海明威他们两个人！哼，他们俩在一起的样子简直就像是一对情侣！”在《流动的盛筵》中，海明威记录了这样一个细节，菲茨杰拉德请他吃饭。“要向他的朋友请教一件无比重要的事情。”海明威应允了。原来，菲茨杰拉德听到泽尔达抱怨他有“尺寸问题”，不可能获得任何一个女人的欢心。海明威一把拉他进厕所，脱下他的裤子，瞄了一眼，向他保证他的长度绝对正常！“仅仅是角度问题，你从上面往下看自己，就显得缩短了。”为了证明自己说的话可靠，海明威还建议菲茨杰拉德跟自己一起去卢浮宫，看希腊的裸体雕像。荒唐而可爱的青年呵！但，这就是巴黎。（“无论多么潦倒的年轻人，能在巴黎消磨青春岁月是一辈子消受不尽的福分”But this is how Paris was in the early days when we were very poor and very happy）菲茨杰拉德和海明威的文字是如此不同，一个华丽如繁花似锦，一个简单坚硬如岩石，一个如了不起的盖茨比，沉醉于灯红酒绿喧嚣繁闹的生活，一个如《老人与海》中的圣蒂亚戈，坚忍地面对荒蛮的风浪。但两个人又是相似的，都代表着一样的美国梦，渴望成功与辉煌，又为一个优秀作家所独有的敏感与脆弱所折磨。最终，菲茨杰拉德44岁死于心脏病，留下未完之作《最后的大亨》。海明威用一把猎枪结束了自己的生命，最终降伏于强大的命运。天才承受的痛苦，恐怕是常人永远无法体味的。无论多么繁华，或坚韧的梦，也终有醒来的一天。关于菲茨杰拉德，海明威在《流动的盛筵》扉页上如是说：“他的才华是那么的自然，就如同蝴蝶翅膀上的颗粒排列的格局一样。最初，他并不比蝴蝶了解自己的翅膀那样更多的注意到自己的才华，他也不知道自从何时这些被洗刷掉和破坏。直到后来，他开始注意到了他破损了的翅膀和翅膀的结构，他开始明白不可能再次起飞了，因为对于飞行的热爱已经消逝，他唯一能够回忆起的是，当初在天空中的翱翔是多么的轻而易举啊。”这也是说他自己的。他们都是“迷惘的一代”!

“迷惘的一代”，是天真的美国小男孩失去童贞。亨利·F·梅认为，以清教伦理和资本主义理性为基础的美国文化传统，到了十九世纪末二十世纪初产生激烈的变革。一战好像一条历史鸿沟，割裂了传统的绵延和发展，成为现代意识和新文化的起点。沟的那边站着欧·亨利和亨利·詹姆斯，而这边则是海明威和艾略特。但是这一切的激变并不能简单地归咎于一战。早在大战爆发之前，支撑旧文化的三根支柱，即对传统道德、社会进步与绅士文化的信念，已被进步主义改革所带来的政治与经济变化腐蚀并凿空了基础。一遇上世界大战的强烈冲击，整个旧文化轰然崩塌，留下的残垣断壁便成为新文化各阵营的狼奔豕突之地。“迷惘的一代”，终结了美国的天真时代。时代还在继续。二战后，继“迷惘的一代”而起的“垮掉的一代”，走得更远，他们是发动美国文化革命的“知青”和“红卫兵”。接下来是更为叛逆的反主流文化（counter—culture）“嬉皮士”（Hippie)，他们要回到原始。上帝死了！人，也死了！海明威，已经去世。

去世前一天，在给他的渔民老友——他的船长——富恩特斯的信中说：“人生最大的满足不是对自己地位、收入、爱情、婚姻、家庭生活的满足，而是对自己的满足。”或许，富恩特斯永远也没有读懂这封信。2002 年，海明威的船长逝世，终年 104 岁。

普鲁斯特的三个等式

我并没有读过关于普鲁斯特的任何文字。因此，这篇以普鲁斯特为题的读后感，只能算是对本雅明解读普鲁斯特的再解读。

不久前，刚读完尼采的《偶像的黄昏》、加缪的《局外人》和阿加莎·克里斯蒂的《罗杰疑案》。直觉告诉我，这些貌似不相干的阅读经验，将会产生对本雅明笔下的普鲁斯特的映射、晕染乃至重叠。我甚至认为，直觉似乎是感受经典的一种更为有效的方式。当你在阅读一部经典时，最终留下深刻印记的，或许并不是让感官沉溺其间的具体情节，也不是由理性分析出字句背后的深邃含义，而是心灵深处所受到的巨大冲击和由此产生出的难以言说的激动、战栗和喜悦，以及阅读过后，内心久久难以平复的失落。

为了避免陷入“欲辨已忘言”的玄虚，我愿反其道而行之，试将这一段说不清、道不明的“此中真意”高度抽象为三个待解的“等式”，一一予以呈现和解说。

第一个等式：生活＝文本

让文本等同于生活，是一切文学劳作的最大妄图。而这一切，大抵只有在回忆中才能做到。普鲁斯特也是这样做的。“在他的作品里，普鲁斯特并非按照生活本来的样子去描绘生活，而是把它作为经历过它的人的回忆描绘出来。”但文学意义上的回忆，不是简单的倒溯，而有一套更为复杂的工程：拆解、拼接、编织。换言之，文学是对回忆的回忆方式所做的尝试和努力。正如记忆和遗忘一样，它们是意志的一对孪生兄弟，就这样把生活和文本编织在了一起。“现实存在物在本质上是不完美的”，但在普鲁斯特精心织就的文本中，生活呈现出无与伦比的美妙和精致。

当然，我们都知道：文字永远无法弥合生活和文本之间的永恒鸿沟。且让我们回到十九世纪的真实世界。世纪末期的法国，乃至整个西方正陷于困境（等式无解）之中：精神上的压抑与惶惑不安，生活上的焦虑孤独空虚与无聊，肉体上的欲望的沉沦。“挑夫客栈里的波斯诗人”普鲁斯特还只是从真实历史里的具体性中去求解，几乎同时代的两位犹太天才，则分别从等式的两边开始了彻底的“清算”。奥地利医生西格蒙德·弗洛伊德站在等式的左边，把解剖刀伸向了生命躯体的内部。他试图揭示出人类的“焦虑”是由于潜意识如同一锅沸水，无时无刻不在寻找出路，急欲冲决而出。而身处大不列颠博物馆里的卡尔·马克思则从等式的右边推导向了左边。如果说，弗洛伊德只是在文本里掀开了人类欲望的隐秘的冰山一角；那么，马克思则直接拿起了无产者“武器的批判”，勇猛地向已经腐朽的生活发起了冲锋。他把十九世纪中期的法国工人起义赞誉为“现代社会中两大对立阶级间第一次伟大的战斗。”当然，清醒的马克思也发出了警告：小心！播下的是龙种，收获的却是跳蚤。

第二个等式：幸福＝无聊

叔本华说，“人生实如钟摆，在痛苦和无聊之间摆荡”。当你感到无聊时，幸福即如泡影般破灭。即，等式一旦成立或满足，人类的精神世界将立刻坍塌。与满足感接踵而至的将是空虚、无聊、颓废、绝望。如果你觉悟到该等式成立的必然性，你或许将永远无法幸福。事实也的确如此。从无聊中得到真正幸福的人生阶段，只有一个：童年。资本主义的童年已经结束，钟摆指向了痛苦一端！深切感受到这种切肤之痛的普鲁斯特——这个混迹于上流社会的浪荡子，这个辗转于病榻上的病夫，这个十九世纪伟大法兰西的天才，在精神上直通向痛苦得战栗的夏尔·波德莱尔《恶之花》，并延伸至呼叫着“上帝死了”的尼采。在这里，普鲁斯特的敏锐天才，使得文学成了哲学的先导。

伟大的文学作品似乎都具有某种惊人的预警能力，如曹雪芹的《红楼梦》。从一开始，衔玉而生的“富贵闲人”贾宝玉就是幸福而无聊的。他从大欢喜中勘出大虚无。孤独的鲁迅欣然会意：“悲凉之雾，遍被华林，然呼吸而领会之者，独宝玉而已。”而据说身世神秘的秦可卿则对“精明人”王熙凤托梦喻示：“若目今以为荣华不绝，不思今后，终非长策。眼见不日又有一件非常喜事，真是烈火烹油，鲜花着锦之盛。要知道，也不过是瞬息的繁华，一时的欢乐。万不可忘了那盛筵必散的俗语。此时若不早为后虑，临期只恐后悔无益了。”在这里，有一个奇妙而有趣的发现：即中国人总是试图也总能找到一套法子，将精神的危机拉回到世俗中予以转化或化解。其精明，其老于世故如斯，真为一根筋的西方人所艳羡啊！

第三个等式：时间＝空间

尽管，爱因斯坦相对论已揭示出在“光速”共尺之下时、空的依存性，并由新近证实存在的“引力波”填补了“时空弯曲”的最后一块拼图。但在人类肉身感知和经历的现实世界里，时间毕竟还是无可挽回地呈线性流淌着。对人类自身来说，可能达到光速唯有内心的意念。本雅明写道：“普鲁斯特不可思议地使得整个世界随着一个人的生命过程一同衰老，同时又把这个生命过程表现为一个瞬间。那些本来会消退、停滞的事物在这种浓缩状态中化为一道耀眼的闪光。”我大胆猜想，这恰恰就是与死亡进行对峙、共生的普鲁斯特所感知到的时空。他如果能成为文学史上绝无仅有的“特例”，必定出自于其在剪辑、聚集、拼接、组合，实现对时空的再造时的“谜一般”的无意识。时间浓缩、然后裂变，重构为一个繁复交错的空间。这就是普鲁斯特的时空蒙太奇（Montage)。只有在空间里，回忆（时间）才能获得了巨大的能量，从而产生剧烈的冲突、碰撞和裂变。也只有在空间化之后，时间才能呈现出巨大的密度。然后呢？然后，在自我满足

中获得慰藉，归于平静。“一切有为法，如梦幻泡影，如露亦如电，应作如是观。”（《金刚经》偈语）

小宇宙诞生了。

灵感与筛眼

灵感。虽有意实无心，我自忘其为我。旧译为“烟士披里纯”（inspiration）。梁启超谓之“发于思想感情最高潮之一刹那顷。”五四时期文人常以直接入诗。为示高雅，有点用滥！大概是林语堂翻作“灵感”？不知道。反正“幽默”（humor）是他译的。

筛眼。筛子，是农家日常用品，过滤之器。“眼”很要紧，筛子没眼，就是簸箕了！虽能盛物，而不分秕谷也。传统相声里说“有眼的就响！那筛子都是眼，怎么不响啊?!”

呵呵！这是俏皮话。真有心“眼”，就不响了。

人物皆通，灵感亦然。

破译灵犀的密码

整整二十年前，当我进入大学校报记者团之初，曾花费很多时日琢磨一个问题：同是一篇文章，为什么写在纸上，和印成铅字，读起来的感觉是完全不同的？后来，我自悟：文字是有节律，有色彩，有活性，有质地，有温度，有生命的。铅印，赋予了文字呈现以上特性的“形质”。当你用心感知和揣摩，突然间能够“形质”上读出这些特性，如破译密码般的顿悟，即是“灵犀”。一旦灵台乍现，豁然开朗，调动字、词、句，不再困扰。从此，文思如泉汩出，行云流水，任意所至。更重要的是，一旦贯通，技巧的运用，亦如臂使手，灵活自如了。什么占有材料，分析材料，去粗取精，由表及里；什么打比方、举例子、做比较；什么以上统下，总分结合，统统都有了！

打个比方。江南七怪教了“傻小子”郭靖十几年的功夫，却连个“黄河四鬼”都打不过。而马钰道长传授了几句吐纳气息的口诀，睡觉打坐的法门，便突飞猛进。后跟从洪七公学降龙十八掌，更是一日千里，真可与欧阳克比肩了。后来更是什么“武艺”（技巧）都能学：九阴真经，一阳指，空明拳，左右互搏，天罡北斗阵法……同样一个人，反差这么大，何故？因为江南七怪只硬行灌输“技巧”，根本连什么是“功夫”，都没有悟到——那层窗户纸还没捅破呢！

所以，结论是：郭靖是有习武的天分的。所谓“傻”，是璞玉未琢的状态。这样的材质，落在江南七怪的手上，真毁了！

字匿灵性

沈从文在西南联大教写作课，讲来讲去，就两个字：组织。又补充了一句——苦心孤诣的组织。汪曾祺回忆说，沈先生不喜欢讲什么结构啊，布局啊……其实，沈从文最讲结构。沈的小说，题材广博，篇幅紧凑，却绝不雷同，给人出乎意料的感觉、愉快的惊奇，这就是结构。或者如傅正义先生说的“加强结构”，所谓“组织”云云，说到底，无非是有灵性的结构。

从某种意义上而言，“组织”这个词，更像是汪本人的创作感悟和总结。他

倒是不怎么讲结构！所以，他的大部分小说，如读篇幅略长的优美散文。（当然，这也是他的小说写不长的原因）

马尔克斯说过，一个小说家看其他作家的伟大的作品，更像是拼拆玩具，不断分析和拆解小说的结构缝合之处，并重新拼装起来。海明威作品的精妙、严谨之处就在于其结构明晰，“螺丝”外露，可严丝合缝地重新拼装。更重要的是，马尔克斯意识到：在海明威那里，结构甚至决定了词句。由此你会发现，有限视角，“八分之一”理论，“电报体”，从文体，到语体，都被打通了。这就是结构决定叙述。产业经济学中有个经典的范式，叫“结构——行为——绩效”（SCP）。看来，这个理论同样也适用于文学创作。

那么，问题来了。为什么结构之于叙事具有如此重要的决定性？其实，说穿了也好理解。自古典时代提出关于“人”的根本命题后，我们所能做的，不是回答问题，而只是不断地重复（讲述）命题！只是从不同的角度，以不同的组合方式重新提问。

结构，赋予了人类认知和叙事以简洁而有力的自信。同时，也让人类的认知止步于结构。倘若有天才的作家试图突破结构所能容纳的极限，势必崩溃，如海明威；聪明者，会有意地务实地忽略或容忍，如博尔赫斯。

讲述伟大的故事，必有一颗伟大的灵魂！

自然中之物互相关系，互相限制。然其写之于文学及美术中也，必遗其关系限制之处。故虽写实家亦理想家也。又虽如何虚构之境，其材料必求之于自然，而其构造亦必从自然之法律。故虽理想家亦写实家也。

——（《人间词话·卷上》，第5则）

纳博科夫对文学的论述，可做上半句之一注脚。纳氏一直认为现实主义是一个伪名词。他说：“文学是创造，小说是虚构。说某一篇小说是真人真事，这简直是辱没了艺术，也辱没了真实。”纳博科夫反复重申：“任何一部杰出的艺术作品都是幻想，因为它反映的是一个独特个体眼中的独特世界。”

另一方面，理想家亦是写实家，何解？简单得很。习以为常之“常”也！

书里的人性之密

多年学海浮游，书，读了一些，却不敢言“多”。在高中读文科班时，有一回，班主任请校长到班上来做演讲。校长开口就讲：“我读了很多书……”云云。等校长走后，班主任（他是语文老师）却哂道：“一个人怎么敢说自己‘读了很多书’呢？能做到‘读书不多，识字不错’，就不错啰！”这句话，我至今记得。

自夸读书多，是不明智的。岁月遽增，对读书的感想，却也不免常常涌现。有时，是若有所悟；更多的时候，是困惑。现在，我已经承认：书，是知识的载体，却并非通向智慧的唯一阶梯。知识，有迹可循，勤奋为径。有了互联网，资讯更是唾手可得；智慧，却如羚羊挂角，无迹可寻。何况“人情练达即文章”，人情乃无字书，可遇不可求的。智慧，借用佛家语，实为“求不得”。

《庄子》里有一句话，“吾生也有涯，而知也无涯。以有涯逐无涯，殆已！”这位天才的绝对主义者，放弃了“求”，也厌恶了“追逐”，旨寓人要适可而止，顺其自然。但若反其意，似乎可以说，以有涯之书尽无涯之生，不亦宜乎？读书，不在乎多，在乎是否与人生与情感发生关联和共鸣。试想：国破山河命运多舛劫波渡尽后，才感“马上相逢无纸笔，为君片语报平安”龙钟泪下的悲恸之深；两鬓斑白身世飘零背上空空行囊踏上羁别多年的故乡时，才知“近乡情更怯，不敢问来人”的踌躇恐慌之深；登临送目看万里江山无限千里澄江如练一扫胸中块垒之际，才觉“会当凌绝顶，一览众山小”的胸襟气魄之大。一旦书本上的文字与个体的生命体验纠葛、揭臬，甚至互为表达，那震撼心灵的书本，连同书本上的文字，便瞬间鲜活，灵动，生动起来。伟大之书，与个体的人生一起成长，共呼吸，同命运。这样读书，也就读出了隐藏在字里行间的人性深处的秘密。

这样的书，是不多的！

书有体、用之分。体者，道也；用者，器也。孔子说“君子不器”。（《论语·为政》）《易经·系辞》更说：“形而上者谓之道，形而下者谓之器。”器，器皿。引申为一技之长，一业之专，营生的职业技能。其弊在一个“囿”字！故为君子所不取。若志于道，致良知，则可以持经达变，抱一应万，天道与本心一也！在这里，智慧联通了天道与人事，可与天地合其德，与日月合其明，与四时合其序，与鬼神合其吉凶。更可臻至大儒张载所谓“为天地立心，为生民立命，为往圣继绝学，为万世开太平”之境。

在此意义上，试举例譬喻。

黄仁宇先生的《万历十五年》，无论于八十年代知识界启蒙，或为社会大众鉴古知今作讽语，影响艰巨。“大历史观”“数目字管理”“道德代替法律”……等等诸语，开风气，启民智，蔚为大观矣！其著作主旨，一言以蔽之：“当一个人口众多的国家，各人行动全凭儒家简单粗浅而又无法固定的原则所限制，而法律又缺乏创造性，则其社会发展的程度，必然受到限制。即便是宗旨善良，也不能补助技术之不及。”故《万历十五年》所暴露的乃是中国传统社会晚期结构问题，或清、或民国甚至于近现代一直悬而未决。以笼统的道德观点甚至是治世方针代替法律，只能使之教条般越来越僵硬化，最后成牢笼之枷锁。而中国近百年来之社会变迁，地覆天翻，好像一条长隧道，身处于黑暗之中，不断向光芒奔跑。这一持论，似乎又可以于唐德刚先生之“历史三峡论”相轩轾，大可深研。

然而，这仍是“器用”之书。

《万历十五年》，当以黄先生自传《黄河青山》参照读之，方乃通晓世事维艰，异域苦难。

黄仁宇以戎马倥偬，投笔从戎，中年赴美，攻读历史学博士学位。文化差异，语言隔绝，思乡寂寞，时时袭扰着这个倔强而敏感的湖南人。更因学术范式之故，欧美学界对其研究始终歧视排斥。甚至，一度取消其教职资格。《万历十五年》始以英文写就，却备受冷落，无人问津。直到1981年，才由耶鲁大学出版社印行，数不过几千。可以说，《万历十五年》，从某种意义上，就是黄仁宇的《太史公书》。他是预备要藏之名山，以待来者的，风行两岸三地及华文世界，则是后来的事情了。许倬云先生读《黄河青山》，几度洒泪。他说：“这就是一本《华工血泪史》!”

又譬如国学大师钱穆先生的《国史大纲》，著于抗日战争时期。在战火纷飞、国破家亡中，钱穆先生随国立西南联合大学辗转大半个中国。在云南昆明岩泉寺，钱先生以一己之力对中国历史进行了全景式的梳理、考证和写作。当时，生活窘困、物资紧缺，以及内忧外患，八方风雨，俱到笔端，浸透着著者对中国前途与命运的思考。如钱穆在《国史大纲》引论中所说："治国史之第一任务，在能于国家民族之内部自身，求得其独特精神之所在。"他预言着"抗日战争是中华文化的伟大复兴!"毋宁说，《国史大纲》是一部苦难深重民族的生命史、精神史。

格局所展开的，是生命的可能性。著书，如此；读书，亦如此。

马克思在《1844年经济学——哲学手稿》中写道："历史本身是自然史的一个现实的部分，是自然生成为人这一过程的一个现实的部分"。"大历史"，是人生的壮阔。历史意识，也是生命意识，从中可读出书里的人性之密。

书的杂感

余英时的《朱熹的历史世界》四十几块钱的时候，想买，嫌贵！六十几块钱的时候，更嫌贵！现在，听说精装版卖到八十多了！有些书，即便好书，如不是专业研究之用，就不想买了。毕竟，人的时间、精力和金钱都是有限的。

许倬云，2007年稍后时，看的多，《从历史看管理》系列都买过一读，《万古江河》买而未读。《谈世变》之后，觉得他的书大多是讲录，口水太多，且有点卖老之嫌，没有意思！真做学问，还是年富力强时的事啊。

对于黄仁宇先生的书，追的时间更早。如《中国大历史》《赫逊河畔谈中国历史》等。经典的《万历十五年》，更是多年的枕边书。几乎换一个城市就买一本随身。但真正地热切阅读，却是在大学三四年级和毕业后一两年间。记得2001年夏天，还专门骑自行车到山西路新华书店买了他的回忆录《黄河青山》。以近十年的心境，黄的著作，业已多年未再看，或谈得多，看得少了。

孙犁先生在《耕堂读书记》（十种）中曾说："时间久了，对书的感情就淡了!”也可能正是由于这个缘故，客居京华的三年多，读得最多的，就是他这样淡白如水的谈书的书。

本来计划好了春节假期要读复旦大学樊志树教授的《晚明大历史》，但年根前在京东下单的书，到放假都等不到手。还是在现成的书里面找一本买而未读的书来打发一下吧。遂暗下了多年的决心：书，要少买多看！不过，我的老领导郭总曾经说过：“买书，就像买海景房。海，在那里就好。也不必天天盯着看!”此论，于我心有戚戚焉。

按书索食

2004年夏天，我在北京工作，住三元桥里。同屋有个小伙子，不工作，也不出门。他牙不好，整天就待在家里，写毛笔字。有一天，我在楼下小排档吃饭，碰见他，“来一盘熘肝尖”。于是搭一桌吃起来。他告诉我：因为看了《许三观卖血记》，喜欢吃“熘肝尖”了。

这是真的。我因为读了叶圣陶的《故乡的莼菜》，1998年第一次去杭州，特意点了莼菜汤！这东西味道怎样呢？说实在的，一般！

书上写的美食，毋宁说是文字的蛊惑。譬如南京人喜欢吃芦蒿，这是大苏的名句“蒌蒿满地芦芽短，正是河豚欲上时。”据说，应时的野生蒌蒿能卖到三十多元一斤。蒌蒿清香，宜清炒，若配点干丝，好极！但若没有这两句诗，它固然是美味时蔬，也必定少些许文化上的嚼头。

读《腐败的苹果》

约莫三四年前，我读到了两不堂主人的大型组诗《腐败的苹果》的手稿——那是一本记着潦草字句的蓝色笔记本，硬纸壳的封皮上印着“扬子冰箱”的字样。我还亲聆诗人朗读过其中的一些片段。

我惊异于诗人竟然捕捉到了这样一个奇妙而饱满的意象。腐败，是状态，也是过程。这就更具张力和叙事性。它（腐败）规定了某种无名的状态，更刻画出一个简单又繁复的过程。

我惊异于诗人的丰富想象和铺张笔力。作为一个文字的践行者，我深知，用一个标题写一首诗，和用一个标题写十首诗，写一百首诗，是何等的差别！量级，是一根坚硬如铁的楔子。巨大的量级，会榨干你脑海记忆所及的每一个字；会挤出你身体能提供氧份的每一滴血。更多时候，量级，意味着空白。空白。一切的一，空白如纸。

这诚然是一次艰辛的精神跋涉。我惊异，表达的渴望，如此之大。以至于引诱诗人如此步履维艰却无比幸运地穿过了文字与思维的火线。因此，我不惮于宣称，这是诗人的巨制。这巨制，只是属于自己，不属于他人，不属于文学史，彻底一点地说，从来就没有什么作品属于供人观瞻的历史。

诗人在第九十二首中写道：“啊！从腐败的事物中，我们看得出，一切内心都与它的世界相对应”。从这个意义上，用九十九首同题的诗歌，为一颗腐败的苹果写下深刻的挽歌，镌刻悲欣交集的墓志铭，毋宁是一场身心俱疲的自我救赎。

在这些或灵动，或苦涩的诗行中，有上帝，有牛顿，有如如不动的佛陀，有老庄，甚至有杜勒斯，有爱，和爱的纠葛。在这些诗行里，你能轻易地读到阴郁的波德莱尔，读到宗教般虔诚的里尔克，读到无法直面的衰亡，读到迷陷于色声香味中不可自拔的颓废。但诗人似乎更巧妙些，更潇洒些。诗人善于消解一切可能的尴尬处境与无谓冲突。

诗人在自由地漫步！

“踏破铁鞋无觅处，得来全不费工夫”，到最后，到最后的最后，诗人终于义无反顾地重返自身，在肉与灵与笔墨之间隙，寻觅到了安宁。即使，我们都明了：这安宁，只是片刻。

许渊冲译唐诗

FISHING IN SNOW
From hill to hill no bird in flight;
From path to path no man in sight.
A　lonely fisherman afloat;
Is fishing snow in lonely boat.

江　雪

千山鸟飞绝，
万径人踪灭。
孤舟蓑笠翁，
独钓寒江雪。

——柳宗元《江雪》，许渊冲翻译。

2014 年 8 月，94 岁的许渊冲获得“北极光奖”——翻译界的诺贝尔奖。

他游刃有余于中英、英中、中法、法中四种类型翻译类型。并“大言不惭”地声称：翻译要和原著竞争！是为翻译“竞争论”。故其译笔常独出机杼，意趣盎然。

他独力翻译《诗经》《楚辞》《西厢记》《唐诗三百首》等典籍，堪称“20 世纪下半叶典籍翻译史上的丰碑”。

他是国立西南联合大学外文系1938级硕果仅存的几位老人之一。与杨振宁、王希季、何兆武等人同级不同系。

他心怀坦荡，口无遮拦，乃狂狷之士。才气纵横，少年狂放，愈老弥辣。

他评价自己留学法国的意义：“假如我也去了美国，20世纪就不一定有人能将中国古典诗词译成英法韵文了!”即使对法语翻译界的泰斗傅雷，他也认为并非不可逾越：“可以拿我的《约翰·克里斯朵夫》和他的比，随便摘10段出来，我不怕!!”

他对与西南联大的学长王佐良之间的争论耿耿于怀：“他认为我是错的……从1992年一直到1995年王佐良去世，《中国翻译》从来不登我的文章!”

一九四零年代，陈纳德“飞虎队”来华，国民政府官员的欢迎辞中有“三民主义”，一时不知如何翻译，硬译为 nationality 更不知所云。此时，许渊冲起而大喊：of the people，for the people，by the people!“民有，民治，民享”。此种意译法，与他的老师钱钟书先生将《毛选》中“吃一堑，长一智”翻译为 A fall into the pit，a gain in wit 有异曲同工之误会。

2004年，杨振宁和翁帆结婚。许渊冲给老同学赠诗：“二八佳人七九郎，萧萧白发伴红妆。扶鸠笑入鸳帏里，一树梨花压海棠。”狂作文章信手书，这大抵是西南联大的底色。

庄子的爱情观

“泉涸，鱼相与处于陆，相呴以湿，相濡以沫，不如相忘于江湖。”

——《庄子·大宗师》

呴，音 xǔ。呼吸，吐气。

白话翻译如下：泉水干涸了，原先在水中嬉戏的鱼都被搁浅在了陆地上。它们快要死了！

两条鱼，为了生存，彼此用嘴里的湿气呵护着、吐出的泡沫濡湿着对方，相依为命。

鱼儿啊！与其在死亡边缘苦苦挣扎，还不如当初就在江湖的沧浪之水中，各自游弋，互不相识。

善良的人们，大抵不知道后半段故事，或者说，不愿意知道。可以理解，这都只是对美好的向往罢了。

庄子则不然。他定要戳破一切不切实际的美好！正如鲁迅所言，悲剧，就是把美好的东西打破了给人看！

在这一则《大宗师》里的寓言里，庄子保持着一贯理性的冷静和淡漠。但这近乎无情的冷酷背后，恰就是一个真性情、热心肠的庄子。“相忘于江湖”，是历经百劫千回后，情的无助，爱的哀叹；是怜悯！是悔恨！是绝望！与其这么痛苦的患难着真情，不如根本就无情、忘情。

《红楼梦》中，贾宝玉喜聚不喜散，他是但愿长聚不愿散的；林黛玉则喜散不喜聚，所以不喜聚者，是惧怕“聚后的散”，与其散了更难过，不如干脆不聚，反倒干净、彻底。林太多情，反是因爱而冷，因情而惧。就这一点而言，林黛玉是庄子派！

《神雕侠侣》里，由情入魔的李莫愁，身中情花剧毒，焚身以火。她在堕入万劫不复的深渊时，尤唱着“问世间情为何物?”。是为情障！而解除杨过情花之毒的，恰是无情无欲无求的天竺神僧找到的“断肠草”，此为相生相克之道也。

小龙女能在绝情谷底独居十六年之久，也是重新修炼无爱无嗔无欲的“玉女心经”，方才熬过了漫长的幽闭岁月！多情、忘情，孰知之?

很多年前，我的一位老师曾告诉我：超出自己的能力去追求爱情，是不会幸福的！

他也是一位勘透生活的智者。

世间已无黄仁宇

2000年8月的一天，南京酷暑炎热。我骑着自行车，到山西路新华书店购买了一本黄仁宇自传《黄河青山》。——这是三联新出的黄的遗著，由张逸安翻译。半年前，黄在美国纽约的家中逝世。我是从《南方周末》上读到上述新闻的。那时候，我刚离开大学，蜗居在堂子街北头一个老旧狭小的小区，还保持着校园的习惯——买每期的《南方周末》，读《万历十五年》。偶尔，晚饭后散步到马路对面的南京中医药大学图书馆去听听讲座。

第一次读到黄仁宇的《万历十五年》，是在1998年暑假留校。清早，携一卷书，去鹏程园，坐在B阶梯教室门口的台阶上晨读。时间差不多了，就去食堂早餐。午后，骑一辆破自行车，去黄家圩（wéi）一片的居民小区，转悠，爬楼，逐户派发一种清洗布的样品。因为害怕雇主抽查，我每次都爬到了顶楼。（后来结算，挣了两百来元，我和同宿舍的广东小蔡坐着绿皮车去爬了一趟泰山。）晚上返校，在水房冲完凉，到二号楼下的学生会办公室看电视。那里有电和电风扇。半夜摸回漆黑溽热的宿舍，彻夜难眠中，用一台小收音机收听法国世界杯——在那场万众瞩目的决赛中，罗纳尔多全场梦游！我记得，那年夏天，是南京历史上少有的酷热。

以上情节，曾屡次出现在我诸多回忆大学生活的文字中。这是因为，在这个夏季，在这个躁动不安茫无目的的夏季，我清楚地意识到了自我成长的蜕变，清晰地听到了精神拔节的“噼啪”声！读书。打工。追剧。听球。在无所事事的散漫中，我觉醒了。我获得了对文字的领悟。

如此不厌其烦地讲述往事，与阅读黄仁宇有什么关系呢？在我看来，这是理解黄仁宇及其《万历十五年》的密钥。说到底，黄仁宇的历史观，就是一种家国情怀与个人羁旅交织下的人生领悟。这从根本上就决定了：黄的文论，是历史，也是生活本身。是学理，也是情怀抒发。是反思，也是人生独白。黄仁宇本人曾这样解释他的历史观的来源："大历史观，不是单独在书本上可以看到的，尤其不仅是个人的聪明才智可以领悟获得的。我的经验，是几十年遍游各地，听到不同的解说，再因为生活的折磨和煎逼，才体现出来的。"

让我们再一次简略概述一下他的人生履历与学术观点：

少年意气，国破山河，投笔从戎，远征滇缅；中年维艰，负笈海外，备尝辛苦。与廖沫沙、田汉历患难，从费正清、李约瑟学明史；执教蹉跎，晚年暴得盛名。盖棺论定，书生本色，军阀气息，不拘烦琐，大块文章，从心所欲，出入学术之间，行走东西文明，游刃于有余地之间。如椽大笔，抒写的竟是跌宕起伏的人生。

因此，《万历十五年》不是一个书斋学者所写出来的作品，而是融入了作者本人奇特经历和深刻感受的作品。此书与其自传《黄河青山》相互参看，能更为深切地体悟宏大历史与个人生命之间的交织、纠葛与融合。故国神游，蓦然回首，醉里挑灯看剑的豪气已黯淡成了灯火阑珊处的怅惘！

在历经枪林弹雨劫难的国民党下层军官黄仁宇看来，现代中国的痛苦起源于明代，落后的管理模式与官僚集团，使财政无法核实、军事积弱不振、法律丧失效用，只能依靠散漫的村庄、低效的文官、空洞的道德支撑一个臃肿帝国。

中国是什么？黄仁宇说，中国曾是"潜水艇三明治"，上面一块长面包，是大而无当的文官集团，下面一块长面包，是涣散无组织的千万农民。其中，是三个道德原则，即尊卑、男女、老幼；没有一个涉及经济及法治和人权，也没有一个可以改造利用——此种说法流传甚广，为人津津乐道。

《万历十五年》英文书名是《1587—A Year of Insignificance》（1587 年，一个无关紧要的年份）。在国祚 276 年的大明王朝，这一年的确是无关紧要的。然而，在黄仁宇眼中，这一年发生的许多琐细的小事，却如大风起于青萍之末一般，成为帝国走向崩溃的前兆：在大明国内，张居正、海瑞与戚继光先后故去；在大明边境，努尔哈赤在东北崛起，兴宫室、立法制；而在遥远的欧洲，西班牙无敌舰队即将出征英国，揭开世界历史的新篇章……就在这毫无特别的一年，中国社会平静表面下的暗潮涌动，决定了这个伟大帝国数百年后的惨烈没落！远远地回望历史，这 Insignificance 就有了浓重的嘲讽和惋惜的意味。

在黄的著作中，"大历史"是一个屡被提及的词。黄仁宇认为：惟有大视野才能见到大历史，整个中国的历史，不是孤立的，而是有它的内在规律和联系。

总的来说，“大历史”是要求从宏观视野去把握历史，不拘泥于细枝末节，在世界历史的图景中去诉说特定朝代的更替演变。

大历史（Macro-history），“数目字管理”，道德代替法律，“潜水艇三明治”，历史的长期合理性……在学术意义上，这个概念体系是否经得起推敲，史实细节是否精准得当，在黄在世时，甚或在他逝世十八年后的当下，始终是一个充满争议的话题。

我注意到，在黄的百年之际，历史学界集体保持了沉默。反对者的意见，大致如下：“从一个学人的角度，黄仁宇由大陆而美国，由军人而教授，其个人的学术苦斗值得我们同情；但从纯学术的角度，他对历史学及相关社会科学的知识准备仍较欠缺，对历史的体认往往先入为主，其史学实有严重欠缺，他也不为美国主流学界接纳。”（胡文辉语）

甚至流传着这样的故事：八十年代，当黄的著作如石破天惊溅起千层浪时，有人问自己的导师、一位颇有权威的老专家“黄仁宇怎么样?”专家淡言：“他不过是一个记者。”

我以为，孰料这鄙薄之言，却无意道出了黄仁宇学术的真谛!

黄历来主张把局部历史纳入整个大历史的生产演变中，坚持观察者介入历史进程的同时，把握历史中的空间互动和故事性，是给人一种“历史切身感”。

在黄看来，如果抽掉具体的、感性的东西，历史将变成可疑的概念和符号，和一堆教条!

新闻，是历史的底稿。

试读《缅北之战》的《八月十四日》这篇文章。黄仁宇如此写道：“军人的生活像一团梦，整个人生的生命又何尝不像一团梦!”这样的句子体现出了某种对生命的体悟。而在《拉班追击战》中，黄仁宇则描写一座桥下歪倒的一个敌人的尸体。“他的头浸在水里，他是一个大尉，旁边的树枝上晾着泡湿的地图和英日字典。”

——生命的真实，与历史的现场感。这难道不是黄仁宇的叙述魅力的动人之处吗？这难道不是人们发出历史之思的生命领悟吗？

太史公《报任安书》云：“盖西伯拘而演《周易》；仲尼厄而作《春秋》；……《诗》三百篇，大底圣贤发愤之所为作也。”历史学家们面对动荡时局，其孰人不心绪万千耶？

近代亦然。钱穆避难昆明，著《国史大纲》；范文澜于延安窑洞中，写《中国通史简编》；吕思勉在上海“孤岛”，撰《中国通史》。陈寅恪困寓香港，读《建炎以来系年要录》，对南宋国破、汴京被困这段史事“忽豁然心通意会”，他说“平生读史四十年，从无此亲切有味之快感!”相比之下，身为国民党下层军官的黄仁宇，比之史学前辈们，更深地扎根在了“历史现场”。

从这个意义上，历史，只是“思垂空文以自见”，这岂不正是历史之于人的意义吗?

“在孟拱河谷这个清爽的四月早晨，蝴蝶翩翩飞舞，蚂蚱四处跳跃，空气中弥漫着野花的香味。而这名上尉的双语字典被放在矮树丛上，兀自滴着水。”多年之后，写下这段话的黄仁宇，已成为“赫逊河畔谈中国历史”的老人。

2000 年 6 月 1 日，在校报上发表了大学时代的最后一篇文字《我有三个感动——读黄仁宇〈万历十五年〉》后，我便收拾起青春的行囊，匆匆离去了。

此后，书剑飘零，辗转各地。每一处客居中，都买一本《万历十五年》，作为枕畔之书。它让我在羁旅之中时时想起“深巷明朝卖杏花”的烟雨江南。

我的书架上，集有不同版本的《万历十五年》，上面沾满了岁月的痕迹。其中，一本 1982 年的初版，扉页上有廖沫沙的题签。这是十多年前，从教中国经济史的张士杰教授那里借来的。

什么时候，我能携书以归?

文学二命题

命题一：一切文学都始于通俗。

胡子曰：《诗经》，只是氓隶劳作的号子“杭育杭育”（鲁迅语）；楚辞，只是楚地俚戏和巫师的呓语；宋词，只是士大夫们花间柳丛轻薄的应酬；元曲，只是勾栏酒肆的杂剧；明清小说，更只是走卒贩夫的市井说唱；即便光华万丈的唐诗，亦不过是那个伟大时代中，行人羁旅的一声叹息，官员宦游的几句愤懑，将士风雪边塞的一段豪言，抑或戍边的愁苦……何曾有作诗的刻意？更何曾有职业的诗人？或许，也正是这“绣口一吐”的随意、洒脱，方成就了气象万千、瑰丽辉煌的半个盛唐！

所谓“成为经典”，只是一个制作标本的过程。一旦树为楷模，供入庙堂，成祭祀的牺牲，便已然风干，枯竭了茁壮成长的动力，丧失掉鲜活明丽的生命！

经典，不必刻意为之；生命，何妨顺其自然。

命题二：一切文字都是苦中作乐。

“满纸荒唐言，一把辛酸泪。都云作者痴，谁解其中味？”一语道出了文学与苦难的依存关系。李白，如果供奉翰林安逸做个点缀太平的宫廷玩偶，估计也喊不出“安能摧眉折腰事权贵，使我不得开心颜”；杜甫，若非断绝了周济，又于苦秋中遭逢狂风暴雨，大抵也不会许下“安得广厦千万间，大庇天下寒士俱欢颜”的宏愿；南唐后主，词之“境界始大”，转折于国破家亡“故国不堪回首月明中”，否则，也不过是太平天子的浮华才情；关汉卿，中国最伟大的戏剧家，若不是蒙元的种族歧视政策使其颠簸于底层勾栏，想必也无法写出指天骂地的《窦娥冤》；曹雪芹，批阅十载，增删五次，于茅椽蓬牖瓦灶绳床间书写的“满纸荒唐言”，尽是当日的锦衣纨绔饫甘餍肥；蒲松龄，一辈子无缘功名终老泉下，成就的是文学世界里瑰丽魔幻的人鬼情缘。一切文学，都是有感于衷而后发焉！

司马迁说：“文王拘而演《周易》；仲尼厄而作《春秋》；屈原放逐，乃赋《离骚》；左丘失明，厥有《国语》；孙子膑脚，《兵法》修列；不韦迁蜀，世传《吕览》；韩非囚秦，《说难》《孤愤》；《诗》三百篇，大抵贤圣发愤之所为作也。”

幸，与不幸，孰知之？

戏为春雪赋

一夜春雪疾，大地皆白。玉屑盈天，素妆华宇，何其壮也。雪凌挂树，寒梅吐蕊，助其兴焉。时艳阳初升，晨风清冷，胡子坐于明窗净几前，所有所思。

虚无子进而言曰：你又不拍照，不发朋友圈，难道有什么想法吗?

胡子笑而不答，所想非想，亦非非想。飞雪迎春，瑞雪人丰，皆自人者观之。君知春雪之思否?

虚无子率尔而对曰：雪，是水在空中凝结再落下的降水。降水分两种：液态，是雨；固态，是雪或雹。雪，不过是一种自然现象，怎么会有思想呢？胡子又在开玩笑了！哈哈！

胡子正色，哂之：子何知！《韩诗外传》曰“凡草木之花多五出，雪花独六出。”草木无情，故草木之花，皆五出；而水，乃生灵之根源，万物之母液，孕育一切有情众生，故水之花，独六出也！故人有五情：喜、怒、哀、乐、怨。雪亦有之。是为喜雪、怒雪、哀雪、乐雪、怨雪。

虚无子瞠目曰：还没有听过这么新鲜、有趣的话，你说说看！

胡子曰：今方得之，缘尽还无，何喜之有。得失从缘，心无增减，喜风不动，冥顺于道，又何必言！

虚无子曰：别卖关子了。你就快说吧！

胡子曰：今为汝试言之。人喜则斯陶，雪喜则妖娆。大雪飞扬，婆娑纷霰，因风而动，沉降之机，勃勃而生焉。遇山则白，遇地则无，遇木则挂，遇水则溶，快雪时晴，佳想安善。其喜洋洋者矣！怒雪者，如战马嘶吼，如刀丛剑戟，如万毫齐发，如骤雨横飞，如猛虎出山，声势夺人；如斗龙在天，鳞甲乱舞。此“飞起玉龙三百万，搅得周天寒彻”之谓！又如烈士出征，天地为之动容，江河为之变色，情发乎中而出乎外，不可遏制，咄咄然上冲冠者也！

虚无子慨然曰：噫！壮哉！那么，什么是哀雪呢？

胡子曰：雪亦哀也！若夫雨雪霏霏，商旅不前，杨柳依依，乡关何处？感怀伤人，岂不哀哉？又哀感顽艳，沁入肝脾者，何及《红楼梦》中之大结局，大终了。好一似食尽鸟投林，落了片白茫茫大地真干净。“明露一语道惊寒更披霜华无数”，此不为天地间一大悲哀？

虚无子愀然：算了！你还是给我说点开心的吧！什么是乐雪？

胡子曰：乐有二：独乐，众乐。独乐者，或栖雪于山野幽径处，宜寒江独钓雪；或息落于小院徘徊时，宜与饮一杯无？众乐，则长城内外，大河上下，万山层林，装点此江山，今朝不胜看！

虚无子笑道：有点意思！

胡子曰：然则，谑雪如何？

虚无子曰：又玩什么新概念？

谐谑之雪，在物而不在雪。“天地一笼统，井上黑窟窿；黑狗身上白，白狗身上肿。”

虚无子笑道：你这是承袭旧句，了无新意嘛！

胡子曰：通篇不着一“雪”字，而雪之形神跃然，此因缘而起，见心明性之大道也！

虚无子曰：好吧！那你说说看，什么是怨雪？

胡子曰：怨者，恚也。其志不得伸，其才不得展，其境不能随心而转，故生怨也！此雪，常托物言志。其最著者，“驿外断桥边，寂寞开无主”是也。幽怨欲绝，何逢于时？故雄主变其词，反其道而用之！更大抒豪迈、乐观之胸襟：梅花喜欢漫天雪，冻死苍蝇未足。如再生怨，则为虫豸也！故雪宜如人，求仁得仁，又何怨焉？

虚无子曰：这说了半天，您喜欢雪吗？

胡子曰：喜怒哀乐之未发，谓之中；发而皆中节，谓之和。中和，天之大本道也；雪，天之诸相也。吾固知诸相非相，然若以实在观之，吾从“中雪”“和雪”也！

于是，胡子与虚无子相视而笑，拊掌，不知雪之止矣！

白眼与青眼

眼睛比嘴巴更容易泄密。孟子曰，眼睛是心灵的窗户。他说过："听其言也，观其眸子，人焉廋哉?"这是作为一个观察者的心理学家顶高明的洞察。反过来，以表达者角度言，眼神毋宁是一种主动的叙说方式。英文中，"眼神" expression in eyes，直译为"用眼睛表达"。无声而有意，不露而传情，眼神，其实是一种更含蓄、更深沉，因而也更生动的情感表达方式。

在众多眼神表达中，有一种在冷酷外衣下热烈的情绪外泄，堪称"杀器"——那就是"青白眼"。

青眼，是正视的目光，对人敬爱有加。白眼，是斜视或上视的目光，与人目不交接，只以睛白相对，其不屑一顾之态，何其淋漓也!

作白眼时，须黑眼上翻，故又称为"翻白眼"。历史上，翻白眼最有名的人，是魏晋时"竹林七贤"之一的阮籍。《晋书·阮籍传》载："……籍又能为青白眼，见礼俗之士，以白眼对之。及嵇喜来吊，籍作白眼，喜不怿而退。喜弟康闻之，乃赍酒挟琴造焉，籍大悦，乃见青眼。"对于这位狂狷的阮先生翻白眼技术，史籍称之曰"能"。

读者们一定很讶异：阮籍的母亲去世，嵇喜吊唁致哀，却遭到阮的白眼，只能灰头土脸地撤了。嵇康携琴歌酒相贺，却受到青眼有加的待遇。何故？其实，这里头有一个层次问题。魏晋风度所标榜的，是不拘礼节、率直任诞、清俊通脱的行事风格。譬如，刘伶醉酒之后，裸袒于屋中，人问其故，他说："我以天地为栋宇，屋室为裈衣，诸君何为入我裈中?"讥骂别人钻进了他的裤裆里。又如，"建安七子"之一的孔融，对于母子关系的言论，可谓骇俗。幼时让梨的孔融，却主张：母子关系如瓶之盛物一样，只要瓶内的东西倒出了，母亲和儿子的关系就算完了。("子母无情，物出瓶离!")

明白了?!

名士们玩的是特立独行的行为艺术，您一本正经地礼尚往来，就“俗!”就活该遭鄙视、受轻蔑。奸雄如曹操，便受不了这种轻蔑，用“不孝”的罪名将孔融杀掉了。

鲁迅先生说过，最高的轻蔑是无言。如论，则最高且最安全的轻蔑是无言的白眼，所表达的情绪——绝杀！据心理学家说，在发起轻蔑的那一方，内心深处拥有着比被轻蔑对象更优越更高尚更光伟正的良好自我感觉和无声的高调。有的人，钦慕魏晋风度，说，若能生于斯时，近“七贤”们交而往之，宁愿受尽白眼，也是一种幸运和幸福。

活该!

晨　练

小区里的广场上，一群老人家在晨练。

练太极拳的人少，时间也短；打乒乓球的人多，要轮流排队。打的时间也长。有的人，能打几个小时，而不疲惫。

我问：张阿姨，这是为什么?

张阿姨说：两个人对玩的活动，时间长!

我问：这是为什么?

张阿姨：因为对玩有输赢。输的想赢，赢的想再赢。玩起来，不能罢手，时间就长了!

噫！争胜之心，少而气盛，老而弥坚，何能息焉!

张阿姨曾是知青，天津人。现随子女居南京。我曾跟随她练习过三个月的太极拳。

异质的创新

五月的上海，春光正好。

清晨，沿小径往徐家汇公园。在一片浓荫掩映下，有座老旧的三层红墙小楼。这是百代唱片公司的旧址，还曾诞生过《风云儿女》的主题歌“义勇军进行曲”（后为中华人民共和国国歌）。

其时，风和日丽，绿树繁荫，桂香阵阵袭人。余坐小楼庭院中，清茶一杯，与客闲谈，煞是惬意。客者，丽兹·卡尔顿酒店厨师长，英文名 Richard，从事餐饮十余年，曾在多家星级酒店主理西餐厅。虽然，行业各殊，但一番交谈后，觉得物外看物，隔岸观火，反而更清澈、洞明，互有借鉴。

我向 Richard 介绍 Food Showcase 冰箱叠门设计，说：大块的整西瓜，放在里面储藏，益于长期保鲜；而切成块丁儿的西瓜，则可放在方便盒里，置于专门设计的美食窗的搁架里，随用随取。他听后，立刻回应道：这个在我们专业厨房中，称为“总化”和“量化”。譬如，大块的火腿，储藏的条件和方式，和切丁待用的火腿丁，是不一样的。一般来说，“总化”的食品，更大、更厚，需要更低温的存储，而“量化”了的食品，小而薄，温度就可以适当高些。Food Showcase 食品管理的设计方案，还是比较科学的。

虽然是第一次与专业的厨师接触，但《舌尖》的火爆，也让“火候”“刀工”这些烹饪名词耳熟能详了。不过，当一种技能或知识提升到概念层次，那种抽象的力量，还是很给人以启迪的。

余问：Richard，从你的经验看，中餐和西餐的差异是什么？

客答：西餐，是分餐制，人与食物的关系，是“一对一”；中餐，是合餐制，人与食物的关系，是“多对一”。

余问：这样的差别，对于中餐的创新，有何启示？

客答：中餐是很难一个人吃饭的。一个人没法点菜，不是多了，就是单一。我早有想法创意出一个人可以吃到多种菜的中餐烹饪方法。譬如，宫保鸡丁、鱼香肉丝，都做成一小份一小份的，一个人吃一餐也可以尝到七八种菜肴。而且，一旦分量变小，烹饪的火候、口味都有新的要求和变化。更重要的是，人与食物的关系改变了。

我说：嗯！有道理。我是吃饭“打游击”的人，一个人没法点菜，是深有感触的。其实，现在，越来越多人有分餐的需求。像煲汤、大鱼，也都要求服务员再盛小碗，或再分块。从一旦实行分餐制，必定是中式烹饪的根本性变革。

我没有使用“Paradigm change”（范式革命）这个词来形容 Richard 的中餐创新思路。但可以想见，如果是中餐厨师来创新中式菜肴，其思路大抵是：食材种类，火候控制，口味调试，或摆盘样式（如北京大董）……他们的所谓“创新”，其实更像是“改良”。他们是不会也无从考虑“人——食物”对应关系这样的根本性问题的。因为，在范式上，他们是“局中人”，而西餐是“他者”。中西餐差别，实际上，已经涉及“创新”中最重要的问题——对应关系，或者结构关系。

余拊掌而笑。闲谈“餐饮”，却导出了关于创新的两个重要法则：

一、创新意义上的“创新”，只能是结构方式的颠覆。此外，不是创新，是完善、是改良，是涂脂抹粉，是狗尾续貂。衣食住行如此，科技产品也如此。现在，人皆曰智能手机遇到了创新瓶颈。殊不知，就本质而言，从 2007 年第一代苹果手机诞生，智能手机的创新，就已经结束了。因为一旦“人机交互界面”的方式确定，智能手机的创新就已经完结，代际间的所谓机身厚薄、屏幕大小、应用程序，其实都已与创新无关了。甚至可以说，一种创新的出现，即是这种创新的结束。我们所能期待的是下一次范式的颠覆。

二、创新，也即根本性问题的提出，只能来自“异质”。正如中餐厨师想不到“中式分餐制”，发明智能手机的，也不是（功能）手机巨头，而是以拥有 iPod 这样以内容分享为特征产品的公司——苹果。对于“为什么是苹果发明了智能手机”之问，除了对乔布斯天才的顶礼膜拜，比较主流的观点是：只有苹果是唯一同时拥有“硬件”和“软件”优势的公司。而软件帝国微软和硬件之王索尼都因资源的残缺而错失智能手机。其实，如果创新是一种来自异质的结构性的颠覆，那么，上述观点就是把索尼的“工程师文化”也混同为创新了。从这个意义上，与资源禀赋相比，这两家公司更大的缺失是“异质性”的视角。

熊彼特认为，创新是结构变化。即：函数关系彻底改变或引入新变量，而非变量数值大小改变或参数微调。业内人无法创新，是因为：一直假定函数关系是不变的，他们的所谓创新，只是变量值的改变，生产函数不变，生产方式生产轨迹不变。——这是经济学对“创新”的解释。

此论，于我心有戚戚焉。

数学思维与问题意识

子曰诗云，摇头晃脑惯了，心底毕竟发怵。心想：已经文明了三千多年，也没有“之乎者也”清楚个啥子名堂。反观科学昌明以来，一日千里，日新月异，其进化之势，如火如荼，丝毫不减。何也？为解心惑，遂访石先生于仙林。石先生为余廿年前之业师。昔日，尝受教于陋室：进而相与答问，退而简练揣摩，坐而仰偃啸歌，何其乐也！可惜啊，今已不复。

石先生擅经济学，然数理、人文皆通。不过，用他自己的话说，还是数理思维多一些。至于人文，他说：“弟子们愿意听，就多聊几句吧。”

胡子开口问出了心底的疑惑：“为什么有一些搞经济学的人，最后搞成了哲学。甚至，回归到儒学的老路上去了？譬如，盛洪。我记得，九十年代，他在制度经济学上还是蛮有影响的。”

石先生笑了：“还是数学不好！盖因其不能用数学语言描述社会问题，更不能用数学思维分析问题，只能大而化之。一大而化之，就容易堕入玄学。一入玄学，自然就是老祖宗说得对！最后发现，什么道理都让老祖宗讲完了！”

胡子曰：“是啊，道理不是学术，正如思想不是哲学。凡事一到讲道理，就无讨论之余地了。这正是吾国思维之特点。”

石先生：“社会科学，科者，细分也。科学，是细分之学。科学以数学为工具，以实验为方法，假设条件，厘清问题，并做一般性的抽象概括和深入刻画。这样一来，问题变清楚了，至少，可以讨论。而我们的思维方式则不然，我们是不断综合、综合，合到最后，只能归于道。道理，清楚了；事理，却糊涂了。于问题本身，无益。只好存而不论，欲辩忘言。”

胡子若有所悟：“嗯！这样说来，马歇尔、凯恩斯、弗里德曼，其实都是用数学解决社会问题的大师。”

石先生说：“这样的例子太多了。你看凯恩斯，用有效需求不足，就把大萧条讲清楚了。多么简单，透彻，有力！凯恩斯提出有效需求不足，并将之建立在‘消费倾向边际递减’和‘资本边际效率递减’规律之上。这，就是数学思维！”

石先生略做停顿，哂之：“你研究所谓互联网、电商。流量、点赞、评论数……这都是已知，是现象，不是问题！研究这些东西，没有意义，更不成其为学术。为什么现象本身没有学术研究价值？告诉你，企业本来就是这么干的嘛！而且，他比你懂得更多，干得更好。实践永远是理论的先导。这也是为什么现在做企业的往往瞧不起搞学术的，因为现象就是他们创造出来的。作为学术研究，要透过现象看本质，要抽象出具有一般意义的问题。学者要深入到企业家所想象不到的层次，才能真正给予其启发和借鉴。现在，有一些论文的问题很大。用一些复杂的数学公式、模型，推导了半天，得出的却只是一个常识性的结论。最近，我看到一个文献，还是一个非常有名的教授写的。搞了一大堆数据，研究三年自然灾害对当时儿童身体素质的影响。最后结论是——饥荒造成儿童普遍营养不良！（我“嗤”地笑了）这就和你刚才说的一样，搞一大堆数据，做回归分析、做相关性检验，得出：粉丝数与传播效果正相关。这只是常识。数学工具，不能掩饰结论的苍白。”

胡子应道：“嗯！1998 年诺贝尔经济学奖获得者阿马蒂亚·森就是做过这方面的研究。阿马蒂亚·森指出，在许多饥荒的实例中，食物的供应能力实际上并未显著减少。相反，正是另外的社会和经济因素，如工资降低、失业、食物价格腾贵、食物分配系统崩溃等，造成了社会中某些群体的人们陷于饥饿。换句话说，饥荒的形成并不是没有粮食，而是——这些人的粮食消费权利被废止了。森的结论是：饥荒不仅源于食物的缺乏，更源于食物分配机制上的不平等。”

石先生：“回到你的问题上。怎样把电商的问题变成经济学问题。为什么电商的价格便宜？成本分析，是很清楚的。但更重要的是，要分析‘价格便宜’背后的东西——价格的差，也就是‘租’的分配机理，要分析消费者福利的变动。这样做研究，就变成一般问题，就具有经济学的意义。”

胡子悚然而听之，良久乃曰：“学术的问题意识啊，多么重要！”

时间感

时间感，是人类独有的坐标。

“人猿相辑别，只几个石头磨过，小儿时节。”如果，把地球的整个生命比作一小时，则人类的出现，不过是在最后五分钟。然而，没有人类，也就没有时间的观念。海德格尔说，此在，是存在通过人展开的场所与情景。则，此在亦在时间中。

时间，在“人”与“存在”之间搭建了特殊的亲近感。故，时间感，是具体的。

吾国尤其喜用五百年为单位度量时间。“五百年必有王者兴”；“五百年来谁著史”，康熙大帝歌词里唱道：“向天再借五百年”；毛主席更豪迈，大笔一挥，“往事越千年”。俩五百！

时间，永远比我们的看法正确。

苏轼有诗：“人生到处知何似，应似飞鸿踏雪泥。泥上偶然留指爪，鸿飞那复计东西。”这是时间的视觉化或可视化。“时间如流水它匆匆过”，这是时间的拟人化或情绪化。时间感也是移情之一种。

时间感，总是与空间感相呼应。

“三十年河东，四十年河西”；“故园三十二年前”；“三十功名尘与土，八千里路云和月”……

最近，在科技杂志上看到一篇文章：人类生活的时空，只是黑洞四维时空的三维投射。若如此，时空交织，不过幻觉。

为什么“生命在于运动”？因为生命是时间构成的。时间是运动着的物质存在的一种形式。这是马克思说的。

人们常说，唯有时间，对所有人都是公平的。这句话的哲学表达是：时间是一切存在的公共尺度。

谈　美

今天，我想谈谈美。

主要谈三点：一，美的感受。二，美的共鸣。三，美的表达。即标题中所指美的“感”“悟”和“展开”。

当你山行林荫道中，眼前忽显一条蜿蜒的山涧泉流，水声叮叮淙淙，你一定会觉得：真美！当你在傍晚时分，仰望雨后初晴的天穹上那一道神奇的彩虹，赤橙青蓝黄绿紫，你一定会感到：真美！又或者，只是游荡在蓝天上的几缕白云，只是点染在山岚上的几丛残雪。又或者，大海边的几片贝壳，塞北的大漠西风，江南的小桥流水……无论是激动、壮烈、寥廓、宏美，还是婉约、清丽、俊秀，甚至惆怅、感伤……这一份美好的情感，那么纯粹、干净地在你心头泛起美好涟漪。真美啊！

伟大的发明家爱迪生说过“最能直接打动心灵的美，会立刻在想象里渗透一种内在的欣喜和满足。”然而，这一份欣喜感与满足感，却又似乎是只可意会而无法言传的。这就是美的感受。

此情此景，目遇之，心悦之，神怡之，总该用一些充满诗情画意的句子来装饰一番，来稍稍抒发一下内心惬意的感受吧！于是你不自觉地低吟“小溪泛尽却山行”，疑问“谁持彩练当空舞?”，默念“窗含西岭千秋雪”，高歌“大漠孤烟直，长河落日圆”……看！不知不觉中，你开始调动起知识库里的储备来。最近，网上流传着一个段子——为什么要读书？举个例子：当你看到夕阳余晖……你的脑海浮现的不是：“卧槽，这么多鸟，真好看，真他妈太好看了!”而是：“落霞与孤鹜齐飞，秋水共长天一色。”当你若有所悟时，曾经积累的所有艺术养分，在潜移默化间，不断地发酵，并经由自己的主观感受和心理体验达到“质”的飞跃。那些文学史上的千古名句，绝妙好辞，不再是死记硬背的词句，而是被激活的鲜活而生动的情感共鸣了！于是，你得以从心灵深处重新发现美、认识美、领悟美！

譬如，下面这一首柳永词《望海潮》

东南形胜，三吴都会，钱塘自古繁华。烟柳画桥，风帘翠幕，参差十万人家。云树绕堤沙。怒涛卷霜雪，天堑无涯。市列珠玑，户盈罗绮、竞豪奢。重湖叠山巘清佳。有三秋桂子，十里荷花。羌管弄晴，菱歌泛夜，嘻嘻钓叟莲娃。千骑拥高牙，乘醉听箫鼓，吟赏烟霞。异日图将好景，归去凤池夸。

读来顿觉气势铺陈，大开大阖，波澜起伏，江南繁华如斯！据说，金人曾因读到此词所描述的杭州富庶与锦绣，遂起兴兵南下之意。这首词的艺术魅力所引致的强烈情感共鸣，可见一斑矣！

最后，谈谈美的表达。

何谓美的表达？毋宁说是情感的表达，哪怕这种表达是直白的，简单的；毋宁说是生活的展开，哪怕这种展开是无意的，自觉的。

仍以文学创作为例。鲁迅先生曾说过：我们的祖先“假如那时大家抬木头，都觉得吃力了，却想不到发表，其中有一个叫道‘杭育杭育’，那么，这就是创作；大家也要佩服，应用的，这就等于出版；倘若用什么记号留存了下来，这就是文学；他当然就是作家，也是文学家，是‘杭育杭育派’。”（鲁迅《且介亭杂文·门外文谈》）

又如：

断竹，续竹。飞土，逐宍（ròu，古同“肉”）。

这一首《弹歌》是远古的民歌，是原始时代狩猎生活的真实反映。歌词寥寥八个字，却简短、质朴，整齐，有一种和谐的韵律美。更为重要的是，它揭示出了美的本质，或者说美的来源：生活。生命的幸福与快乐，上升到对美的欣赏与感受，是需要智慧的。这智慧，源于对生命的尊重，对生活的热爱。

再看一首耳熟能详的《悯农》：

锄禾日当午，
汗滴禾下土。
谁知盘中餐，
粒粒皆辛苦。

质朴似谈家常，晓畅如说白话，却道出了生活的真谛：农民们日出而作，日落而息，长年累月劳作，以辛勤的汗水换来了累累的收获。能不珍惜吗？

如果说，文学，还是基于文字的表达，比较依赖于抽象的思维联想；那么，中国传统的书法艺术，对于美的表达，就显然直观得多，也酣畅淋漓得多。书法艺术的奥秘就在于它能够靠点画的变化，结字的巧妙，章法的和谐，体现一种外在美。同时，也通过三者有机结合而呈现出来的韵律、气韵、风格、情趣等体现为一种内在美。可以说，它是以简单的物质手段来表现复杂的思想感情的艺术。

在此，我并不想就书法的点画、结体、章法等艺术表现手法过多展开，而更愿意在“美的表达即情感表达”这一命题下，举以三个关键词：情趣、境界、气象，略做阐释。

情趣。所谓“形其哀乐，达其情性”，一切艺术的表达，一旦对象化，就自然流露出创作者的个人情趣与品味。这就是丹纳所谓“精神的气候”。《书谱》的作者孙过庭论王羲之：“写《乐毅》则情多怫郁，书《画赞》则意涉瑰奇，《黄庭经》则怡怿虚无，《太师箴》又纵横争折。暨乎兰亭兴集，思逸神超；私门诫誓，情拘志惨。”这一论断直接点出了《兰亭集序》能冠以“天下第一行书”，在于其“兴来得意”的情趣之美。

境界。“境界说”是王国维《人间词话》的核心概念。论词，如此。论书，亦如此。颜鲁公书《祭侄稿文》，伤亲哀思奔涌、忧国情怀激荡。满纸烟云之下，雄浑之气、忠义之风，布满尺幅。“天下第二行书”所开拓千古境界，泽被后世，影响深远。人言“字如其人”，人之所大者，境界也！

气象。王国维《人间词话》认为，“太白纯以气象胜”。太白不独其诗，其字亦然。被确认为太白真迹的《上阳台帖》：“山高水长，物象千万，非有老笔，清壮何穷。”虽只有十六个字，却造就奇绝气象，足以雄冠古今。这样的艺术效果，固然可从情趣上入，在境界上寻，但终究非气象不能解。再以毛泽东为例。毛泽东是伟大的战略家、革命家、理论家、政治家，也是伟大的诗人和书法家。毛泽东青年时期就立志改造中国与世界，他的一生波澜壮阔，气壮山河，他诗如其人、书如其人，创造了前无古人后无来者的宏大气象。稍微比较一下毛本人龙飞凤舞的《沁园春·雪》和现代书法名家沈尹默所写的，就能看出气象之别。

要之，知识，追求真；道德，追求善；艺术，追求美。在对“真、善、美”的追求中，我们，作为个体，开始逐次感受着展开着丰富着生命的真谛与生活的意义。

到底我们将展开一幅怎样的人生画卷呢？这个问题，就摆在你的面前。

破除构念单一

唐人李肇笔记《国史补》里有一则故事，颇引人深思。录如下：

渑池道中，有车载瓦瓮，塞于隘路。属天寒，冰雪峻滑，进退不得。日向暮，官私客旅群队，玲铎数千，罗拥在后，无可奈何。有客刘颇者，扬鞭而至，问曰："车中瓮直几钱？"答曰："七八千。"颇遂开囊取缣，立偿之。命僮仆登车，断其结络，悉推瓮于崖下。须臾，车轻得进，群躁而前。

寥寥百余字，干脆而生动地提出了一个"问题"，刻画出了三类"人"，并凸显出了破解之法的独到价值。

一个"问题"是：天寒地冻，一队商旅被一车沉重的瓦瓮所阻滞于山道狭隘间。一旦天黑，情形势将不测！

三类人，是：一，瓦瓮的所有者，进退两难，还不愿舍弃财物，甚至于拖累他人；二，是"官私客旅"，即群众，他们吵吵嚷嚷，却无计可施；三，是刘颇，富有资财，慷慨，豪侠。他当机立断，疏金解困，"推瓮于崖下"！

这个故事的启示与意义，还不止于"当机立断，疏金解困"这一浅表含义。我们可将场景普遍化为一切得失两难之际，并且，就如何破除"构念"单一，深入思索。

俗话说，"人生一世，草生一秋"，忙忙碌碌者，无非是求名、求利、求权、求势、求位……可在"求"的过程中，人们却忽略了所处环境之因缘，忽略了周遭他人的感受与利益。目标，在不知疲倦地追求中，异化成了无法自拔的执着。

什么是执着？《现代汉语词典》对"执着"一词的解释是："执着原为佛教用语，指对某一事物坚持不放，不能超脱，后来泛指固执或拘泥。"从佛家的观点来看，执着，既是分别心、是非心、得失心。如瓦瓮的所有者，他的执着，第一是看重"财货"，第二是"我的"。两者一而二，二而一。这就是执念。他既不能一视同仁，又不能就地放下，因此不见黄河不死心，不撞南墙不回头，差点因“货”成“祸”。

据说，红军长征初期，由于舍不得“瓶瓶罐罐”，行动缓慢，损失惨重，特别是过湘江一役，中央红军主力损失近半，元气大伤，加上国民党军队大兵追堵，迫使红军远走他乡，向敌人力量薄弱的西南地区转移，差点遭受灭顶之灾！——这也是执着小我，因小失大的例子。此时，红军的最高指挥层，就如同那些进退维谷的瓦瓮商人（巧了，也是瓶瓶罐罐），构念单一，至死不渝。

“构念单一”的人，眼中只有“小”，手里紧抓着“小”，心里放不下“小”，人生萎缩，缺少弹性。更为可怕的是，当这类人深陷其中时，非但不反思自省，反而饮鸩止渴，自得其乐，犹不自知。他们生活在自己幻想里的世界。

个人构念（personal construct）的提出者美国心理学家凯乔治·凯利形象地说：“人类通过由他创造的各种半透明的模式或样板去观察世界，然后试图去适应构成这一世界的现实……”这一论述，与《金刚经》所揭示的“相”相似。“相”，皆因缘假合而有，“人相”“我相”“众生相”“寿者相”，凡一切相，皆是虚妄。解决之道，恰如圣严法师的“四它”：面对它、接受它、处理它、放下它！唯看破，放下，乃得真自在、大自在。

“身安而后道隆”解

先说一段故事——

弘一大师发心刺血写经，印祖回信开示：“刺血写经一事，且作缓圆，当先以一心念佛为要，恐血耗神衰，反为障碍矣。身安而后道隆，在凡夫地，不得以法身大士之苦行，是则是效。但得一心，法法圆备矣。”（参阅《印光大师全集·册一·卷一·复弘一师书二》）

“身安而后道隆”，喻：身心健康方能开创一切。虽四大假合，但色身是修行的根本。只有安顿好自己物化的生命，才能使道心安立。若身心轻安，于善法中堪任修持，道业才能进步。

后来，弘一大师在《普劝净宗道侣兼持诵地藏经》也有深入阐释：

吾人修净业者，倘能于现在环境之苦乐顺逆一切放下，无所挂碍。依苦境而消除身见，以逆缘而坚固净愿，则诚甚善。但如是者，千万人中罕有一二。因吾人处于凡夫地位，虽知随分随力修习净业，而于身心世界犹未能彻底看破，衣食住等不能不有所需求，水火刀兵饥馑等天灾人祸亦不能不有所顾虑。倘生活困难，灾患频起，即于修行作大障碍也。今若能归信地藏菩萨者，则无此虑。依《地藏经》中所载，能令吾人衣食丰足，疾疫不临，家宅永安，所求遂意，寿命增加，虚耗辟除，出入神护，离诸灾难等。古德云：身安而后道隆。即是之谓。此为普劝修净业者，应归信地藏之要旨也。

人身难得，佛法难闻。即已得到这暇满人身，应当倍加珍惜和爱护。珍惜和爱护人身，却并非沉溺肉欲，耽于享受。道家从“修身养性”的角度，提出了具体的安身之法。“五色令人目盲；五音令人耳聋；五味令人口爽；驰骋畋猎，令人心发狂；难得之货，令人行妨。是以圣人为腹不为目，故去彼取此。”《老子.道篇》（第十二章）

被誉为“最后的儒家”的梁漱溟先生，是“身安而后道隆”的践行者。他曾总结其“安身”之法，说：“我的经验可总结为：在生活上少吃多动，持之以恒；在精神上气贵平和，情贵淡泊。”

“文革”期间，他被红卫兵游斗二十多日，可身子骨未垮，不仅熬过了炎炎盛夏，而且，夜晚还在蚊虫的侵袭中，藉灯伏案凭记忆撰写《儒佛异同论》，每天写一千余字。1974 年，“批林批孔”政治运动中，81 岁的梁漱溟老人毅然拍案而起，作两个半天计 8 小时的长篇发言，呼吁对孔子要一分为二，不能全盘否定。这一行动招来长达一年的批判斗争，他精力充沛，坚持场场奉陪。批判会中间休息时，他依然旁若无人，在政协礼堂的前厅练起拳来。梁漱溟老人曾写了两句赠友和自箴的话：“无我为大，有本不穷。”同时还写了一幅座右铭，曰：“情贵淡，气贵和。唯淡唯和，乃得其养；苟得其养，无物不长。”

《国学大师的养生智慧》一书曾系统地探讨了著名的国学大师梁漱溟、冯友兰、金岳霖、钱穆、赵朴初、张岱年、启功、蔡尚思、张中行、季羡林等的养生智慧。该书所写的每个人物都极具特色，让人掩卷沉思，有时也让人忍俊不禁的。譬如，著名的书法家和古典文学专家启功（1912—2005）先生。他最主要的长寿心经，一是书法养生，怡情适性，强身健体。二是，也是最重要的——幽默乐观。无论是身处逆境还是身患疾病，都能谈笑自如，一切烦恼不快，笑后烟消云散。他所拟的那一个有名的墓志铭，“戏言”曰：

“中学生，副教授。博不精，专不透。名虽扬，实不够。高不成，低不就。瘫趋左，派曾右。面微圆，皮欠厚，妻已亡，并无后。丧犹新，病照旧。六十六，非不寿。八宝山，渐相凑。计平生，谥日陋。身与名，一齐臭。”

启功先生的这段话，或道出了这些国学大师们得享高寿的奥秘。——那就是，他们都深谙“身安而后道隆”的道理。

五月如草

五月的北京，天气已经燥热起来。杨花纷飞如雪，让整个城市不堪烦扰。那些踩着名贵的高跟鞋匆匆穿梭于CBD高楼丛林中的窈窕女子，纷纷装备新的武装——口罩。令人厌恶的毛毛絮呵！让她们饱受化妆品呵护的肌肤和易于过敏的脸颊都被刺激得绯红了。人生有时如此。三十年代繁华如梦的上海滩，一个才华横溢的女子说过“人生是一袭华丽的袍子，里面爬满了虱子。”寓意深重得让人不免心生尴尬。

东三环以里，有一个曲尺形的胡同，叫不上来名字。几排五层红砖的旧楼，一溜矮瓦房堆里，夹杂着半拉小院。在光芒万丈的玻璃体高楼群环视下，这些五六十年代的建筑遗存构成了一个封闭的领地。如果从高空俯瞰，它一定就是一个废墟、污点、黑洞，或者是通向想象中的折叠空间的入口。

但在斑驳陆离的残墙旧影里，鲜活着美好的市井生活。路口子上，一间橘红色的洗车房占据了路津最险要的位置。空旷的洗车间里，时时发出“哧哧”的噪音和洗车工肆无忌惮的歌声。道路两旁，小摊贩们拼了劲伸出门帘，搭出小棚，它们如草般野蛮生长。它们以强劲姿态宣示着主权，誓要挤占更多阳光。——这是出于生命的活力，还是虚妄的贪念？灰色的电线杆子下，摆着一个孤零零的旧木椅子，上坐着一位老者，须发皆白，颓着头，惬意地任由剃头师用铁耳挖子掏着耳朵。近旁裸露的墙壁上，写着两行韩文：据说是“三星理发”——这无厘头的行为艺术！不远处，一辆三轮车上高高堆起一大堆粉白透红的苹果，个儿都不大。戴着低沿草帽的黑瘦老头冲你喊：“甜的！骗你我是孙子！”北京腔，就这个味儿！往前走着，迎面一个红裤子白大褂儿的老头儿，脑门铮亮，一手捻着核桃一手提着半导体。他悠闲地踱着步，眉眼间怡然自得，仿佛正在巡视着自己的势力范围。再继续往前，穿出去，就是地铁口了。匆匆地，上班族开启了“昼间模式”。

傍晚时分，等来一场久违的大雨。涤尽尘霾和飞絮，压抑躁闷的气氛为之一空。北京呵，北京。北京夜色如黛霓灯似星风凉如水。北京，她变幻着心机深重的小花样。西北角上，是一栋著名的金融大厦。楼下，有一座名叫“西座”的咖啡屋。歌声酽酽，荡漾过那贮满雨水的人工池塘。屋里射出的灯光，竟比往日少了些许热烈和暧昧，映得阶前春草如丝，让人心生惬意。

当我独自坐在疾驰的高铁上回味这一切时，平原上已是一片新绿。一畦一畦的透明塑料薄膜，在夜色中闪烁着微弱的白光。半年前，我路过了这一片土地，它还是毫无生机的褐色。我甚至在心底为这晦暗的颜色升起了敬畏感，我想起了我读过的《易经》。如屯卦、履卦和蹇卦，这些古老的符号，鲜明地写照着对人生旅途中艰险戒惕与祸福转化的哲理。屯卦《象传》说：“屯，刚柔始交而难生。动乎险中，大亨贞。雷雨之动满盈，天造草昧，宜建侯而不宁。”“草昧”即杂乱而晦暝的状态。此卦大意是阐释与挥发着维艰的生命状态，正如万物孕育而萌生的历程，其中有一股新生的力量，存在于动和险之中。这是朴素的辩证法。我怀疑，所谓智慧，无非是对多灾多难的曲折和苦难深重的坎坷的写实罢了。

野草为地底的烈火焚烧，照亮了田埂上的梦。

后 记

佛家有一种说法：一切事物，都是一粒种子，都被保存在阿赖耶识中，如暴流相续，随缘隐显。故阿赖耶识，又称一切种子识。我对于佛法并无深入研究，但若说，譬如昨日种种，皆成今日，则我是赞同的。在记录“我的前半生”的过程中，记忆，诚如种子，在文字里不断茁壮地发芽、开枝、散叶。

我为什么会写这些文字？起因很简单。

三年多前，在职场碌碌的颠沛生涯中，我羁旅于青岛崂山下的一片荒芜之地。每天，在寒风凛冽中单调地往返于西韩的马路上；夜间，则独坐孤灯，读《三体》和杜甫的诗。倦了，干脆抛下书，去听窗外的桥洞下嘶吼的风声。风声如狂，裹挟着寂寞席卷而来，弥漫天地。在这无边广大的寂寞中，我开始用手机的备忘录，敲击出一些无聊的文字来。这么做，本是无心的，不过打发时间，Kill time，没有深意，更无什么规划的。

马竹哥看到了，他要我写一些故乡的文字，并命题第一篇《二河古镇书韵忆往》。于是，在“忆往”的名义下，我开始写一点故乡的风俗、人物、旧地……并逐渐有意识地去构筑出一个文本意义上的故乡。那些早已破败不堪的街道、房屋、小巷……在文字里复活了。我欣然，也黯然。

后来，记忆的触角又无可避免地蔓延到大学时代和毕业之后的碌碌人生，陆续写了《中山北路的梧桐树》、《四号楼》、《五月如草》等篇。在空间——故乡——之外，我的笔触又筑起一个时间——青春——之维。故乡与青春，架成了一座蚕山，我和我的文字，便如蚕吐丝，愈织愈多、越写越密，竟得二十余万字，终于有一点作茧自缚的意味。为了断因识而起的这份执著，解脱文字的重负，我不揣冒昧，而欲将之结集出版了。

书名颇费踌躅。西班牙电影大师路易斯·布努埃尔（Luis Bunuel）在其自传

《我的最后叹息》中写道："不管怎样，我的叙述是我本人的，带有我的信念的，我的踌躇，重复以及空缺，带有我的实话和谎言，总之，这就是我的的记忆。"电视剧《与青春有关的日子》开场字幕也说："今天之所以区别于昨天，恰恰是因为昨天的感受还在我们心中。"我因此一度想将这些文字命名为"青春与叙事诗"，但又自觉，是有一点文艺的味道，却不免于清新文艺得浅薄。遂请教马竹哥，乞为命名。他一语中的，赐"吾心念起"四字。其中深意，当然很值得我好好地琢磨、体会。不过，余性本鲁钝，慧根皆无，岂敢僭越一个"悟"（吾心）字呢?

前年清明，从老家二河返回南京，正平哥开车送我去赶高铁。突然，他把车停在一片开阔的野地旁，"长得好旺盛啊"，他走下车来，蹚开步子，到那片繁星点点的茂盛草丛里，采了一大把，交给我，叫我带回南京去——这就是地米菜。

地米菜，煮鸡蛋，小孩子爱吃。但如果叫它的学名荠菜，则适宜包饺子，荠菜饺子。可见，同是一物，但冠以不同的名字，便对应着不同的存在意义。地米菜，揭橥了我的文字的存在意义。

小儿海涵，为本书题签了书名，他也爱吃地米菜。

"苔花如米小，也学牡丹开"，地米，非菜。地米，乃地之心。

胡子曰于南京双溪书屋

2019年1月3日